吉祥鸟

王振海◎著

陕西新华出版
太白文艺出版社·西安

图书在版编目（CIP）数据

吉祥鸟 / 王振海著. -- 西安：太白文艺出版社，2024.3
 ISBN 978-7-5513-2533-2

Ⅰ．①吉… Ⅱ．①王… Ⅲ．①长篇小说－中国－当代 Ⅳ．① I247.5

中国国家版本馆 CIP 数据核字（2023）第 234146 号

吉祥鸟
JIXIANG NIAO

作　　者	王振海
责任编辑	张　瑶　刘　琪
封面设计	Adieu
出版发行	太白文艺出版社
经　　销	新华书店
印　　刷	西安盛业印务有限公司
开　　本	880mm×1230mm　1/32
字　　数	183 千字
印　　张	9.25
版　　次	2024 年 3 月第 1 版
印　　次	2024 年 3 月第 1 次印刷
书　　号	ISBN 978-7-5513-2533-2
定　　价	58.00 元

版权所有　翻印必究
如有印装质量问题，可寄出版社印制部调换
联系电话：029-81206800
出版社地址：西安市曲江新区登高路 1388 号（邮编：710061）
营销中心电话：029-87277748　029-87217872

目 录

楔　子	梦幻吉祥鸟	001
第一章	初识吉祥鸟	007
第二章	爷爷的心愿	025
第三章	上学第一天	039
第四章	屈辱与真情	055
第五章	惊魂暴雨夜	071
第六章	马蜂窝风波	081
第七章	一堂选举课	093
第八章	难解的疑窦	109
第九章	大俊和巧儿	125
第十章	秋收的烦恼	133

第十一章　月夜寻爱鸟　|　147

第十二章　小号手之争　|　163

第十三章　身世的谜团　|　173

第十四章　雪夜遇知音　|　189

第十五章　泪尽梦未央　|　207

第十六章　沉重的思索　|　219

第十七章　大年夜行动　|　233

第十八章　异乡现魅影　|　253

第十九章　夜闯金牛岭　|　269

尾　声　飞吧吉祥鸟　|　283

楔 子
梦幻吉祥鸟

楔　子 | 梦幻吉祥鸟

大多数人的童年是美好的,美好的记忆让人难以忘怀。白天宝却没有这么幸运,他对自己童年的记忆是混乱、模糊的。他的记忆深处,大多是一些模糊的影像:一个贫瘠的村庄,一座破败的柴门茅屋,鬓发斑白、总是佝偻着身子的爷爷。然而,懵懂时的一个梦,却在他的脑海里留下清晰而长久的印记。

那是一个绮丽而神秘的梦,白天宝仿佛进入幻境,一对精灵般的雪色小鸟出现在天边,渐渐飞近。天空湛蓝,白云飘飘,大地葱茏,水绿山青,两只鸟盘旋飞舞,瞬间又变作成群结队的小鸟,漫天飞舞……

小时候的白天宝爱做梦。他做过许多梦,有些梦让他欢喜,譬如梦到爸爸和妈妈从遥远的大城市回家了,给他买来玩具、美食……和父母在一起的感觉,让他在迷蒙中笑出声音。有些梦让他悲伤,譬如梦到村里有人污蔑爸爸妈妈,还有人嘲笑爷爷……这让白天宝恐惧、愤怒却又无奈,往往哭喊着醒来。时光流逝,许多梦在长大的天宝脑瓜里渐渐消失,只有这个梦让他铭记不忘。

"爷爷,你看!"当时的白天宝在梦里笑着喊着,伸出手指指着梦中的天空,小手向在蓝天下翩然起舞的白色小鸟挥动。

"孩子,这是个好梦!"爷爷点上油灯,慈祥地看着孙子。

老人第一次听小天宝叙说他的梦,情不自禁地笑了,花白胡

吉 祥 鸟

子下的嘴巴张开，露出缺损的、焦黑的牙齿。

"人的命运，锁在无形的盒子里，它第一次打开，便生成你的第一个梦。这可不是一个简单的梦，它能预测你一辈子的命运。你梦里看见的鸟，大概是白玉鸟，人们都管它叫吉祥鸟，它会给人带来好运……看来，我孙子有福气！"

随即，老人的目光停留在孙子的左眼上。小天宝身形瘦弱，两只眼睛大而有神，只是左眼的白眼仁大些。这有些另类，是福是祸，村里人说法不一。不少人说天宝命苦，长大后左眼会瞎。爷爷不爱听这话，总是跟人分辩："天宝的眼睛好着呢，晚上像盏灯，啥都看得见！"爷爷一生受苦，可不愿孙子跟自己一样，只盼他长大后能交好运。

孙子的第一个梦，似乎是好兆头，爷爷怎能不兴奋？

小天宝眨巴着眼睛，听爷爷这样说，心里好欢喜：白玉鸟是吉祥鸟，能给人带来好运，这让他惊奇而又振奋。

也许，爷爷说得对。白天宝刚出生时的确交到了好运——被遗弃后奄奄一息之际，他遇到了好人，也就是收养他的爸爸和妈妈。

那年初夏，南方大多城市已十分炎热。夜半时分，一男一女从一条僻静的巷子走过，拐角处的垃圾桶里传来微弱的婴儿啼哭声。女人好奇，走了过去，突然惊叫一声，她看见一个身上裹着薄被单的婴儿。这是一个刚出生不久的男婴，他眼睛微眯，鼻息微弱……女人和男人商量了片刻，一番争论后，决定收养这个孩

子。于是，女人抱起男婴，轻轻亲吻了他的小脸，接着又递给丈夫……这对好心的夫妻，便成为男孩儿的爸爸和妈妈。

白天宝直到爷爷病重前都不知道自己身世的秘密，他一直认为自己是爸爸妈妈亲生的。爸妈给他起了好听的名字，在艰难的生活中抚养他。这个不幸的小生命幸运地活了下来。

两岁时，爸妈带白天宝回到家乡——华北平原上一个叫三姓庄的贫瘠村庄。一家人像在大海上漂荡的小舟，暂时在这里停泊下来。这村子是爸爸白建成的家乡，自然也是白天宝的家乡。但没过几年，爸爸和妈妈又先后离家远走。他们为什么回来，又为什么抛下幼小的儿子远走他乡？白天宝不得而知。

第一章

初识吉祥鸟

吉 祥 鸟
008

　　对那段日子，白天宝只有断断续续且朦胧的印象。爸爸白建成，似乎是一个强壮的汉子。一个冬天的夜晚，外面刮着大风、飘着雪花，爸爸突然回家来，对爷爷说，他要出远门。爸爸跪下给爷爷磕头，抱起天宝亲吻，眼里流出了泪，然后把孩子塞给妈妈。妈妈拖住爸爸哭喊："你不能走！"可爸爸还是走了，头也没回，高大魁梧的背影消失在夜幕中。当时，白天宝不满五岁。

　　爸爸走后，妈妈时常嘟哝着爸爸的名字，独自流泪。渐渐地，她像换了个人，变得冷漠，好看的脸上成日挂着冰霜。她不再亲近儿子，后来竟把小天宝推给了年老的爷爷照顾。家里的四间土坯房，被妈妈找人从中间断开，原本方方正正的一处宅院，被她在中间扎个篱笆，院子分隔为两个狭窄的条形。爷爷带着天宝住东侧，她花钱整修了自己西侧的住房和小院，粉刷墙壁，将旧式门窗换成新式玻璃门窗，窗框重新油漆过，看起来崭新明亮。她还在房前栽了一棵杏树，在篱笆墙边种下几株凤仙花。西侧的院子成为妈妈一人的天地。小天宝和年老的爷爷不能随意进入她的领地，不然她就发脾气甩脸子，有时还骂骂咧咧。可她总是随意进入东边小院，从水缸里舀水，烧水、做饭、洗衣服、洗头、洗澡，浇她的杏树和凤仙花。在这个小村子，水是特别珍贵的。这缸里的水，是爷爷从三里外的康乐井挑来的。村里虽然有一口井，

第一章 | 初识吉祥鸟

但水又苦又咸，喝不得，也浇不得花，洗过的衣服会沾一层盐碱。康乐井是人民公社时期打的，年久失修，却仍供周围几个村子的百姓吃水。人们都去那里挑水喝，井旁边总排着长长的队伍。爷爷每天五更早起排队，等一两个钟头，才挑回两桶水。七十多岁的老人，背驼了，腿弯了，他的水桶是特制的小号桶，但挑起来身子仍晃晃悠悠，步履蹒跚。妈妈对水缸里的水却并不珍惜，有时水洒了满地也不在意。

篱笆墙边的凤仙花开了，小天宝采下一朵，跑到蹲在水盆前洗衣服的妈妈身边，插在她的头发上，拍手叫着："妈妈好漂亮！"女人先是一笑，随即板起脸："不许你乱采！"天宝收起了笑容，呆呆地看着妈妈，她的一双手上，长长的指甲用凤仙花染得血红……他觉得这并不漂亮，不明白妈妈为什么非要这样。

房前的小杏树结果了。小天宝摘下一枚青绿的小杏，跑去塞进妈妈嘴里："妈，这杏子好吃，给你尝尝。"不料，妈妈只咬了一口就吐了出来，接着是厉声呵斥："有你在，这杏子长不大、长不甜，到啥时也不会好吃！"天宝看着和自己一样瘦弱的小树，委屈地哭了。

小天宝在哭，女人却嘟嘟囔囔地骂："哭啥子！别忘了，我是你妈！要不是我，你早就活不成了……你爸没良心，自个儿闯江湖找乐子，抛下你和爷爷不管，家里的担子全落在我身上，我好命苦！"她说着骂着，委屈地流着泪。

妈妈的话，幼小的天宝从未多想。她说得当然没错，没有妈

吉 祥 鸟

妈，哪有自己这个儿子？他好想亲近妈妈，看到别的小朋友得到妈妈的宠爱，他好羡慕，好盼望被妈妈抚摸、亲吻。天宝模糊记得，妈妈以前不是这样的，现在却不再喜欢自己，为什么？天宝说不上来，他开始怕她，有时甚至恨她，但心里还是爱她。每当看到妈妈不高兴，甚至委屈地流泪，天宝心里也难过，悄悄自语着：妈妈，我的妈妈。他觉得也许应该去安慰她：不要哭，凤仙花会开得很多、很鲜艳；小杏树会长大，结出甜甜的果子……但他只是默默想着，却不敢走近已经变了的妈妈。

七岁时，房前的杏树长大了，天宝也长高了，身子骨强壮了。他已适应了妈妈的冷酷无情，他心中没有怨恨，只有深藏心底的依恋。

这年夏天，一件意想不到的事情发生了。

一个狂风暴雨的夜晚，天宝赤脚到门口撒尿，隔着篱笆墙看见妈妈的玻璃窗子透出亮光，灯影里有男人的身影在晃动。天宝不由得一阵惊喜，以为爸爸回来了，却忽然听见妈妈和那人激烈争吵。男人十分粗野，大声吼叫："你乖乖的！告诉你，白建成是罪犯，我抓着他的把柄！"妈妈哭着说："这不可能，建成是好人……你滚！"妈妈哭骂着，和男人扭打起来。

妈妈遇到坏人了？天宝的心倏地提到嗓子眼儿，他顺手从猪圈旁边摸了根木棒，蹚水绕过篱笆，来到妈妈屋门前。屋门被推开，一个瘦高男人蹿出来，试图逃走，妈妈哭着骂他："臭流氓，看我告你！"男人恨恨地说："告我，你男人就死到临头了！"天

第一章 | 初识吉祥鸟

宝几乎哭出声来,手中的木棒狠狠挥起,打在那人肩上。那人大叫一声,抱着脑袋逃去,在院门前又绊了一跤,几乎跌倒在泥水里。天宝上前搀住妈妈,哽咽着说:"妈,我认出这人了,是'二黄鼬'!咱们去镇政府告他!"妈妈披头散发,浑身颤抖着说:"你……你深更半夜咋不睡觉?你打了他,这事就算了,咱告不倒他。好孩子,为了你爸,忍了吧。"

白天宝默默走出妈妈的屋子,隔着篱笆再看妈妈的房间,灯光已经熄灭。妈妈睡了,天宝的心仍在痛。那个瘦高个儿水蛇腰的男人,是村会计吕登科,"二黄鼬"是他的外号。这人在街上开了个药店,村里人都说他的店是黑店,女人都骂他是色狼。就是他,经常在村里、街上说爸爸的坏话,说白建成是逃犯,有一天得抓住他,把他送进局子。白天宝伫立在雨中,恨恨地自语:"'二黄鼬',我记下你了!你造谣说爸爸是罪犯,还欺负妈妈……有一天,这仇我要报!"天宝挥起手中木棒,狠狠地砸在猪圈门栏上,吓得里面的小猪崽一阵躁动。

不久,妈妈也要离开家了。她说家里的穷日子实在没法过,要外出打工。她提一个浅蓝色帆布包,先去长桥镇,又去县城,再后来突然回家来,说要远走,去南方城市找爸爸。平时很少理睬爷爷的妈妈,泪流满面地给老人跪下,开口要二百块钱路费。爷爷流着泪,佝偻着身子爬上土炕,从墙角的苇席底下摸出个灰褐色布包,取出仅有的几张纸币,又从床头的小木盒子里拿出几张,枯瘦的双手颤抖着,把钱递给妈妈。妈妈接过便起身走了。

吉 祥 鸟

那是个深秋的傍晚,爷爷带天宝送她到村口。天宝心里很难过,不停地抽噎着说:"妈妈,你不要走……我以后会听话……你走了我会想你……"妈妈苦笑着,弯下腰摸摸天宝的脑瓜,然后头也不回地走出了村子。妈妈的头发被冷风吹得乱蓬蓬的,裙角摆动,露出半截小腿。白天宝哭着追出好远,直到妈妈的身影消失在昏暗中。

从此,三姓庄东北角的白家小院,只剩下七岁的白天宝和古稀之年的爷爷。

爷爷叫白老栓,可在三姓庄很少有人知道这个名字。有人给他起了个绰号叫"黑疙佬",这绰号倒是人人皆知,代替了爷爷的名字。

天宝问爷爷:"他们凭啥叫你黑疙佬?"

爷爷笑笑:"黑疙佬……这名字好着哩!虽然不文气,但叫的人多了,身体壮实,能活大年纪。"

天宝似懂非懂,默默想着:爷爷确实长得黑不溜秋,像个黑铁疙瘩。大概因为年轻时身体结实,现在爷爷虽已七十多岁,但经常劳动,除了干责任田的庄稼活,平时还赶着羊群放羊。羊不全是自家的,大半是代别人家放养,但他从不收人家报酬。这获得不少乡邻夸赞,说爷爷是厚道人。这些人也喊他绰号,但往往省略"疙"字,在后面又加上称呼,喊作"黑佬叔"或"黑佬伯",听起来语气亲切。

天宝觉得这些人是好人。

第一章 | 初识吉祥鸟

当然,也有人瞧不起爷爷,背地里嘲笑他,说他傻。他们当着爷爷的面喊他黑疙佬,那神气像吆喝牲口,脸上带着满满的轻蔑。

白天宝讨厌这样的人。

爸爸妈妈都走了,爷爷成为天宝唯一的依靠。天宝忘不了,爷爷弯腰弓背,背着生病的他,去长桥镇卫生院看大夫。大夫往他屁股上扎针,爷爷抱着他的胳膊也在抖,不停地嘟哝:"孩子,疼吗?不怕,疼一下就好了。"天宝嘴馋了,爷爷就带他去村西头李家包子铺买包子,把包子放在跟前,看着他吃。天宝吃一口,爷爷便问一句:"宝儿,好吃吗?"天宝说:"好吃。"爷爷便高兴地咧开长满胡子的嘴巴。天宝跟爷爷去放羊,天下起雨来,爷爷一手挥着鞭子驱赶羊群,一手把小天宝搂在怀里,用外衣裹紧,用身体遮挡雨点,生怕淋坏瘦弱的孙子。

小天宝知道,爷爷是真心疼爱自己,是天下最可亲可敬的人。凡是瞧不起爷爷的人,他都认定不是好人。

天宝对爷爷说:"有些人叫你绰号,不怀好意。背后说你坏话,说你是傻老帽,还嘲笑咱们家穷……"

爷爷只是笑笑:"随他们说去吧……咱们家,确实穷嘛。"爷爷极力隐忍着,轻声叹口气。

天宝却气愤得不行。

爷爷看着小孙子,拍拍他的肩膀安慰道:"放心吧,孩子,我们不会一直穷的……你小时候做梦,梦到成群的白玉鸟,它们

吉 祥 鸟

可是吉祥鸟……总有一天,好运会降临到我们家。"

妈妈离开家的第二年,爷爷对天宝说:"孩子,你八岁了,应该去上学了。"

天宝说:"我不去上学,那要花钱,咱交得起学费吗?"

又过去些日子。

爷爷对天宝说:"孩子,听说学校快开学了。明天我带你去镇上,做一身学生服,买个书包和铅笔、练习本什么的。我要送你去上学!"爷爷的语气和上次不同,似乎没有商量的余地。

天宝吃惊地看着爷爷:"上学?我还是不想去。咱没钱交学费,我不想让你那么为难。"

爷爷说:"你只管好好念书,学费有我呢!放心,咱交得起。三娃子、赵菲菲比你小,都上学了,你不能再耽搁,再拖下去,一辈子就完了。孩子,我不能让你像我一样!"

爷爷说的是实情,村里跟天宝同龄的孩子早已上学,三娃子和赵菲菲小他近两岁,也已经是一年级学生了。白天宝一直没有上学的念头,家里穷,他觉得读书与他无缘。至于学生服,他更没敢想过。天宝见过村里上学的孩子们穿的学生服,天蓝色外套,洁白的衬衫,穿在身上好帅气。可是,自己哪有这样的福分?身上的衣服都是旧的,穿过一年又一年,幸亏身体瘦弱,个子矮小,年年不往高里长,倒是节省了买衣服的钱。现在,爷爷当真要送自己上学,还要给自己做一身学生服?他有些不敢相信自己的耳

第一章 | 初识吉祥鸟

朵，心里却十分高兴。

天宝兴高采烈地跟爷爷去了长桥镇。

长桥镇的"猫咪"裁缝铺在乡政府斜对门。裁缝铺门口，一个男人探出头，看到这爷孙俩，便嬉笑着大喊："黑……徐副镇长来了！"这人想喊爷爷绰号，"疙佬"两个字没说出口，却叫起"徐副镇长"了。啥缘故？爷爷和天宝都不明白。

老板娘在里面嚷起来："这个忘恩负义的，才想起到我这里来？"随即探出半个身子，看是爷爷和天宝，便回头朝那男人脑袋上打了一巴掌："没正经……我以为真是他！"接着自语："税务所苏主任说好来洽谈业务，给手下人统一做服装，也该来了……真是，该来的不来！"

年轻的女老板嘴唇涂得血红，穿一身天蓝色红白碎花的袍子，打扮得妖里妖气。白天宝从未见过这女人，不知为啥，他从心里感到厌恶：爷爷咋就带我到了这里，让她给我做校服？

女老板像电视上时装表演的模特，迈着猫步走到爷爷跟前，"黑……疙佬叔，你来做啥？想开了，做身西服穿？"她的脸上露出古怪的笑。

爷爷笑容可掬地摇头："不，是给孩子做校服。您的手艺有名，所以来求您。"说着递上一身半旧的草绿色军装，回身拉过天宝："就是他。孩子还小，这是他爸的军衣，没穿过几次，新着呢，孩子要上学，我想给他改作校服，这要麻烦您了。"

老板娘翻看着天宝爸爸的军衣，皱起眉头说："这咋改？学

吉 祥 鸟

生们穿的学生服上白下蓝……而且旧衣服改做难，费工，挣不到钱，我们不做。"

爷爷赶紧说："工钱多少，您说，我照付，您尽管放心。"

天宝呆呆地看着爷爷苍老的脸。爷爷向女人不住地点头，极力挤出笑容，脸上的皱纹聚拢成横七竖八的沟壑，掩藏在花白胡须里的嘴巴咧开，露出缺损的焦黑的牙齿。

爷爷在乞求那女人？过惯穷日子的爷爷，腰杆累得弯曲了，却从来没向什么人低声下气过，包括村主任吕登峰和他的爸爸、有名的"老狐狸"吕文瑞。可现在，他却在求女老板，只为给孙子白天宝做身学生服。

旁边有人说："黑疙佬是老实人，难得有个孙子，老板娘行行好，帮个忙呗！"

女人朝天宝瞥一眼："给他做？过来量量吧。"回身取过皮尺。爷爷忙将天宝拉到女人跟前。

"够年龄才能上学，这孩子才多大？"老板娘边量边问。

"八岁了，生日小。"爷爷连忙回答，答得那样认真，像是担心身材矮小的孙子被取消上学的资格。

"黑疙佬好明白，还知道孙子的生日？"

"当然知道！我孙子的生日，我怎么会不知道？"

屋里人哄堂大笑起来。

"这孩子虽然瘦，个子也不高，却有些异相。"老板娘瞟着天宝的眼睛。

第一章 | 初识吉祥鸟

白天宝抬头看女人,见她在注视自己,此刻她的眼神很特别,无法断定是鄙夷还是惊讶。

爷爷听出老板娘在说孙子左眼的白眼仁,便下意识地分辩:"这孩子眼力好着呢,黑天也能看得见……"又说:"书上说,白眼仁大的孩子,长大有出息。"

屋里人又哄堂大笑:"是啊,不一般,说不定长大能找上媳妇!"

白天宝不十分明白这话的含义,但觉察到了他们是在嘲笑爷爷,也在嘲笑自己。天宝再也无法忍受这种鄙视,按捺不住心头的愤怒,猛地喊出:"浑蛋,你们是一帮浑蛋!"他回头拉住爷爷的手:"爷爷,咱们走!这校服,我不做了!"

爷爷拦住天宝:"孩子,既然来了,怎能不做?明天上学要穿的。"

天宝大声喊叫:"不,我不上学!"说完便用力挣脱爷爷的胳膊,转身跑出裁缝铺,又恨恨地回头,瞥一眼铺子里那几个人,当然包括那女人。那些人吃惊地看着白天宝,愕然、尴尬,一时没了声音。

白天宝头也不回地跑着,在长桥镇街路口处拐弯,穿过一个长长的胡同到村外,沿田埂跑进一片麦田。他独自跑着,不时回头看,却不见爷爷追上来。天宝想回去拽回爷爷,他不愿爷爷继续在人前低声下气,不愿爷爷在那种轻蔑的嬉笑中待下去。

天宝在北岗子下的一片酸枣丛那里停下,蹲在酸枣树旁边,

吉祥鸟

目不转睛地盯着来路。酸枣树开着淡黄色小花,散发着浓郁的香气,尖利的叶刺扎在他的脸上和腿上,冒出鲜红的血。

过了好一会儿,爷爷总算追上来了。他气喘吁吁地跑着,手里托着天宝爸爸那套旧军装。看到酸枣丛旁边的天宝,脚步便慢下来,但仍不停地走着,显得很吃力,身体不停地摇晃。

天宝从酸枣丛边蹿过来,大喊着"爷爷",飞跑着迎上去,扑在爷爷怀里哭了。爷爷搂紧天宝,只说:"孩子,别哭,哭啥哩?等我再想办法。"

爷爷变着法儿安慰孙子。

天宝揩着泪水,抬头看爷爷,爷爷眼里也流出泪,滴在花白的胡须上,然后滴在天宝的脸上。

上学的事暂时搁置下来。爷爷不愿孙子穿得破破烂烂去学校,担心他被同学们瞧不起,便不再逼迫他。天宝心里说不出是啥滋味,家里穷,上学的费用爷爷难以承担,所以他从没想过读书,也就谈不上失望。

天宝记得爸爸离家时的嘱咐:"听爷爷的话,爷爷老了,要多替爷爷做事。"不去上学,可以替爷爷看管羊群,拔猪草喂猪,干承包地里的农活。天宝开始试着担起爷爷的小号水桶去康乐井挑水。渐渐地,他长了力气,挑一担水,来回六里路,中间停歇的次数渐渐减少。当然,天宝也有自己的小算盘:凡是爷爷吩咐干的活,哪怕脏些累些,自己尽早干完,省出的时间,便可以自

第一章 | 初识吉祥鸟

由支配,去喜欢的地方玩耍。

白天宝最常去玩耍的地方是北岗子。从他家屋后径直向北,走过一条杂草丛生的小路,跨过一条水沟,涉过一个时令性的水塘,就到了北岗子。岗子本不高,但在年幼的天宝眼里,却像一座山。岗子东南坡长着浓密的灌木丛,秋天可采摘到好吃的杜梨、酸枣,浓密的草丛里,可捉到蝈蝈、蚂蚱,偶尔也可捉到不知名的小鸟。岗子顶上的大杨树,他和三娃子、赵菲菲三人牵起手也抱不拢,高高的树梢像是插进了天空。杨树梢头,有个废弃多年的老鸹窝。天宝和小伙伴们比赛爬树,看谁爬得高、爬得快,到老鸹窝里摸鸟蛋,或者一个爬上去在窝里藏石子,然后另一个去摸。

当然,草丛里也偶尔潜藏着"魔鬼",如野狗、黄鼬,尤其可怕的是探着脑袋、吐着芯子的蛇。有一种被叫作"风蛇"的,身子细长,腹部可以贴着草叶如风般飞驰,三娃子和赵菲菲往往被追得尖声叫喊。但天宝有办法对付这些"魔鬼",掖在裤袋里的弹弓和胶泥弹丸,能让野狗、黄鼬望风而逃。野兔是逃不掉的,常常被他擒获,提回家让爷爷炖上,和三娃子、赵菲菲美美吃一顿,那味道鲜美极了。天宝也有对付风蛇的办法——被它狂追不舍的危急时刻,猛地转弯躲开。风蛇能如飞般狂追,却不易拐弯或减速,这时若想算计它,便可让它撞个半死。一般的蛇更不消说,它们藏匿在树上、草丛里,天宝一经发现,便迅疾出手,准确地掐住它的七寸,直至它翻滚着身子窒息死去,被丢在沟里,成为鸟雀的美食。天宝的大白眼仁眼睛,有着超强的夜视功能,晚上更能

吉 祥 鸟

清晰地辨别它们的身形,让其难逃厄运。

然而,北岗子不是顶好玩的地方,还有更好的去处,就是东沙岗。在三姓庄东南方向将近十里处,有个叫作月牙湾的大水塘,水塘东南边的遛马河堤旁,有连绵的沙丘、大片的树林,据说有的古树已千百年。树林里面有各种各样的鸟雀。夏天,天宝常跟爷爷去那一带的草坡滩地放羊,他可以在沙岗上尽情地奔跑,爬上高大的古树向远方眺望,钻进荆榛草莽中摸鸟蛋,去月牙湾和遛马河里游泳。最让天宝尽兴的是,爷爷教他呼唤白玉鸟的口哨,在这里大有用场。要知道,东沙岗上的这片林子是白玉鸟最温馨舒适的家园。

七岁那年,一个风和日丽的日子,爷爷对天宝说:"宝儿,我带你去看吉祥鸟,它会给咱们家带来好运。"

"吉祥鸟?就是我梦见过的白玉鸟吗?咱们这里真的也有?"天宝高兴地跳起来。

爷爷笑道:"有,咱们这一带,是白玉鸟的家乡。一方水土养一方人,鸟也是这样……走吧,去村外北岗子,兴许能看到白玉鸟。"

爷爷赶着羊群,天宝跟在爷爷身后,走出小院后径直走向村外。天宝在前头飞跑,一溜烟爬上北岗子,站在岗顶那棵高高的大杨树下等爷爷。老人把羊群圈在草坡上,慢慢爬上岗来,喘着粗气。这时,恰好从东边天空飞来两只雪白的小鸟,在白杨树上空盘旋飞舞,叽叽喳喳地叫着,像是在唱歌。爷爷高兴地说:"看,

第一章 | 初识吉祥鸟

这就是白玉鸟。"

白天宝定定地看着天空,听两只小鸟欢快地鸣叫。他挥动双臂,对着盘旋飞舞的白玉鸟大叫:"下来,跟我玩,我是你们的好朋友!"两只小精灵没理会他的呼唤,盘桓一阵子,便向来时的方向翩翩飞去。

天宝失望地看着渐渐远去的白玉鸟,问爷爷:"它们去了哪儿?"

爷爷伸手指着东边说:"它们去了东沙岗……岗上那片林子里,住着好多白玉鸟。更远处,东南方有座大青山,山里有大片大片的森林,林子里啥样的鸟都有,应该也有白玉鸟。"

白天宝呆呆地想着曾做过的梦,被爷爷称作吉祥鸟的白色精灵,原来就在身边。他默默嘟哝:"好可爱的白玉鸟,我梦中的吉祥鸟,快带给我们好运吧!"

爷爷似乎猜到了孙子在想什么,笑笑说:"孩子,会的,白玉鸟会带给我们好运的。我年轻时会学白玉鸟叫,学它们唱歌,还养过鸟卖钱,当初供你爸爸上学,就靠养鸟赚的钱。现在,也有人家养白玉鸟,有外地客商来收购,带到大都市卖钱……"

天宝惊喜地叫起来:"学会鸟叫,就可以跟白玉鸟交朋友了吗?"

爷爷点点头,便咧开嘴巴、鼓起腮帮学鸟叫。天宝竖起耳朵听着,却失望地摇了摇头。爷爷苦笑说:"我老了,牙坏了,兜不住风,吹不出好声调……年轻时可不是这样子,当年我的口哨

吉祥鸟

吹得棒极了,白玉鸟听见不肯走,在我头顶打转。往后我教你,你好好学……只要好好练习,准能超过当年的我。"

天宝高兴地说:"爷爷,你教我吧!我要学,我想和白玉鸟说话,跟它们一起唱歌,跟它们交朋友。"

七八岁时,天宝便开始跟爷爷学习吹口哨,学白玉鸟的各种叫声。这是爷爷年轻时的绝活,模仿白玉鸟婉转的鸣叫,吹出十分相像的哨音,在附近村子很有名气。爷爷给天宝做示范,脸上的皱纹有节奏地颤动,浓密的胡子裂开一道缝,嘴巴不停地翕动。他的牙齿已缺损,吹出的曲调远不再那么清脆婉转,但他不厌其烦地指点孙子,讲解用口腔操控气流的技巧。白玉鸟相互呼唤、哀鸣惊叫、欢乐歌唱等各种叫声都很动人,尤其春天雌雄鸟间的爱情交流,更是委婉动听,学起来也最难。

开始学不久,天宝觉得难,便有些灰心,不料爷爷瞪起眼说:"宝儿,再难也要学!白玉鸟是吉祥鸟,能带给人好运。你模仿它叫、模仿它唱,它会把你当作亲近的伙伴,飞到你跟前,好运自然会找上你。"天宝睁大眼睛听着,爷爷接着解释:"白玉鸟长得俊,唱得好听,不少人爱养,喂养得好,就能孵出小鸟,养得多了,便能多卖钱。"爷爷不厌其烦地重复:"当年供你爸上学,就是凭我养白玉鸟挣的那点钱。"看来,爷爷的心里,一直惦记着孙子上学读书这件大事。

一段时间后,白天宝入了门,竟迷上了吹口哨。早上跟爷爷

第一章 | 初识吉祥鸟

挑水,中午跟爷爷放羊,他总是不停地吹起口哨;晚上躺在炕上,也要吹几遍。天宝认真吹着,爷爷用心听着,看他的口型,耐心地指点。天宝自觉吹得很好了,爷爷却从不夸他,只说他有了进步。爷爷说:"啥时候白玉鸟听到你的口哨,能把你当作同伴,飞出来跟你说话,跟你一起唱歌,那才叫好。"

终于,在一个晴和的日子,天宝跟爷爷在东沙岗放羊,他的口哨声响起,几只白玉鸟欢声叫着,从树林里翩翩飞来,在他们的头顶盘旋飞翔。鸟儿们绕月牙湾一圈,又飞回了林子。

爷爷惊喜地说:"宝儿快看,白玉鸟!"可惜,它们只是精灵般地掠过,很快就消失了。爷爷喜得眉开眼笑,情不自禁地夸奖孙子,说他吹得像极了白玉鸟,比他当年还好。天宝说好想靠近看看白玉鸟,爷爷叹口气:"这些年,树木砍伐得厉害,东沙岗的林子比先前小多了,白玉鸟也越来越少了。"

白天宝近距离见到白玉鸟,是在长桥镇的鸟市。那次,爷爷带他去长桥镇赶集,有人用笼子提着两只鸟叫卖。爷爷拉他蹲下瞧,说:"孩子,这是纯正的白玉鸟。看这毛色,多干净,没一根杂毛。可惜是黑眼睛,若是红眼的就更好了。"爷爷问那人从哪儿捉到的,那人朝爷爷翻起白眼儿。爷爷吹着口哨逗弄,可惜,兜不住风的牙齿不争气,吹不成调,笼子里的白玉鸟吓得乱飞。爷爷让天宝吹口哨试试,天宝鼓起腮帮吹了几声,两只鸟扑棱棱飞过来,欢快地叫着。卖鸟的人吃惊地看天宝,随即板起脸问:"买不买?四百一对,不买就算了,别在这里捣乱!"爷爷拉着

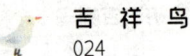
吉 祥 鸟

天宝悻悻走开,悄悄地说:"他不说我也知道,这鸟只在东沙岗林子里有。"天宝恋恋不舍地回头,暗自想着:两只白玉鸟,能卖四百块?这么珍贵?难怪爷爷说它们是吉祥鸟,倘若能捉到几只养起来卖钱,不就交了好运?

第二章
爷爷的心愿

吉祥鸟

这一天,爷爷赶着羊群去放羊了,白天宝忙着刷锅洗碗。忽听院子里有人喊:"宝儿哥!"

是三娃子来了。

三娃子是天宝的好朋友,小他一岁,现在上小学二年级。他的爸爸吕登祥和天宝的爸爸白建成是同年入伍的战友、情同手足的好朋友。天宝刚被爸妈抱回家时,爷爷便张罗着让他认三娃妈作干妈,为的是让孙子"长命"。天宝和三娃子也就成了干兄弟。

今天是星期天,三娃子做完作业了,来找天宝玩耍。

天宝问:"想去哪儿玩?北岗子?"

三娃子摇头:"不,我爸买回来一台电视机,可以看动画片、武打片,好看极了!我妈让我来喊你,到我家看电视。"天宝不由得心生羡慕。三娃子家早通了电,如今又有了电视机。天宝家却没有,本来也扯了电线,安了电灯,因为欠了电费,电被吕登峰派电工停掉了。买电视机更是一种奢望,想都不敢想。现在三娃子家有了,如果想看,随时可以去。

"电视机?多大的?是彩色的还是黑白的?"

"黑白的,十七英寸。我爸说,等过几年再换彩电。"

"听吕小强说,他家的彩电二十八英寸,不知道是真是假,感觉他的话信不得!"

第二章 | 爷爷的心愿

天宝说的这个吕小强，是村主任吕登峰的儿子，特爱显摆，同龄的孩子们都知道，他说的话不可轻信。

三娃子叫起来："二十八英寸大彩电？那是村委会的，被他爸搬到了他家，怎么就成了他家的？"三娃子有些愤愤不平。

因自家的黑白电视没能如他希望的那样吸引天宝，三娃子自然有些失落。天宝看出他不高兴，便说："娃子，我还要拔猪草，听，猪圈里的猪崽饿得直叫唤呢！咱们先去北岗子，我拔草，你玩耍，然后再去你家看电视，怎么样？"

"菲菲在我家等我们。"三娃子仍噘着嘴巴。

"叫菲菲来，一起去北岗子。"

三娃子无奈地答应，转身跑走，一会儿便回来了，身后跟着个扎短辫的小姑娘，她就是赵菲菲。天宝背个筐子，拿上镰刀，三人一起去了北岗子。

菲菲在草丛里捉蝴蝶，三娃子帮天宝拔猪草。岗坡下的田埂上，有一种叫作"猪秧子"的草，猪崽最爱吃，但被人拔得很少了。他们只好跑得更远些，在田头水沟边寻找"猪秧子"，或是碱蓬草，都是猪爱吃的。两人不一会儿就拔满了一筐，于是回到岗顶的大杨树下。菲菲惊慌失措地跑来，手里拿着一只花蝴蝶，大喊："宝儿哥、娃子哥，那边有马蜂，它们追我！"三娃子鄙夷地瞥她一眼："胆小鬼，别理它就是了！"天宝说："对，别跑，不理它，它就不追你了。"

天宝和三娃子开始比赛爬树、摸鸟蛋。三娃子心里想着看电

吉 祥 鸟

视,玩得没劲。天宝说:"咱们玩'抢媳妇',谁爬得高,谁娶菲菲做媳妇,怎样?"

菲菲噘起嘴巴:"都上二年级了,还玩小时候的游戏?"

三娃子却来了精神,摩拳擦掌,一跃抱住树干,猴子一样爬上去,站在第一个树杈上,向天宝招手:"宝儿哥,上啊!不然你落后了。"

天宝偷偷看菲菲,只见她腼腆地低下头,玩弄着手中的蝴蝶。天宝向两只手掌心吐口唾沫,用力搓一搓,耸身上树。仰头看看,三娃子已爬得更高,便大喊:"看我追上你了!"随即却大叫一声,沿树干出溜下来,接近地面时便松开双手,摔了个仰八叉。

三娃子在树上得意地大笑:"哈哈,宝儿哥,你输了,菲菲给我当媳妇!"

菲菲跑来拉起天宝,拍打他身上的土,问他疼吗,怎就摔着了?天宝摇头说没事,摔得不疼。

三娃子从树上溜下来,笑着说:"宝儿哥爬树的技术比我强,这次却输了。"

天宝笑了:"看来,菲菲注定是你的媳妇,谁也抢不走。"天宝知道,三娃子很小的时候,他妈妈便跟菲菲妈说好,让三娃子和菲菲结成娃娃亲。这个村的男人娶媳妇难,有条件的人家早早为儿子定了亲。

三娃子没看出天宝是故意摔下来的。天宝心想,他们是好朋友,三娃子妈是自己的干妈,自己可不想和三娃子争媳妇,玩游

第二章 | 爷爷的心愿

戏逗他而已。

菲菲别转过脸:"谁要嫁他?我才不呢!"

三娃子也生起气来:"哪个稀罕你?胆小得像兔子,又爱哭!"

天宝拉起两个人的手说:"别逗了。咱们该去看电视了。"

菲菲说:"我还有作业呢。宋老师说,先完成作业,然后才能玩。"

三娃子说:"还用你说!"回头又对天宝说:"宝儿哥,你不上学太可惜了。新调来的宋老师是个大学生,会弹琴,会唱歌,还会讲故事。别看年龄不大,对学生可好了,像妈妈,像亲人。"

哦,村小学居然来了女大学生当老师?三娃子和菲菲都夸她,这让天宝生出几分好奇。这女老师是啥样的人?大学生怎会来三姓庄这样又小又穷的村子教学?天宝半信半疑。在他心目中,大学生神秘得很,简直高不可攀,不是出类拔萃的尖子,难以考上大学,而考上大学便可以离开村子,到大都市挣高工资。这宋老师是怎么回事?

村小学原本有两个老师,天宝都认识。一个是吕文生,村主任吕登峰的堂叔,平时剃个光头,一脸黑不溜秋的横肉,说话瓮声瓮气,张口就像跟人吵架。他怎么当上校长的,没人知道,反正在白天宝心目中,这人不像校长,倒像个杀猪匠。另一个女老师,是从外村来的民办教师,是两个孩子的妈妈,据说在本村转不了正,便投奔表哥吕登峰,待在三姓庄的学校等待转正的机会。

吉 祥 鸟

有人说,这女老师小学毕业,考初中落了榜。既然这样,怎么来三姓庄当老师来了?

天宝对爷爷说起村里学校来了个大学生女老师。爷爷叹口气:"大学生来当老师,是咱村孩子交了好运。可惜,你超过了年龄,再要上学怕也难了。"天宝知道,爷爷一直为他没能上学惋惜。其实,天宝并不后悔,就凭学校的那两个老师,这学上不上也没啥要紧。现在他只是觉得,大学生肯来穷村子教书,是个稀罕事。他想看看宋老师是啥样子,三娃子和赵菲菲都夸她,大概确实是个好老师。

第二天,三娃子和赵菲菲去上学了。白天宝早起帮爷爷挑水,早饭后又去拔草喂猪。他没去很远的地方,就在村子附近,拔满一箩筐猪草,放在村后沟沿的一棵槐树下。从这里下去,爬上对面的沟沿,便是学校的后围墙。后围墙比天宝高一头,不过这算不得什么,他一纵身便翻了过去。围墙和教室的夹道里长满杂草,脱落的墙皮被雨水浸泡成了泥。天宝弓着身子,脱下两只鞋,踏着很深的草层和烂泥,蹑手蹑脚地溜到教室后窗外。

教室里很静,只听到一个清脆洪亮的声音在讲话,是一个女老师,她在教大家唱歌。她向学生们介绍,歌的名字叫《幸福的你,快乐的我》,歌词是:鲜艳的花朵绽放,盛开在春天的大地,我们手拉手歌唱,快乐的我和幸福的你……然后,她开始唱给同学们听。她的声音圆润动人,教室里的学生们和窗外的白天宝都被吸引了。天宝侧起耳朵静静听着。女老师开始教学生们唱,她

第二章 | 爷爷的心愿

唱一句,学生们跟唱一句。白天宝也情不自禁地跟着哼起来,竟忘记自己是在教室后窗外了。

忽然,教室里的歌声停了。天宝发现女老师离开讲台,沿课桌之间的过道走来。她时而走着,时而停下讲解,眼睛不时瞟向窗外。天宝感觉女老师应该是发现了自己。她就是宋老师吧?错不了,和想象中的样子差不多,眼睛亮亮的,声音甜甜的,秀气的脸上挂着笑。只是,她的头发不是两根长辫,而是齐肩的短发。她唱歌的时候,不时挥手打着节拍,笑容灿烂,神采飞扬,完全不像电视上有的当红歌星那样轻佻和高傲。

女老师真的发现了白天宝,她在过道站住了,目光定定地看着窗口的小脑袋,接着向窗口走去,看到了天宝的脸和他脏兮兮的肩背。白天宝有些慌张,缩起身子,想赶紧跑开。教室里面的女老师却笑了,向他招手,说:"喂,小朋友,你喜欢唱歌吗?"天宝张皇四顾,慌乱地点头,却又摇头。女老师说:"进来吧,和大家一起学唱歌。"天宝略一愣怔,三娃子和赵菲菲看见了他,一齐喊道:"宝儿哥,进来吧,宋老师让你进来呢!"白天宝犹豫着,忽然又听见一个声音:"白眼猴?嗬,白眼猴也会唱歌?"是吕小强,村主任的儿子。天宝已经抬起腿,打算爬过窗子,却又放了下来。他决定还是不进去了,第一次见到宋老师,自己衣服脏兮兮的,她也许会讨厌的,何况还有个吕小强,口口声声叫自己"白眼猴"。天宝朝宋老师摇摇头,便转过身,听后面吕小强在喊:"敢进来,看我揍你!"天宝回头看了吕小强一眼,他

吉祥鸟

趴在窗口,探出大大的脑袋,向天宝挥着拳头。宋老师把吕小强拉到一边,微笑着向天宝招手,她的身旁又出现了三娃子、赵菲菲,还有个扎蝴蝶结的姑娘,是吕小强的姐姐吕燕燕。

天宝慌张地转头,飞快地爬上围墙跳了出去。

这天晚上,白天宝又向爷爷说起见到宋老师的事。爷爷大概看出天宝萌生了上学的念头,便笑着点头说:"好,难得有这样的好老师,是孩子们的福气啊!"接着又轻轻叹口气。

天宝知道,爷爷从没放弃让他上学读书的念想。爷爷常跟他讲凿壁偷光、铁杵磨针、岳母教子、孟母三迁等故事。爷爷小时候没上过几天学,但喜欢听鼓书,从下乡说书的鼓书队那里听来不少故事,《岳飞传》《水浒传》《小五义》等,他都耳熟能详。爷爷每次提到他的童年,便说:"那时候村子里没学校,家里日子穷,长大后再想上学却晚了。刚解放那阵子,上过村里的扫盲班,认得几个字。"爷爷偶尔说起爸爸:"你爸小时候,家里吃饭也困难,我养白玉鸟卖钱,供他上学,后来还是念不起了。现在,你正是上学的年龄,却偏不去,倘你爸这样,我就狠狠揍他!"

天宝躺在炕上,默默想起爷爷这些话,心里很不好受。爷爷是真心疼爱自己,虽恨铁不成钢,却舍不得打自己。现在学校来了个大学生老师,爷爷说是村里孩子们的福气,明显是在试探自己。天宝想,假如爷爷再提出让自己上学,只要有办法交学费,自己便答应他。

第二章 | 爷爷的心愿

爷爷躺在天宝身边,翻来覆去,也在默默想着什么。白天跑得远,实在太累了,爷爷不时叹气,接着发出轻轻的咳嗽声。好久,天宝困了,听见爷爷那边也响起了鼾声。

爷爷重新说起让天宝上学的话题,是第二天在东沙岗。

第二天早晨,爷爷挑来水,做好饭,笑眯眯地叫醒天宝,带他去东沙岗放羊。羊群散落在月牙湾岸边的草地上,爷孙俩坐在岗坡上歇息。月牙湾的芦苇荡上空有飞鸟掠过,一阵婉转的叫声传来。爷爷忽地站起身说:"宝儿,听见了吗?是白玉鸟的声音。"天宝也站起来,望着鸟飞去的方向大喊:"是白玉鸟,两只!"接着,他吹起口哨,盼着可爱的小鸟回来,可它们已经消失了踪影。凝望着小鸟飞去的方向,爷爷喃喃地说:"倘能捉到两只,便养起来。"

"爷爷,白玉鸟咋养?你以前真的养过?"

"那当然,你爸小时候念书,就是我靠养白玉鸟挣钱交的学费。咱家那只鸟笼子,是我用竹篾编的,十来只笼子,只剩下那一只。"

爷爷说的那只鸟笼,就挂在靠墙角的房梁上。每年过年清扫狭窄凌乱的房间时,爷爷便从梁头摘下它,拂去尘土,用布蘸上清水擦拭,笼子显露出黄褐的本色,光鲜洁净。

这大概就是爷爷当年为养鸟编下的?可他从未详细说起过那段往事。天宝眨巴着眼睛,满脑袋问号。既然白玉鸟是吉祥鸟,养白玉鸟能挣到钱,可家里怎么还这么穷?天宝看着爷爷苍老的

脸，禁不住问了一句："爷爷，你说它们是吉祥鸟，可为什么养了它们，咱们家却没交啥好运？"

爷爷不认可这说法。他拍拍天宝的肩膀说："孩子，不是这样的！咱家不止一次遇到了好运气。"爷爷脸上现出笑容，接着说："远的不说，有了建成，也就是你爸爸，不就是我的好运气？后来，他参加了解放军，还入了党，不错嘛！复员后去南方打工，挣了钱，带回你妈和你，我有了孙子，这不都是好运气？"

"那咱们村怎么老是这么穷？连甜水都喝不上，地里也长不出好庄稼。"

"这，怎么说呢……那些年，幸亏我偷偷养了几只白玉鸟，你爸才念上书。后来政策不允许，不能再养了。再后来，政策又活起来，可眼下，东沙岗的树林越来越小，白玉鸟渐渐少了，再说，我也老了……"

天宝茫然听着，继续追问："咱村不少人去大城市打工，村子啥时候会好？"

爷爷轻轻咳嗽两声，说："只要吉祥鸟不离开我们这儿，外出的人总会回来，村子也会好起来。"爷爷停住话头，注视着天宝说："所以，我愿意让你上学念书。只有念好书，才能学到本领，离开咱这穷村子，去外面寻找好运气，挣到钱再回家。"

绕一个大圈子，爷爷又回到了念念不忘的话题。

白天宝没有反驳，心想：现在爷爷老了，怎能供得起我上学？

爷爷不再绕弯子，用不容商量的口吻说："宝儿，你还是去

第二章 | 爷爷的心愿

上学吧。当下,爷爷还壮实,再活二十年没问题,放羊、喂猪、挑水,我都能干,几亩承包地,收收种种,可以找人帮忙嘛。你在家干不了啥,白白耽搁了时光。宝儿,去吧,念书去,不然会耽搁一辈子……"

天宝抬头看着爷爷。爷爷脸上的皱纹那么稠密,头发和胡须全白了,因为牙齿缺损,嘴巴便瘪瘪的。他说自己能再活二十年,那太好了!那时自己就长大了,大学毕业了,要让爷爷过几年好日子。只是,仔细算一算,再过二十年,爷爷已近百岁,这可能吗?

天晚了,爷孙俩赶着羊群回到家。天宝打开小棚子的煤球炉,准备烧饭,听外面有人喊:"宝儿哥!"是三娃子,他是常客。天宝答应着,只管低头拨弄炉子,却听三娃子说:"你看,谁来了?"

出乎意料,三娃子带来一位稀客——宋老师,后面还跟着赵菲菲和吕燕燕。宋老师面带笑容地走在前头,拉着菲菲的手一起进了土坯屋。吕燕燕没来过天宝家,显得有些拘谨,狭窄的小屋挤得满满的,没了剩余空间。

爷爷喜得合不拢嘴,让天宝给宋老师搬凳子坐。天宝从床下拖出一只小凳,却没找到合适的位置。宋老师笑着,向四处望望,只见屋里堆放着杂七杂八的物件:靠墙边的几个盆盆罐罐,地上堆放的煤球和木柴,还有叉、耙、锨、镢等。天宝有些手足无措,宋老师已和吕燕燕坐在炕沿的篾席上,三娃子蹲在门后的灶台前。

爷爷尴尬地笑道:"想不到宋老师会来我家。看家里这样子,

真不好意思。宝儿,快给宋老师倒杯水。"

宋老师笑着摆手,揽过天宝的肩膀对爷爷说:"天宝快九岁了,早应该上学了。您就让孩子上学吧,有啥困难对我说,我会尽力帮您解决。"

爷爷苦笑着说:"没、没啥困难。宝儿是好孩子,无非是担心我老了,干不动家务活。"

宋老师的目光转向白天宝,天宝红着脸低下头。

赵菲菲和吕燕燕目不转睛地看着天宝。一向被天宝视为高贵小姐的吕燕燕穿着花裙子,头上扎着鲜红的蝴蝶结,一双水灵的眼睛扑闪着,那眼神像是期待他答应。听三娃子说过,她是二年级的学习尖子,一直担任班长。

三娃子大声说:"宝儿哥,去上学吧,宋老师说过好几次了,要动员你上学。"赵菲菲也大声附和。吕燕燕向天宝跟前挪一步,笑着说:"你就去上学吧!宋老师常说,三姓庄的孩子,一个都不能失学。你心疼爷爷,这很好,那就好好上学,念好书,报答爷爷嘛。"

这些话让天宝心里热乎乎的。他诧异地想:吕小强从来说不出正经话,他爸爸吕登峰更是凶得很,可吕燕燕说出的话咋就这么好听?

没等天宝说话,爷爷已向宋老师表态了:"您放心,明天我就送天宝上学。只是,孩子上学晚,落下不少功课,麻烦您多费心。"

宋老师笑笑:"您放心,我有安排,天宝的功课会赶上的。

第二章 | 爷爷的心愿

当然,他自己要努力。"

宋老师带吕燕燕和赵菲菲走了,爷爷和天宝送她们到巷口。回来的时候,爷爷居然吹起了不成调的口哨。

晚上,爷爷带天宝去了赵爷爷家。

赵爷爷是菲菲的爷爷,比天宝的爷爷小两岁,年轻时当过志愿军,上过朝鲜战场,是村里的老党员、老干部。他独自住在菲菲家前院,虽然腿脚不好,却坚持独立生活,承包地自己种,零花钱自己挣。赵爷爷平时常在村东公路口摆个小摊,修自行车、电动车,补鞋,配钥匙等。摊子旁挂一块纸板,上面用粉笔写着"便民服务"。爷爷跟赵爷爷合得来,有啥事总跟他商量。明天孙子去上学,这样的大喜事,爷爷自然要告诉他。

爷爷高兴,赵爷爷也高兴,拍着天宝的肩膀鼓励说:"好小子,好好念书,将来上大学,让咱这三姓庄变个模样。"赵爷爷从里屋取出一只马扎,说:"送你吧,宝儿。这是我年轻时做木匠做来卖的,剩下两只,槐木的,多少年不变形,结实着呢。那一只给菲菲了,这一只给你,坐在教室里看书写字,正合适。"说着又叹了口气:"学校的房子早该翻修了,再下大雨就危险了,镇上新盖的中心小学不知啥时完工……"

爷爷又带天宝去了三娃子家。三娃子妈兴奋地把天宝拉到身边,拿一套新衣服让他试。这可不是爸爸的军装改做的,是一套崭新的学生服,白衬衫、淡蓝色外套和裤子。爷爷又惊又喜,说:"让你破费了。"三娃子妈说:"我这干妈不能白当啊!"随即帮天

吉 祥 鸟

　　宝穿上，系上扣子，前后看看，又拉他到镜子跟前："看，多精神！"天宝说："谢谢干妈……想不到您手艺这么好。"三娃子妈说："其实，我可没这么好的手艺，只扯了块布料，是去裁缝铺请人做的。"

　　闲聊片刻后，爷爷回家了，天宝留下来看电视，和三娃子坐在沙发前，黑白电视机正播放武打片，三娃子看得出神。三娃子妈在一旁说："以后不能老看电视了，游戏机也要收起来。娃子要帮你宝儿哥，他上学晚了一年多。"稍停又说："宝儿，再把衣服脱下来，我还要熨一熨，穿上更板正、更帅气。"天宝一边起身脱下新衣服，一边说："干妈，您请人给我做衣服，是要花钱的……"三娃子妈说："孩子，别说这话……好好念书，等你爸妈回来，让他们也高兴。"说着，眼里竟涌出泪来。

第 三 章

上学第一天

吉 祥 鸟

第一天上学,白天宝早早起来,抢过爷爷肩上的水桶去康乐井挑水。爷爷让他去了,自己在蜂窝煤炉上熬了稀饭,尽管地瓜、窝头是现成的,他还是去村西头李家包子铺买了几个肉包子,用笼布包上放在锅里。天宝挑水回来,坐下吃饭,见了肉包子,自然惊喜异常。爷爷让天宝吃,自己照例坐在一旁,眉开眼笑地看着孙子。

天宝脱下旧衣裳,换上干妈做的崭新的学生服。爷爷已把书费和学费用纸包好,塞进天宝的衣兜,帮他挎上小书包,提上赵爷爷送的马扎,走出小院。从他们家向南,绕过一个三角形小洼地,便到了三姓庄唯一的村街。天宝牵着爷爷的手,昂首挺胸地走着,显得精神抖擞。

爷孙俩沿街向西走,街北面有家超市,接着是一家肉铺,门口站着几个女人和孩子,诧异地看着他们。爷爷不等这些人问起便说:"宝儿去上学,我送他。"女人们纷纷笑起来,嚷着:"黑佬叔家要出高才生了!"爷爷笑得合不拢嘴,自豪地点头,好像孙子已真的学有所成。

斜对面胡同里走出个黄瘦的高个儿男人,在临街的药店门口站住了。

天宝悄悄扯一下爷爷的衣襟说:"二黄鼬!爷爷,他在看我

第三章 | 上学第一天

们。"爷爷已看见这人,对天宝说:"管他呢。"说完继续拉着天宝往前走。

二黄鼬也就是吕登科,三十岁左右,村主任吕登峰的堂弟,眼下是村里的当红人物。他的店门口挂了三个牌子"三姓庄卫生室""益民药店""长桥镇信用社三姓庄代办站"。可这人自私得很,为赚钱心狠手辣,又爱欺负年轻女人,在村里名声很臭,他的"益民药店"被叫作"坑民药店"。

二黄鼬正摸出钥匙开店门,回过头瞥见天宝和爷爷,便阴阳怪气地说:"黑疙佬的孙子?好洋气!穿上新衣服做啥去?"

爷爷冷冷地说:"上学。"

二黄鼬显得有些惊讶,怪腔怪调地说:"哎哟,上学?鸡窝里能飞出啥鸟?白建成跑了,他儿子也要飞走?"

天宝一直忘不了妈妈受过他欺负,是被他逼走的,恨不得冲上去撕他咬他。爷爷却不再理睬这人,紧紧拉着天宝的手,快步走过去。

学校在村中街口的一座大院里,和村委会一个大门。穿过村委会办公室的院子,一道红砖隔墙上开了一道小门,走进去便是学校了。村委会的五间办公室,砖墙瓦顶,玻璃门窗,是吕登峰上任后新盖的。隔墙的小学,也是一溜五间房,却是老旧的土坯房,已是半百的房龄,墙皮脱落,墙体龟裂,沉甸甸的屋顶长满杂草,像摇摇晃晃快要跌倒的老人。

在村委会大门前,爷爷站住了。白天宝独自走进院子,然后

吉 祥 鸟

飞跑起来，到隔墙的小门停下，回头看爷爷。爷爷仍站在大门口，佝偻着腰，目不转睛地看他。见天宝回头，便招手，大声说："去吧，孩子，别迟到了！"

时间尚早，校园里静悄悄的。宋老师已在教室门口等天宝。她手里拿着一个铅笔盒和几个练习本，看天宝来了，一把拉过他，把东西放进他的书包，牵起他的手说："走，先去我宿舍，二年级的新课本，还有一年级的旧课本，我都给你准备了。"

宋老师的宿舍就在教室隔壁，在院子东北角，用砖坯与大教室隔开的一个单独房间。两人进屋，宋老师从抽屉里拿出厚厚的一摞本子，说："你应该上二年级。先加把油，把落下的功课补上……我会帮你。"宋老师安排白天宝每天晚饭后来这里，花一个钟头补课。当时，天宝心里很感动，却不会说感谢的话，只暗暗下决心：一定听宋老师的话，尽快赶上功课。

预备铃响了，宋老师带天宝走进教室。他的座位在第二排，和三娃子是同桌，赵菲菲在前排。这个位置天宝很满意。但他不知道，后面隔一排就是吕小强。

上学第一天，发生了一件意外的烦恼事。

上课了，班长吕燕燕喊"起立"，同学们齐刷刷地站起来。宋老师走上讲台，向大家点头说："同学们好。"大家齐声回答："老师好！"然后吕燕燕便喊"坐下"。

这时，吕小强晃着肥胖的身子从外面进来，径自走向自己的座位。吕燕燕转过头批评他："吕小强，你应该喊报告，说明为

第三章 | 上学第一天

啥又迟到！"听见这句话，同学们都转过脸看他。小强不吭声，随手把同桌李明泉推搡到一边，肥胖的身子挤过去，坐到自己的座位上。

"燕燕说得对，迟到的同学应当喊报告，说明理由。"宋老师看着吕小强，严肃地说，"班长，在点名册上记录一下。吕小强同学这周不是第一次迟到了吧？"

燕燕回答说："他迟到两次了。"

吕小强不在意地哼一声，朝姐姐做个鬼脸："记上吧，还有下一次呢。"

这时，他忽然发现了坐在前排的白天宝，尖声叫道："哎哟，白眼猴……你也来上学？来得倒挺早！"小强在课堂上公然喊天宝的外号，有些同学嘻嘻笑了起来。天宝的脸瞬间红了。

宋老师当即沉下脸："不许笑！同学们，我正要向大家介绍，白天宝同学今天第一天上学，成为我们二年级的一名新同学，大家欢迎他。"说着带头鼓起掌，教室里响起热烈的掌声。宋老师接着说："他因为家庭困难，上学晚，同学们应当帮助他，让他把功课尽快补上来。同学之间要团结友爱，互相关心，互帮互助。我特别提醒同学们，给人起外号是不对的，是对别人的不尊重。大家都应当注意！"教室里鸦雀无声，有人偷偷瞟着吕小强。吕小强一脸不屑，胡乱地翻弄书包，眼睛却死死地盯着前排的白天宝。

下课了，宋老师刚走出教室，吕小强就迫不及待地跳到讲

吉 祥 鸟

台上,嗷地大叫一声,指着白天宝喊:"白天宝,来来来,站到这边来。"

天宝一时没弄清他的用意,便问道:"做啥?"

小强向天宝招手,冷嘲热讽道:"跟我站在一起……咱俩同岁,让同学们看看,你比我矮多少?再让同学们仔细看看你的眼睛是啥样子的,像不像白眼猴?"说着大笑起来。

白天宝不再理睬他,转身要走,小强从讲台上跳下来伸手拦住,大声质问:"白眼猴,你凭啥来上学?"

"那你凭啥?"天宝反问。

"我凭啥?这是三姓庄的学校,我当然可以来上学。"

一些同学围上来,其中就有三娃子、赵菲菲和李明泉。

"是啊,三姓庄的学校,所以我也来得!"白天宝理直气壮地说,"三姓庄的孩子,都可以来上学。"

"你是白眼猴,长得像个瘦猴,你家还欠村里钱,怎么能来上学?"

"你瞎说!你长得像肥猪,走路一晃一晃的,还以为多了不起?学校是村里的,不是你家的,难道只你上得,别人都上不得?"

吕小强一时答不上来,周围的同学纷纷笑起来。李明泉也笑。吕小强冷不防冲过去,一巴掌扇在李明泉脸上:"你笑什么?看我不揍你!"李明泉委屈地哭了。吕小强呵斥道:"你敢向着白眼猴?要不是我爸,你家的包子铺能开到三姓庄来?你能来三姓庄上学?忘恩负义!"

第三章 | 上学第一天

李明泉忙揩掉眼泪说:"我……我向着你,你说咋办,我听你的。"

吕小强回头见天宝要走,蹿过去拉住他的衣袖,说:"白眼猴,你敢跟我比一比吗?比得过我,我承认你是同学;比不过我,你就得滚蛋!"说着向前凑一凑。他的身体像个大麻袋,几乎装得下天宝。他的意图是给天宝一个下马威,让天宝以后乖乖听他的。

"你说比啥?"天宝毫不示弱。

"比个子!"小强大声说。

"你长得高有啥用?白白浪费棉布!"天宝不客气地呛声。

"我家有大彩电,二十五英寸的,你家有吗?呵呵,除了我家,谁家也没有!你家连电灯都点不起。"

"你家的彩电?那是村里的,在村委会放着,凭啥抱到你家去?"赵菲菲在一旁插嘴,说完便躲到天宝和三娃子身后。

"村里的?就算是村里的,我爸能抱回家,你们呢?谁敢?眼红也白搭!"吕小强恬不知耻地晃着脑袋,十分得意,"白眼猴,你敢吗?"

"我不稀罕!"白天宝听他一再喊自己的外号,心里憋着一股怒气,下意识地攥紧拳头。

"比不过我吧?不服气的话,咱们再比!我爷爷人称大先生,会写对联。你爷爷呢?黑疙佬,只会放羊……"

"你爷爷是有名的老狐狸,哪个不知道?"天宝大声反驳。

站在天宝身边的三娃子大声说:"老狐狸狡猾,偷吃鸡,还

吉祥鸟

爱骗人！"

同学们又大笑起来。李明泉没敢再笑。

吕小强皱起眉头想了想，又说："老狐狸？那是聪明的意思。再比！我爸爸是村主任，在村里说一不二，村里人哪个不怕他！你爸呢？逃犯一个，公安局还在抓他，吓得他不敢回家！"

"你瞎说！"天宝挣开三娃子，向小强面前跨一步，"告诉你吕小强，你再敢污蔑我家的人、喊我外号，我就要教训你！"

吕小强鄙夷地冷笑："瞧你那样，白眼猴，还教训我？来呀，来！"说着冲天宝挥挥拳头，晃动着身子向前逼近。

吕小强的刁横和傲慢，让天宝忍无可忍，没等他凑到身边，便猛地冲上前，用尽全身力气，撞向他的肚子。本以为只能撞他个趔趄，却没想到他竟重重跌倒在地上。小强四仰八叉躺着，双手和两腿不断挣扎，试图翻身爬起。天宝蓦然想起景阳冈武松打虎的故事，顺势扑过去骑在小强身上，高高举起拳头。

拳头还未落下，忽然听见一声喊："不许动手！"天宝的拳头停在半空，慢慢落下来。他听出是宋老师的声音，急忙从小强身上下来。

宋老师小跑着赶来，三娃子和赵菲菲紧跟在宋老师身后。显然，三娃子和菲菲担心天宝挨打，便跑去叫宋老师了。

白天宝低头站在宋老师跟前。吕小强爬起身，气急败坏地朝天宝挥动拳头："白眼猴，你等着学校开除你吧，有人护着你也没用！"说着顾不得一身泥土，气愤地跑出教室。李明泉跟在他

第三章｜上学第一天

身后追了上去。

这场风波没有过去。由于宋老师及时制止，白天宝放过了吕小强。但吕小强不肯罢休，仗着自己的爸爸是村主任，向校长吕文生告了宋老师和白天宝的状。

当天晚上，天宝去学校找宋老师补课，走到村委会大门前，便听见一阵悠扬的琴声传来。是宋老师在拉小提琴，曲调美极了。天宝不由得停住脚步倾听，琴声却忽然停了。天宝走到隔墙小门旁的黑影里，见宋老师正站在宿舍门口，小提琴提在手里，一个肥头大耳的男人背着手走过来，站到她跟前。天宝看清了，那人是校长吕文生。

"你年纪轻轻，胆子太大了！"吕文生声色俱厉，对宋老师发起脾气。

宋老师莫名其妙地看着校长："您是说什么事？我做错了什么？"

"你怎能随便让白建成的孩子来上学？应该经村委会同意嘛！"

宋老师恍然大悟，平静地说："白天宝早已超过了入学年龄，只是家里穷没条件上学。动员他来读书，是我作为教师的职责。任何一个学龄儿童失学，都是我们学校的失职，难道不是这样吗？怎么又扯上村委会了？"

"你太幼稚了！想不到，你一个姑娘家，竟如此胆大妄为！

吉 祥 鸟

这件事，起码要向我汇报，经学校研究批准！"

"什么文件规定，本村适龄儿童上学要经过研究批准？难道还有另一个可能——不允许某一个孩子上学？"

"那可说不定！你知道吗？白天宝的爸爸极有可能是在逃嫌疑犯。他家欠了村里不少钱，他来上学，交得起学费吗？"

"白天宝的爸爸是嫌疑犯？！"宋老师显得有些吃惊，但立马说，"我还是第一次听说。可是，'嫌疑犯'的孩子不能上学吗？这是哪里的规定？八九岁的孩子也有罪吗？"

校长脸色铁青，却张口结舌，没说出什么。宋老师接着说："白天宝家欠不欠村里费用，我不知道。我只知道，他的学费已经交上了，我已经入了账。收孩子们的学费这件事，你不是交给我办了吗？"

"你总是有理！我只提醒你，处理事情要瞻前顾后，考虑到方方面面，不要认直理凿死卯，那样你会碰壁的！你年轻，我是为你好。"吕文生气哼哼地转过身，用手指捏住鼻子，擤出一摊鼻涕，随手甩在身后，拔腿走了。

见吕校长走远，白天宝从黑影里走出来。宋老师仍站在门口，呆愣愣地想什么。看她委屈的样子，天宝几乎哭出声："宋老师，我给你惹麻烦了！"宋老师拉起天宝的手走进屋，轻声说："看你挺坚强，怎么哭了？这事不用你管，老师自有对策。记住，你爷爷供你上学不容易，一定要好好学习，抓紧把功课补上。"白天宝忙点头，说："老师，我记下了。"

第三章 | 上学第一天

白天宝每天晚上听宋老师讲完课,然后做完作业,第二天交给宋老师。每个周末,他总是先做完作业,然后帮爷爷做其他活计。

这个星期日,赵菲菲兴冲冲地来找天宝,手里拿着一、二年级的语文课本和一本《新华字典》。这些书是天宝向她借的,天宝打算花几周时间,凭自学突击补习语文。天宝看着面前的课本,虽是用过的旧书,却干净整洁,书角也不曾折损。仔细看,上面竟写着吕燕燕的名字,于是问菲菲怎么回事。菲菲却笑着说:"我的课本揉搓得不像样子,三娃子的课本早没影了,所以我去问了燕燕……怎么,燕燕的课本咋了,用不得?"天宝没吭声,暗暗想着,燕燕学习好,这课本也保护得好……她和吕小强不一样,两人真是亲姐弟吗?

不久后的一个星期天,吕小强上门找白天宝来了。他曾威胁天宝,有一天会在北岗子和天宝决斗。如今大概是向校长告状未果,他心里恼火,便真的来找白天宝决斗了。不过,来的不只他一个人,他带了三个朋友:李明泉、吕金河,还有个陌生孩子,吆五喝六地走到白天宝家院前。

吕小强大声喊叫:"白眼猴,我说过跟你决斗,你敢答应吗?有胆量的话,北岗子见!我去那里等你!"

爷爷去放羊了,白天宝正扎着围裙给猪喂食,听见吕小强吆喝,只抬头看了他一眼,继续喂猪。

"怎么不回答?不敢了吧?认怂也行,你伸出巴掌打自己的

吉 祥 鸟

嘴巴，要一边打一边说'我是狗熊，我认尿，我该死，往后听你的'……要重重地打，鼻子不出血不算数。"吕小强看天宝不出声，只当他怕了，得意地说着。

吕小强身边的朋友也跟着起哄："对，要重重地打，不然我们会一齐动手，打烂你的脑袋！"

白天宝抬头瞟吕小强一眼，故意说："你叫我说啥？'你是狗熊，你认尿，往后乖乖听我的。'好嘛，我现在就说，你老实听着，你是狗熊，你认尿……"

吕小强大怒："住口！谁让你这样说的？你是故意胡搅蛮缠！我让你一边自打嘴巴，一边认尿……不想认尿也行，我们北岗子见！"

天宝应声道："北岗子？好吧，等我喂饱你，做完作业再说……有胆量你就在那里等我。"

吕小强羞恼地冲到天宝跟前："你敢骂我是猪？就现在，现在就去北岗子！做啥作业？吓破胆了吧！想拖延时间？不可能！这顿揍你逃不脱……我等你！"说完便向身后的朋友一招手，气势汹汹地向村外走去。

看着小强的背影，天宝这些日子积压在心头的怒火噌地蹿上来，没等猪崽们吃饱，便脱下围裙追了上去。

吕小强说起决斗的话，是在十多天之前，之后便迟迟没找自己。但天宝知道，吕文生对宋老师发脾气，是因为小强告了黑状，所以那些日子宋老师总蹙着眉头，一副心事重重的样子，秀气的

第三章 | 上学第一天

脸显得有些憔悴。天宝觉得自己给宋老师添了麻烦，心里好难过，他要教训吕小强，替宋老师出这口恶气，但又担心给宋老师带来更大的麻烦。

这会儿，天宝边向北岗子跑着，边想：吕小强是纸老虎，今天带着几个朋友，才敢壮着胆子来。自己务必设法激他单挑，料他不是对手，这家伙虽身高体胖，却好吃懒做，没力气。有之前在教室的那场较量，天宝这次满怀信心，同时提醒自己：一定要给他个下马威，打赢他，把他的气焰打下去，但不能打伤他。

吕小强这次召集来的朋友，白天宝都了解：李明泉是包子铺李婶的儿子，他家为开铺子曾求助吕登峰，便因此被吕小强胁迫了；另一个吕金河，是吕小强的本家，校门外那家文具店就是他家开的；那个陌生的瘦小个子是外村的孩子，天宝并不认识，看上去不像是来帮吕小强打架的。这三人若敢上前，只选个打头的，吓一下算了。

爬上岗顶，白天宝放慢了脚步。吕小强和他的三个朋友果然等在大杨树下。吕小强手里拿根短棍迎面走来，时不时回头训斥李明泉和吕金河："走，勇敢些，别装怂！"他走到天宝跟前便吆喝："白眼猴，你说今天咱们怎么决斗？"

天宝说："随你。"

"还是刚才那句话：你自个儿重重打自己十个耳光，或者乖乖让我们打，我们四个每人打你三下。放心，我们打你不会使太大劲，只要打得你疼就行。"小强摇头晃脑地说，"如果你说一

吉祥鸟

声'认尿',答应当我的小弟,听我的,我就放过你,以后不再喊你白眼猴,也不欺负你……"

白天宝冷笑一声,放慢语速说:"乖乖让你打?还要听你的?我同意。"

小强惊喜地说:"你……真的同意?算你识时务!"

天宝随即喊一声:"只是……它们两个不同意!"说着挥起两只拳头,两眼愤怒地盯着小强。天宝开始向前移动脚步,吕小强变了脸色,慌张地向后倒退。

忽然,小强大喊一声,举在手中的短棍在空中挥舞着:"白眼猴,看见了吗,这东西打在你身上准能留几道瘀青,你怕不怕?"

天宝没有害怕,他伸手往兜里摸,摸出一把弹弓,又摸出一颗胶泥弹丸,笑着说:"吕小强,我这子弹可是指哪儿打哪儿,百发百中。你看着!"随即手握弹弓,瞄向远处的一棵酸枣树。伴着嗖的一声,一颗酸枣应声落地。

李明泉和吕金河都吃惊地叫起来:"好,神弹子!"旁边那个外村孩子正在灌木丛边捉蚂蚱,这时也跑来嚷嚷着:"你这么厉害?让我打一弹试试……"

吕小强一惊,慌乱地挥动手中的短棍,气急败坏地喊叫:"哪里厉害了?咱不许动家伙,我把短棍收起来,你也不许用弹弓!"

"好呀,咱俩一对一,你敢吗?"天宝把弹弓掖进衣兜,挽起衣袖,双眼瞪着小强。

"用不着我亲自动手,我的朋友们会替我收拾你!"小强向

第三章 | 上学第一天

后挪动身子，转头向李明泉和吕金河吆喝："你们上！快！"

那两人相互看看，开始缓缓向前挪动脚步。

天宝笑着说："你俩真的替他卖命？"这时，恰见一条蛇从旁边草丛爬过，天宝灵机一动："好，我也有朋友，让它来收拾你们！"说完一个箭步跃到蛇跟前，弯腰捏起蛇的颈部提在手里，边向小强他们冲过去边喊："我的朋友小白龙助战来了！"李明泉和吕金河吃惊地喊叫，慌张地向后退；小强更如惊弓之鸟，尖叫着扭头就跑。几个人转眼没了踪影。

三娃子和赵菲菲赶来了。原来菲菲看见吕小强带人去村后，便猜到是找天宝打架的，赶紧跑去找三娃子帮忙。菲菲看见天宝手中的蛇，尖声叫起来。三娃子说："这蛇没毒，别怕。"天宝说："今天这个朋友立了一功，把小强一伙吓跑了。"随即把蛇轻轻放进草丛。这蛇在草地上蠕动片刻，才慢慢爬走。

此后一段时间，吕小强再没提起决斗的事，在学校见到天宝，只撇嘴瞪眼，装出一副威严的样子。菲菲听燕燕说，小强在学校打架的事，被他爷爷吕文瑞知道了，狠狠批评了他一顿。他爷爷要他好好念书，将来才有出息。燕燕要菲菲转告天宝，她对小强喊天宝外号十分不满，已经批评过他了，还跟小强说要跟天宝比学习。期末天宝的考试成绩若超过他，他便再不喊天宝外号。

三娃子问天宝："宝儿哥敢应战吗？可惜你上学晚了这么久。"天宝笑笑："小强这人，我只怕他说话不算数。我真的不想跟他比，我要跟他姐姐比，我的目标是期末考试成绩超过吕燕

燕!"菲菲拍起手,三娃子也叫好:"跟燕燕比?她可是尖子!宝儿哥有志气!燕燕聪明极了,你打算怎么超过她?"天宝笑了,嘱咐菲菲:"我悄悄努力嘛!这话,不要告诉燕燕哟!"

第四章

屈辱与真情

吉 祥 鸟

　　近来，有传言称镇中心小学即将建成，三姓庄小学要合并过去。这自然是好消息。三姓庄学校的校舍是典型的危房，黑屋土台小板凳，两个年级的学生混杂在一间教室，乱糟糟的，实在不像样子。大家都盼望消息是真的，可又不敢抱太大希望。因为类似的消息流传过很多次，却总是化作泡影。何况，消息最先是从吕小强嘴里传出来的，毫无疑问，吕小强是听他爸吕登峰说的，这更让人半信半疑。

　　吕小强还放出风声：镇中心小学的大楼容不下差等生，谁若是期末考试成绩不及格，就会被勒令退学。小强在教室里大声叫嚷，眼睛不时瞟向前排的白天宝。天宝察觉到他的目光，知道他是在等着看自己的笑话。最近一次考试，天宝的成绩是全班最差的，吕小强却破天荒考了及格分。小强扬扬自得，神气活现，喷着唾沫星子对其他同学说："知道啥叫'红椅子'吗？我爷爷说，以前考了倒数第一名的人，要在用红纸糊的椅子上一动不动坐三个时辰，不然老师的戒尺不客气！这次考试的倒数第一名是谁，你们都知道吧？我看，咱们也该糊一把红椅子让他坐！"说着便哈哈大笑起来。

　　白天宝心里好憋闷，真想冲到小强跟前跟他理论一番，但还是忍住了。天宝不免有些灰心丧气，竟冒出了不想再上学的念头。

第四章 | 屈辱与真情

这天放学的时候，天宝低垂着脑袋，正怏怏不乐地走出教室，忽然听见宋老师喊他的名字。宋老师把天宝叫到她的宿舍，拿出一份上学期的数学和语文试卷让天宝做。天宝趴在宋老师的办公桌上开始答题。过了一会儿，燕燕和菲菲进来，凑到跟前问天宝有没有问题。天宝忙用手捂住卷子，说声"没有"，便让她们离开了。因为上学期的功课基本全补过了，天宝顺利地完成了试卷。宋老师阅完试卷，脸上露出了欣喜的笑容。在第二天的班会上，宋老师表扬了白天宝，夸他学习认真刻苦，短短时间内就补完了二年级上学期的功课；还说照这个速度，天宝到了三年级一定跟得上学习进度。

然而，事情总不如人意。一个星期天，白天宝跟爷爷去地里种玉米，用镢头刨地时，重重伤了小腿。爷爷心疼地抱起他，急忙用破布给他包扎伤口，然后背他去村卫生室。

天宝趴在爷爷肩上，低声问："爷爷，咱们去哪儿？"

爷爷说："只能去吕登科那儿了，咱村只有他开着药店，挂着村卫生室的牌子。"

天宝说："爷爷，咱不能去他那儿！"说着便挣扎着要下来。

爷爷用力搂紧他，颤声说："孩子，别动……你的腿要紧，倘伤了骨头，一辈子就完了！爷爷知道他的药价钱贵，可这会儿哪能顾得上这些？"

白天宝仍然坚持要下来，爷爷弯曲的脊背经不住他用力扭动，

 吉 祥 鸟

结果两人一起重重歪倒在了路边。天宝说:"爷爷,我不去他那儿,死也不去!二黄鼬是个坏蛋,他没正经本事,不会看病。而且他卖的药那么贵,我们不去求他!"

爷爷没吭声,只是轻轻叹口气,重新背起天宝,却改变了方向,蹒跚着走上去长桥镇的小路。

到了镇卫生院,经检查,天宝的小腿骨出现裂缝,骨膜受损。大夫给天宝的小腿绑上夹板,又叮嘱说:"伤筋动骨一百天。你要耐着性子治疗,不然会落下残疾。"天宝有些害怕,爷爷跪下哀求大夫,无论如何都要设法治好孩子的腿伤。大夫拉起爷爷,答应说:"老人家放心,我们会尽力的。"

从这一天起,爷爷隔几天便背着天宝去卫生院换药。爷爷太累了,他的脸一天天更显苍老。天宝趴在爷爷背上,感觉他佝偻的身子在摇晃。天宝真想从爷爷背上挣扎着下来,自己爬着去医院。但这不可能,他的小腿动弹不得,腿上的夹板碰撞不得。爷爷把他搂得紧紧的。来回路上,爷爷只在北岗子下的一个土堆上歇息一次。爷爷把天宝放在上面,扶他稳稳地坐好后,自己才蹲下来擦拭脸上的汗水。

天宝问爷爷:"我这伤,要花好多钱吧?"

"这事不用你管,只要能治好你的腿,多花些钱也值得。"爷爷笑着说,"我身子骨还行,家里的活我都能干。我说过,再活二十年没问题,这不是玩笑话,我真的行。"

天宝明白,爷爷这样说只是为了安慰自己。他心里高兴不起

第四章 | 屈辱与真情

来，悄悄流下泪来。

宋老师来看天宝了，还带了吕燕燕、三娃子和赵菲菲一起来。宋老师叮嘱天宝不要着急，腿伤必须好好治疗，功课也不能落下。她让三娃子负责每天捎来当日的作业，和天宝一起做题，有问题互相讨论；又安排燕燕和菲菲每周日带来单元试题，对天宝单独测试，发现错题或难题再由燕燕讲解，仍解决不了的问题留给她，由她不定期来给天宝辅导。

天宝很感激宋老师，也很乐意让三娃子和赵菲菲来帮自己补习功课。但对于吕燕燕，天宝心里并不怎么欢迎她。她是学习尖子，又是班长，宋老师安排她来，只是为帮天宝解决疑难问题。可天宝却不愿意搭理她。为什么？天宝也说不出，难道只是因为她是村主任吕登峰的女儿、吕小强的姐姐？吕登峰在村里横行霸道，吕小强像极了他的爸爸，一样的粗鲁横蛮……但是，燕燕和她的弟弟不一样。可即使这样，天宝也不愿给她好态度。所以燕燕每次来，他总是冷冷的，她问有没有问题，天宝便回答没有，他宁可问菲菲和三娃子，也不愿理睬她。

两个多月过去，白天宝腿上的夹板拆除了，只是大夫仍不许他乱动。这一天，爷爷从外面回来，脸上挂着笑："你赵爷爷帮忙弄到'神药'了，专治骨伤的膏药，是他当中医的老朋友送的，祖传秘方，管保腿伤愈合得好。"爷爷这样开心，天宝听了也高兴。赵爷爷是个好人，他当村干部那些年，村里人都夸他、拥护他，现在虽然老了，仍喜欢关心帮助别人。他跟爷爷一样关心天宝，

吉 祥 鸟

爷爷相信他,天宝也相信他。

白天宝腿伤好后,距离三年级升级考试只剩一个月,他着急上学了。爷爷要背着送他,他不干。三娃子来接天宝,爷爷仍坚持陪他去,拎着马扎走在他身旁,眼睛盯着孙子走路,高兴地说:"好了,全好了……只是,还要小心。"

学校已经搬到了村西头的一处大院。这里原本是生产队的打麦场,一排房子之前是牲口棚和存放农具肥料的仓库。前些天下雨,村委会旁边的原校舍屋顶到处漏雨,还有一间塌了。眼看着夏天到了,雨季很快到来,极易发生安全隐患。县教育部门来人察看,严令将学校立即搬离危房。期盼已久的镇中心小学因断了资金而停工,工期无限期推迟,村委会便决定把学校暂时搬到村西头的打麦场。

白天宝走进学校,宋老师带同学们迎接他,天宝心里好感动。吕小强仍是原来那副嘴脸,冷眼看着天宝:"白眼猴,我还以为你会变成瘸子。"天宝质问他:"你答应过不再喊我外号,忘了?"吕小强冷笑道:"那有条件,期末考试,只要你能超过我……"天宝说:"拉钩,敢不敢?"不少同学围过来,三娃子、李明泉都吵嚷着:"拉钩,拉钩!"吕小强迟疑着向天宝伸出手指。拉着小强粗短的手指,天宝心里想的却是另一个人——吕燕燕。对小强,天宝心里除了愤恨,更多的是藐视。天宝默默想着:"吕小强,你算老几?我的目标是超过你姐。"

第四章 | 屈辱与真情

一个多月后,学校放暑假了。

白天宝背着书包,飞也似的跑出教室。他手里拿着一张粉红色 A4 纸,是刚刚发到手的期末升级考试成绩单。同学们正乱哄哄地冲向院墙缺口,抄近路四散回家,尽管背上的书包沉甸甸的,都还是喊着、叫着疯跑。

天宝第一个翻过院墙,冲出大院,一口气跑到村东头,拐进小巷尽头的那个破败院落。往常,天宝急匆匆回家是为了去放羊、拔猪草、做农活,今天却不一样。他手里拿的这张纸,记录着这次升级考试的成绩,他急于向爷爷报喜。

天宝喊着"爷爷"冲进院子,却没有人应声。

他的脚步慢了下来。被竹篱笆分开的院落,左边妈妈的住房一直上着门锁。天宝停下,注视着那间空寂的房子,心里想,倘若妈妈在家,应该让她看看这张成绩单,她也许会和爷爷一样感到高兴,她那白净秀气的脸上,往常的阴冷也许会一扫而光,大声笑着说:"双百?好嘛,好儿子,考得不错嘛……别忘了,我是你妈,没有我,哪有你……"天宝仿佛听见了妈妈的声音。妈妈在家时,篱笆墙下种的凤仙花一直没人管,每年却长得很好。现在又开花了,一片鲜艳的花朵,在阳光的照耀下格外灿烂。

天宝默默嘟哝:"妈妈,我的妈妈,你在哪里?"

好一会儿,天宝绕过篱笆向他和爷爷的屋子走去。猪栏里的猪崽躁动起来,几头猪崽听到他的脚步声,乱哄哄地叫着,争抢着将嘴巴伸到食槽里。天宝没顾上理睬,轻轻喊着"爷爷"走进

吉 祥 鸟

屋。爷爷这几天感冒,咳嗽得厉害,天宝嘱咐他在家休息,但屋内却静悄悄的,没人应声。门口水缸的水满着,扁担和水桶都在,爷爷没去挑水。只有那根鞭子不见了,屋后也静悄悄的,通常圈在那里的羊群会一直叫唤……爷爷又去放羊了。

白天宝卸下肩上的书包,把书包放在灶前的小桌上。这是他和爷爷的餐桌,也是他的书桌。这会儿天宝觉得肚子有些饿,便跑到屋外,走进猪栏和窗子间夹道处的小厨房里,看到煤球炉上坐着锅,里面放着地瓜、窝头,还有一个馒头、一碗粥。天宝伸手一摸,都还热乎着呢,是爷爷留给他的。

天宝大口吃起来。吃掉一块地瓜和一个窝头,然后从书包里取出课本和练习册,坐到小桌前做作业。天宝想抓紧把今天的作业写完,然后去村外找爷爷,向他报告好消息。爷爷一定会高兴得合不拢嘴,双手抱起自己,重复那句总挂在嘴边的话:"好孙子,好好念书,长大娶个好媳妇,离开这个穷村子。"

天宝专注下来,笔尖在纸上沙沙作响。

今天的作业完成后,天宝便收拾书包,打算去找爷爷。他取出那张成绩单,又注视着成绩单上的两个一百分,心里好生欢喜。他把成绩单折好,掖在裤兜里。他想给爷爷带些干粮和水——爷爷通常只吃过早饭就出去,在外面忙一天,傍晚回家再吃晚饭,这样其实他早就饿了。天宝从水缸舀出几瓢水,打开煤球炉把水烧开,灌一部分到竹编暖水瓶里,留着晚上熬粥,剩下的水倒进一个水瓶,再把干粮和几根咸萝卜条包起来,掖在腰间。

第四章 | 屈辱与真情

天宝刚出院门，迎面来了一个女孩儿，喊着白天宝的名字，小跑着来到他跟前。是吕燕燕，她的长睫毛扑闪着，圆脸上挂着笑，露出浅浅的酒窝，两根短辫上的蝴蝶结好鲜艳，配着白色短袖、粉红色长裙，活脱脱一个漂亮天使。她只比天宝大一岁，个子却比他高出半个头。

燕燕还是第一次独自来天宝家。

天宝疑惑地问："你……有啥事？"

燕燕说："我有件事想跟你商量。听我爸爸说，暑假期间，县文化局要办少年艺术班，音乐、美术、书法、武术……啥都有，你想不想参加？"

天宝摇头："不……我不去。我要帮爷爷放羊、去地里干活。"

燕燕笑笑："每周末只学半天，不耽误你做这些事。"

天宝淡淡地说："要花好多钱的……我不去。"

燕燕无奈地叹口气："你不去就算了。跟你商量另一件事，升三年级后，少先队干部改选，你当个小队长吧？当上小队长，就再没人敢喊你绰号了。"

"是你弟弟给我起的绰号，总是他带头喊，老师都管不了他，你能管得了？"

"我告诉爸爸，让爸爸揍他！"

天宝哼一声："你爸爸拿他当宝贝，哪舍得揍他？他之前还骂过宋老师，你爸揍他了吗？"

燕燕脸一红，没有回答。

吉 祥 鸟

天宝又问:"而且,谁当小队长,你说了算吗?"

燕燕说:"宋老师对我说,让我当中队长。谁当小队长,当然要征求我的意见。"

"让你当中队长?凭啥?"

"这……我不知道。也许……我的学习成绩好呗。我一直是班里的第一名,就这学期,我们俩都考了双百。咱们班,就数我和你了。"

天宝说:"哦,那你就当中队长吧,我啥也不想当,只想好好读书。"说完转身便走。

吕燕燕在身后说:"你别走嘛!那我跟宋老师说,把中队长让给你当咋样?"她的语气像是在恳求。

白天宝愈加惊讶,茫然地看着燕燕,真想质问她:让谁当中队长,你也说了算?可是,看吕燕燕表情十分真诚,没有调侃自己的意味,他便再没吭声,却不再理睬她,径自向村后走去。

天宝直接抄屋后小路,走过一道壕沟和水坑,便到了北岗子。午后的太阳当头暴晒,岗坡上的草叶被晒得恹恹的,打不起精神。滚烫的阳光灼痛皮肤,钻进鞋里的沙粒硌疼了脚板。

天宝一口气爬到土岗顶部,来到高高的大杨树下。头顶,大杨树浓密的叶片遮住了太阳,一缕风吹过,一阵清爽惬意。他把盛着水和干粮的袋子放到一边,往手心吐口唾沫,纵身一跃,双手抱住树干,两腿用力一夹一蹬,飞快地爬上杨树。在一个高高的枝杈上,他停下来,穿过树叶的缝隙向四周眺望,寻找爷爷的

第四章 | 屈辱与真情

踪迹。

眼前是大片的庄稼地。这片地是盐碱地,原本寸草不生,听人说赵爷爷当村主任时,曾带领村里搞治沙改碱,起了作用,承包到户以后,管理好了,地里能长庄稼了。时下棉花已开了红白的花朵,玉米也长成了青纱帐,可惜久旱无雨,葱绿的叶子在阳光暴晒下缩成了卷。村里人盼望雨季如期到来,有大雨浸润,老盐碱地里的庄稼收成或许会好些。

天宝继续往上爬,到了大树顶端的树杈,硕大的老鸹窝就在身边。天宝探头看看,窝里空空如也。他想,鸟雀不来入住,应该是因为附近土地瘠薄,草木稀少,难以觅食;而另一个不为人知的原因,或许是自己和三娃子时常光顾这里,偷偷觑看,伸手掏摸,那鸟雀察觉到威胁,于是迁徙了。天宝看着鸟窝,虽长久受风吹雨打,依然完整地存留着,不免对它的主人——那些失踪了的乌鸦肃然起敬,且从心里生出一丝歉意。

天宝用手遮挡着阳光,向远处望去,隐约看见东边墨绿的一片,那就是爷爷说的大青山?据说山里有金牛岭,岭下有仙人崖……一道古老的河床,从那片山岭间延伸过来,沉淀着千年的泥沙。每逢雨季,或上游放水,河水便浩浩荡荡穿过东沙岗,流进一条叫作遛马河的人工河,又流进一个叫作月牙湾的大水塘。月牙湾在雨季汇聚起满湾清水,俨然一片浩瀚水泊,沿岸的沙岗上草木繁茂,据说林中老树有的树龄已有数百年,甚至上千年!那一带水草丰美,是白玉鸟栖息繁育的福地。当然,白天宝更向

吉 祥 鸟

往大青山，曾请求爷爷带他去大青山看森林，看林中鸟雀，看成群结队飞舞的白玉鸟。爷爷却摇头说："大青山远着呢！望山跑死马。看起来像在跟前，其实在三百里外呢。"

天宝站在树杈上，把目光收回来，开始由近及远向四周扫视。村子向东的大路，在不远处与一条南北方向的公路交叉成丁字路口，向南通向县城，向北通向长桥镇。长桥镇南边的康乐井，是他常跟爷爷挑水的地方。康乐井再往东南，就临近了月牙湾，岸边的草地是爷爷赶着羊群经常光顾的去处。天宝的眼睛定定注视着那一带，果然，他看到了一个头戴草帽的牧羊人，看到了绿草地上蠕动着的白色的斑斑点点。不用说，那是爷爷的羊群。

天宝像猴子一样出溜下大杨树，拿起袋子向那个方向跑去。

羊群在草坡上游移。爷爷挥着鞭子，鞭梢发出清脆的响声，羊群便改换了队形，长长的横队变成纵队，迤逦向前。爷爷听见天宝的口哨声，看见急匆匆跑来的瘦小身影，便赶着羊群迎上来。他摘下头上的苇编草帽，高举过头顶频频摇晃，又扬起鞭子，连续甩出脆响。

白天宝大声喊着"爷爷"跑来了。爷爷看他直喘粗气，浑身是汗，却满脸笑容，猜到天宝一定带来了好消息，便笑起来，胡子一翘一翘的，脸上的皱纹更加细密。

"爷爷，你饿了吧？我来晚了。"天宝把手中的布包递给爷爷。

两个人在树荫下坐着。爷爷打开布包，看见馒头，便不满地

第四章 | 屈辱与真情

说:"为啥不吃?"天宝说:"窝头香,我爱吃窝头。"说完拿起馒头塞给爷爷。爷爷摇头,接过又回手塞给天宝,并拽下搭在肩头的毛巾,一边为天宝揩去额上的汗,一边问:"宝儿,升级考试的成绩下来了吧?"天宝点头。爷爷用询问的眼神看着他,脸上显出一丝担忧:"那,怎么不告诉爷爷,考得好还是不好?"

天宝故意绷起脸:"爷爷,你吃了这馒头,我再告诉你!"

爷爷拍拍天宝的肩膀:"孩子,你是怕爷爷不高兴?不要紧,考不好没啥,你的腿受伤耽误了功课。爷爷不责怪你,更不打你,以后努力嘛。"

天宝终于憋不住大笑起来,他从兜里拽出那张成绩单,递给爷爷。爷爷一手接过,看着看着,拿着成绩单的那只手开始颤抖,另一只手捋着下巴上的白胡须,胡须也在抖。爷爷没上过学,但他参加过村里的夜校扫盲班,认得成绩单上的文字和数字。看罢,爷爷笑了,连声说:"好,好极了!我孙子有出息!"

爷爷吃了窝头,喝了一瓶水,还是把馒头剩下了:"宝儿,你吃吧,大老远跑来这儿,又饿了吧?"说着拿起馒头塞给天宝:"快吃,吃完爷爷带你去游泳。遛马河刚来水,清凉着呢,河水也好喝,比康乐井的水还甜。"

听说要去游泳,天宝兴奋得不行。他这会儿的确又有点饿了,便接过馒头,从袋子里拿块萝卜条就着吃起来,一边吃一边问爷爷:"吕小强说他家在县城买了楼,就要搬到城里去住了?"

"在县城买楼,要花好多钱呢!除了他家,谁买得起?"爷

吉 祥 鸟

爷脸上显出愁苦的表情,"吕登峰这种人,跟你赵爷爷那些干部不一样。当村主任,应该想方设法为大伙办好事,可他只顾自己发家致富……爷爷让你好好读书,就是希望你长大有出息,离开这村子。"

天宝愣愣地看着爷爷,说:"爷爷,我知道你的心。可咱家穷,我又生了一场病,你太难了。"

爷爷挺挺腰杆说:"孩子,别说这话,凭你考双百,再难我也要供你念书!小学毕业上中学,中学毕业上大学,长大给咱家争气,给全村百姓做好事。"

天宝说:"爷爷,我打算暑假去东沙岗捉白玉鸟。"

爷爷显得有些惊讶:"捉白玉鸟……你能行?那要懂门道,我老了,跑不动,帮不上你的忙了。"

"我想试试看,三娃子可以帮忙。我会爬树,会吹口哨,还会学白玉鸟叫……"天宝说着鼓起嘴巴吹了几声,真的像白玉鸟在唱歌。

"我知道,宝儿的口哨吹得好,如今能派上用场了!"爷爷颤巍巍地站起身,嘟哝着,"若能捉到白玉鸟,卖几个钱,你念书就没太大困难了!"

天宝从爷爷手里接过鞭子,赶起羊群,看爷爷高兴,便又说起另一件事。

"爷爷……"天宝说话突然有些磕巴,"吕家那个女孩……燕燕,去咱家找我了。"

第四章 | 屈辱与真情

"燕燕?谁家的丫头?"

"吕登峰的女儿,吕文瑞的孙女。她跟我一个班,动员我暑假去县城参加业余培训,学音乐、画画什么的。"

"噢,吕文瑞的孙女?"爷爷有些惊讶,沉吟道,"宝儿,你想去吗?你喜欢唱歌还是画画?"

"我喜欢吹口哨,也喜欢唱歌。宋老师夸过我,说我有音乐细胞,节奏感强,听觉灵敏,还说以后学校要是组建军乐队,一定让我参加。"

"这么说,你愿意去县城学音乐?"

"不,我只是随便说说。我不参加这培训班,要花很多钱。我要帮你放羊,做地里的农活,去东沙岗捉白玉鸟,养起来卖钱。"

"吕家那丫头,咋想起来问你?这丫头咋样?"

"她呀,同学们都说她像孔雀公主,漂亮又高傲。可她对我很和气,不像她弟弟。燕燕还说,升了三年级,宋老师让她当中队长,她不当,要让给我。"

爷爷一脸惊喜,嘴巴和胡须抖动着,几乎笑出声:"这样说,燕燕是想跟你做朋友?孩子,就凭这,燕燕去,你也去……跟她一块儿去。"爷爷的语气十分果断。

"爷爷,咱管她做啥?"一句无心的话,爷爷竟认真起来,这出乎天宝的意料。

"孩子,听爷爷的话,一定要去!"爷爷用力挥动着瘦骨嶙峋的手臂,"问清燕燕,培训要交多少钱?爷爷自有办法。"

吉 祥 鸟

"爷爷,你不是让我好好读书,以后考大学吗?和吕燕燕做朋友?我做梦都没想过,我不喜欢她!还有她弟弟,她全家人我都不喜欢!"

白天宝说的是心里话,他讨厌吕家人。全村几乎没人不骂这一家子。但对吕燕燕,天宝的态度有些改变,刻意不把她和她家的人放一起。他心里说不上喜欢,但觉得她并不令人讨厌。

爷爷想着什么,轻轻叹口气,不再说话了。

天宝也陷入了沉思。爷爷对他和燕燕的关系,有些异想天开了。爷爷给自己讲过好多故事,天上地下、古往今来,唯独没详细说起过自己的家事。爷爷曾说村子穷,很多年轻人娶不到媳妇,打一辈子光棍,但从没具体说到什么人,更没说起过自己。天宝猜测,爷爷决心供他念书,一个宏大的目标,是盼他上大学,混出个人样;而另一个便是盼着他长大能娶上媳妇。

天宝抬头看着爷爷,想说什么,却见爷爷眼里泛起一汪泪水,便咽下了话头。

天宝跟在爷爷身后,赶着羊群,向遛马河方向走去。

西北方天空涌动起大块乌云,太阳被云块遮掉,天气更加闷热。

爷爷仰脸看天:"天要下雨了。咱们到河里痛快洗洗,就该回家了。"

第 五 章

惊 魂 暴 雨 夜

吉 祥 鸟

　　一场大雨降临。雷电风雨席卷着无边的旷野,小小的三姓庄被雨幕吞噬。

　　天宝和爷爷赶着羊群从邈马河边刚回到家,北方天空的雨云便追着脚步赶到了。雷电在头顶滚动,铜钱大的雨点敲打在头上。他们还不能马上进屋,得先安置好羊群。几十只拖着尾巴的绵羊拥挤在屋后,听到雷声发出惶恐的嘶叫。天宝把几只怀着羊羔的母羊牵进猪圈,其余则圈在屋后借着外墙用塑料篷布搭起的临时棚屋,羊群被驱赶进狭小的棚屋,颤抖着偎缩在一起。猪圈里,猪崽和母羊发生了冲突,天宝用木棒强行压制了躁动的猪崽。

　　这时,爷爷已在关注屋顶,他激动地大声喊:"宝儿,你看咱们的屋顶!"

　　天宝抬头望去,屋顶不知被谁覆上了一层塑料膜布,周围还压了砖石,便大喊:"爷爷,这下好了,不用担心屋顶漏雨了。"

　　爷爷浑身淋得透湿,却高兴地咧着嘴笑:"不知是谁办的好事。这层塑料布,救了咱们的命。不然,房子就危险了!"

　　天宝已被淋成落汤鸡,却忽然想起一件事,忙跑进屋拿出两个大些的盆子,一手提一个,放到猪圈棚顶上,他要接住宝贵的雨水。回到屋里,天宝已冷得发抖,他赶紧脱掉湿透的衣裤,蜷缩到爷爷身边。爷爷用一条干毛巾擦拭他瘦削的身子,又拽过一

第五章｜惊魂暴雨夜

条被单给他裹上，接着又起身忙一阵，在可能淅雨漏水的地方放上盆罐接着，把天宝脱下的湿衣服拧干晾上，才又上炕。

夜幕提前降临。窗外大雨滂沱，闪电不时透过窗口，雪亮地照进屋里。天宝和爷爷偎在土炕上，觉得有雨淅进来，爷爷便又起身堵住窗口的塑料布，然后拖着天宝躲到屋角。黑暗中，爷爷搂紧天宝，轻轻拍着他的身子。外面一片雷声雨声。闪电将漆黑的夜空瞬间撕裂，一声声霹雳震得房子发抖，整个世界似乎到了末日，就要天塌地陷。

天宝有些害怕："爷爷，咱的屋子会倒吗？是谁给咱房顶铺了塑料布？多亏了他！"

爷爷说："宝儿，放心。有这层塑料布，咱的房子不会塌。我知道这人是谁……"

天宝又累又困，迷蒙中嘟哝着："爷爷，我猜是赵爷爷。要么，三娃爸回家来了？"

"嗯，很可能是你赵爷爷，他曾提醒我，说咱家的屋顶有漏雨的风险。"爷爷听天宝响起轻微的鼾声，兀自嘟哝，"睡吧，宝儿……这雨下得好，地里庄稼正旱呢。明天不用挑水了，接满两大盆水，够咱们喝几天。"

夜半时分，外面风雨停了。天宝被一泡尿憋醒，爬起来摸黑下炕。屋里一片昏黑，听得到滴滴答答漏雨的声响。天宝分辨得出，声音是从炕脚和屋门旁边传来的，大概是屋顶塑料布的缝隙仍会渗下水，接漏雨的瓦盆已溢出。他光着身子跑过去，端起盆子把

吉祥鸟

水泼到屋外,再重新接上。一泡尿憋得急,天宝急忙推开门跑到院子里。院子已积满水,没过脚踝。他蹚着水走到猪圈前,朝里面尿起来。猪崽以为主人送来美食,乱哄哄地拥向食槽。

天宝抬头望天,乌云汹涌奔走,雷声渐渐远去,但仍有闪电掠过,沉睡的村庄瞬间被照亮,又沉入茫茫暗夜。他下意识地看向篱笆墙那边,不知妈妈的屋子是否漏雨,随即想起那个雨夜,吕登科从妈妈屋里蹿出来……那一棍子打得轻了!可怜的妈妈,你找到爸爸了吗?不少人背地里数说妈妈,说她不是好女人。可天宝时常想起她,每次想到她,心里便充斥着说不出的伤心和难过。

天宝在篱笆墙边待了好一会儿。

天空的云层已变得稀薄,云缝里露出星星,雨云夹带着闪电和沉雷滚动到遥远的天边。爷爷拄根棍子从屋里走出来,手里拿着天宝湿漉漉的短衫,喊着"宝儿"。天宝忙答应着,接过衫子披上,又踮起脚看猪圈棚顶的盆子。两个盆里已接了满满当当的雨水。这水是宝贵的,村里人都会趁下雨接些雨水,烧饭、煮粥、沏茶。雨水可比村井里苦咸的水好喝多了,比康乐井的水还甜。

爷爷咳嗽着走进屋子,没有点灯,摸黑爬上炕,从枕边的木盒子里摸出碎烟叶和卷烟纸,卷了支烟吸着,对天宝说:"不困了……一场好雨,来得快,走得也快。地里庄稼该发旺了……咱的屋子也躲过一劫,省得花钱找人修。"爷爷借着烟头的光亮,看看放在木盒里的几张钞票——爷爷的钱通常放在这盒子里,几

第五章 | 惊魂暴雨夜

乎天天拿起来点数,每数一次便眯起眼算一算,然后叹口气,把钱重新放进去。

"爷爷,你在想啥?"

"我想,你马上升三年级,学费交得多了……还应该再给你做身衣服,你个子长高了。再说,总得有件换洗的衣裳。还有鞋子……"他嘟哝着躺下来,手中的烟灭了,好像又睡着了。

天宝默默看着睡去的爷爷,心里一阵酸楚。他忽然想起,明天是暑假第一天,作业先不着急做,不如约上三娃子去捉白玉鸟。如果能捉到纯正的白玉鸟,卖上几百元,爷爷就可以轻松地喘口气了。

天宝想起爷爷编的那只鸟笼,便赤脚下地,摸黑走到堆放杂物的屋角。屋里黑洞洞的,天宝不小心碰倒了什么,发出咣当的响声。

爷爷又醒了,低声问:"宝儿,三更半夜的,你做啥哩?"

"我看看鸟笼。"天宝说着,掇条凳子踩上,摘下挂在房梁上的笼子。

"咋想起它了?"爷爷坐起身,点上油灯。

天宝把笼子托在手上,拿到炕前,对爷爷说:"刚下过雨,地里的活没法干,我想明天找上三娃子去东沙岗,带上这只笼子,倘捉到白玉鸟,就放进去喂上。"

白天宝和爷爷刚吃过早饭,三娃子不请自到。他是找天宝去

吉祥鸟

看电视、打游戏的,听说要去东沙岗捉鸟,顿时来了兴趣。

天宝取过鸟笼,解下布罩,用抹布轻轻拂去笼子上的灰尘。爷爷一直守在旁边,兴奋地说:"这笼子是我当年从篾匠铺子买了上好的竹篾,费了好些心思,花了几天工夫,亲手编制的。"周围的一根根篾条打磨得光滑纤细,笼内的上部是鸟活动的空间,笼壁上嵌着水槽和食槽,几根小指粗细的横梁将笼子上下分隔,供鸟栖息活动。爷爷说:"当时我一连编了六只笼子,最多养过十多对白玉鸟。"天宝问他后来为啥不养了,爷爷苦笑着说:"那时候的政策,不允许搞家庭副业……"他没再说下去,似有许多难以言说的苦衷。

笼子擦干净了,圆柱形框架显露出本来的光滑油亮,通体金灿灿的。爷爷凑到跟前仔细看看,说:"去吧,刚下过雨,白玉鸟会出来觅食。"他高兴地咧开嘴巴笑着,像是好运真的就要到来。

白天宝和三娃子出发了。除了鸟笼,天宝还带了弹弓,胶泥弹丸是不能用来打白玉鸟的,只能用些纸浆球代替。三娃子还从家里拿来一个长杆扑蝶网兜。暴雨后的月牙湾水面暴涨,大片芦苇在水面摇荡。两人只好从岸上绕过,爬上东沙岗。原本平缓的岗坡被雨水冲出道道沟壑,林子里松软的草地变得泥泞不堪。

昨夜的雨为这次行动增添了困难,却也带来了运气。他们在林子里跑了一天,竟如愿捉到一对白玉鸟。不过,与其说是捉到,不如说是捡到。这对小东西刚出窝,翅膀遭大雨淋了,侥幸存活了下来。当时三娃子正爬上一棵树,捉一只野鸽子。天宝在树下

第五章 | 惊魂暴雨夜

听见小鸟微弱的叫声,循声去找,在一处浓密的灌木丛里,发现了躲在里面的两只小精灵。天宝伸出手去捉,它们只略微蹦一蹦,便颤抖着身子乖乖就范。

他们把两只白玉鸟放进笼子,给半截细竹筒里放上清水,给小食槽里放进带来的小米,接着便兴高采烈地回了家。爷爷高兴得不得了,连声说:"是白玉鸟!看这毛色,白得多鲜亮。"白玉鸟放在天宝家喂养,爷爷亲自教天宝给鸟喂食,三娃子天天跑来看,守着两只小鸟逗弄。十几天过去,两只鸟的羽毛丰满了些,翅膀也硬朗了,在笼子里欢蹦乱跃,不停地飞来飞去,偶尔发出甜嫩的欢叫声。

这一天,长桥镇逢集。天宝急于试试这对白玉鸟的价钱,爷爷便答应带他去集上的鸟市。天宝用一根细木棍挑着鸟笼,紧跟在爷爷身后,刚走进鸟市,便有人围上来看。天宝打开笼子的布罩,让客人观赏白玉鸟。两只小鸟都有洁白晶莹的羽毛、小巧玲珑的身体,在笼内飞舞跳跃,它们的叫声虽仍然细弱,却甜嫩动听。有个外乡口音的中年人盯上了这对鸟,几次走过来察看,跟爷爷讨价还价。爷爷说:"六百一对。"中年人摇头说:"可惜眼睛是黑色的。"爷爷说:"要是红眼的,八百也不卖。"

眼看时间已到中午,问价的人多,真心买的却少。那个中年人又过来问:"四百块,卖不卖?说利索话。"这人是第四次来看鸟,像是真心要买。天宝悄悄对爷爷说:"四百块,不少了,卖给他

吉祥鸟

吧。"爷爷说:"这人是鸟贩子,他们把白玉鸟运到南方一个叫深圳的城市,那里的人很有钱,能卖到大价钱。"天宝说:"深圳离咱这里几千里路呢,咱怎去得?"爷爷觉得天宝的话有道理,无奈地点点头:"宝儿,你若舍得,就跟他成交吧。"把鸟交给鸟贩子的时候,天宝却又有些犹豫了。看客人把手伸进笼子,双手捧出小鸟。天宝几乎要哭出来。爷爷却笑了,接过那人递来的四张百元钞票,双手颤抖着点数了两遍,才装进衣兜。

天宝提上空鸟笼,跟爷爷去了商店。爷爷给天宝买了一身秋衣、一身牛仔服。中秋节快到了,爷爷又买了月饼、割了肉。两人兴奋地走着,忽然,天宝看见拥挤在人群中的三娃子,他也跟着妈妈赶集来了。

天宝忽然想起了什么。

"爷爷,这鸟应该有三娃子一份功劳呢。"

"哦,说得对。那你打算怎么办?"

"分给他两百块钱,行吗?"

"行!做人就得这样,不能亏待朋友。"爷爷从兜里掏出两张百元钞票给天宝,"去,追上,给他。"

天宝接过钱追去,在熙攘的人群中拽住三娃子。

两个小兄弟在桥头一个水果摊前争吵起来。天宝将两张百元钞票塞到三娃子手里,转身跑走;三娃子不接,钱掉在地上,他便捡起来追上天宝。

天宝说:"鸟是咱俩一起捉到的,这钱你不要,我就生气了。"

第五章 | 惊魂暴雨夜

三娃子说:"钱你留着交学费。我花钱可以跟爸妈要。"

天宝装作不满:"你是笑我家穷,可怜我?要么就是瞧不起我!"

三娃子起了哭腔:"鸟是你捉到的嘛!我凭啥要哩?"

天宝说:"不管怎么说,这是咱们一起行动的成果。这些钱给你,你抓到的那只野鸽子算是咱俩的,可以吗?"

三娃子只好点头答应。

暑假期间,白天宝和三娃子又去过几次东沙岗。一座座沙丘上的树林里,每个沟坎崖坡的荆榛草莽上,都留下了他们的足迹,却再没有遇到之前那样的好运气。三娃子泄气了,天宝安慰他:"听爷爷说,白玉鸟正在换羽,懒得动弹,总躲藏得很隐蔽。等着吧,秋天一到,它们会打扮得漂漂亮亮地飞出来,那时候它们的歌喉也正美,唱得特好听。"天宝这样说着,心里却明白真正的原因。正如爷爷说的那样,岗上的林子比先前小多了,树林越来越稀疏,白玉鸟自然越来越少了。

第六章
马蜂窝风波

吉 祥 鸟

　　暑假期间接连下过几场大雨，田野里蹿起绿油油的庄稼。在暴雨的冲击下，村里的老旧房屋倒了不少。原来的学校彻底坍塌了，村头打麦场的临时学校，房子也多处漏雨，门窗破损严重，急需修缮。开学时，几个年级的学生暂时挤在一间教室，一、二年级和三、四年级只能分成两拨，轮流上课。

　　开学第一天，吕校长和孙老师都没露面，只有宋老师忙里忙外。她家在数十里外，提前几天回到学校。上课时，同学们吵嚷着拥进教室，教室里挤得满满当当，孩子们嚷成一片，教室一时间如同蛙声聒噪的池塘。直到宋老师开始点名，教室里才安静下来。讲台周围和中间过道上都坐满了学生，宋老师只能站在讲台旁边两个同学的小板凳中间。她用比平时高得多的嗓门讲话，催促同学们上交暑假作业，讲解新学年的新要求。

　　忽然，三娃子从外面跑进教室，上气不接下气地报告：菲菲家胡同口的老槐树上，有一窝大马蜂，蜂群追着菲菲不放，吓得她不敢动弹。没等宋老师说话，白天宝便站起身："老师，我去看看。"宋老师点点头，大声嘱咐："注意安全！"天宝跑出教室，跟着三娃子去了。

　　这棵老槐树在菲菲家胡同口，吕登科药店附近。天宝和三娃子赶到时，菲菲正远远地躲在胡同深处的家门口，身子瑟瑟发抖。

第六章 | 马蜂窝风波

三娃子告诉天宝,菲菲不知怎的得罪了马蜂,一群马蜂在她头顶上盘旋,她飞快地跑,马蜂越发起劲地追。天宝在前,三娃子在后,悄悄走近老槐树,看见蜂窝在一根粗树杈的背后,被浓密的绿叶遮掩着,足有碗口般大小。成群的马蜂环绕着蜂窝飞舞,或从密密麻麻的小洞中钻进钻出。大概是连日的暴雨毁掉了它们原来的家,便转移到这里建筑新的巢穴。

菲菲哆哆嗦嗦地走过来,天宝轻声说:"别怕……你遇到过马蜂呀,怎么又怕起来了?只要不慌张,慢慢走,别招惹它们就没事……"说着便拉起菲菲慢慢走过村街。迎面又有巡逻的马蜂发现了他们,在三人头顶嗡嗡叫着飞舞,似乎在试图发起攻击。天宝说:"蹲下,撩起衫子裹住头。"三人立即蹲下,三娃子脱下上衣裹住脑袋,菲菲撩起小花褂裹住脸,只露出两只眼睛,偎在天宝和三娃子身后。天宝缩着脖颈注视面前的蜂群,看见它们已停止追赶,飞舞着回老槐树下的领地去了,便拉两人起身,慢慢走到街对面,然后牵起手向学校飞跑。

村街上出现马蜂窝一事,成为轰动全校的新闻。孩子们惶惶不安,议论纷纷,尤其一、二年级的女同学们,更觉得害怕。课间时候,宋老师要去看,问谁敢带路。天宝和三娃子同时举起手,吕小强也亮开大嗓门:"宋老师,我带你去!"宋老师便带着他们三个一起去了。

到了胡同口,白天宝指着树杈后的蜂窝给宋老师看。宋老师皱紧眉头说:"马蜂蜇人很厉害,蜂窝又在临街的树上,孩子们

吉 祥 鸟

上学路上太危险,要想办法除掉它。你们有办法吗?"

白天宝说:"有办法。今天晚上,趁晚饭时间街上没人的时候行动,不会有啥危险。"

吕小强不服气地大喊:"白眼猴,你逞啥能?为啥要等晚上?我让你看我的手段!"

天宝没理会小强,和三娃子低声商量着什么。宋老师说:"好了,这任务交给白天宝,三娃子和小强当助手。注意,安全第一。"又说:"下午放学时,你们三人负责警戒,帮同学们安全通过这个街口。能做到吗?"

"能!"三人异口同声地回答。

回学校的路上,白天宝质问吕小强:"你答应不喊我外号的,为什么又喊?"

吕小强瞪起眼:"我就喊你白眼猴,你能把我怎么样?我看见你就气愤,你期末考试考得那么好,一定是作弊了吧?今天又在老师面前逞能!"

白天宝也瞪起眼:"你瞎说!说我作弊,你有啥证据?好了,我先不跟你算这笔账。刚才宋老师安排我负责除掉马蜂窝,放学时还要做好警戒,不能让同学们被蜇伤。咱三个要统一行动,都负起责任。"

三娃子说:"对,统一行动。宝儿哥,我听你的。"

吕小强哼一声:"什么统一行动,还不是让我听你的?没门儿!等着瞧我吕小强的本领吧!"

第六章 | 马蜂窝风波

放学后,白天宝和三娃子率先走出学校,回头却不见吕小强。三娃子生气地说:"这家伙,数他嚷得凶,这会儿却不见人影。"天宝说:"不能指望他,随他去吧。"两人来到老槐树胡同口,分别站在村街两侧,见有同学走来,便提醒绕行:"慢走,别慌张,不要跑。"

正是一、二年级学生放学的高峰期,一群小同学扎堆向街口走来。这时,忽然听见有人大声喊道:"我来也!胆小鬼们躲开!"是吕小强的声音。他穿着一件肥大的蓝色雨披,胖胖的圆脸裹得只露一双眼睛,手里拿根长竹竿,从吕登科的药店里冲出来。

他要干什么?白天宝忽然意识到他可能的举动,厉声大喊:"不能戳蜂窝,危险!"小强却已冲到树下,手中的竹竿朝蜂窝直捅过去。原本还算安静的马蜂顿时一阵骚乱,马蜂本能地飞舞起来,追逐偷袭的敌人。

一时间,走在街边的孩子们成为马蜂报复的对象。成群的马蜂疯狂地舞动着翅膀,在同学们头顶盘旋,有的径自俯冲下来,在同学们头上脸上乱蜇。菲菲和燕燕也夹在人群中,想躲闪已来不及。菲菲有了经验,便想拉着燕燕蹲下,却没拉住,燕燕挥动手臂扑打迎面飞来的马蜂,反遭到围攻,额头上、眼睑上两处被蜇。另有十几个同学也被蜇了,疼得哇哇哭叫。一群马蜂向小强冲去,小强叫声"我的妈呀",将竹竿扔下,落荒而逃。

吕登科出现了。他打开店门,探出脑袋朝外张望,看清街上

的情景后，竟前仰后合地大笑起来，接着喊："快进来，被马蜂蜇了可不得了！我给你们拔刺消毒。"

燕燕捂着脸跑进店，身后十几个被蜇的同学也哭着叫着跑进店里。

吕登科的店门口牌子挂得不少，平时却少有人上门。这会儿，呼啦啦进来一群孩子，他不由得暗自兴奋。陆续又有孩子们进来，长条板凳上坐不下，便在门口排起队，一直排到街上。吕登科一点儿也不着急，板起脸故弄玄虚地说："都注意听好，被马蜂蜇了非常危险。我可以给你们治，但你们必须准备好钱，挑刺两块，清洗伤口两块，抹药两块，最少连续换药、抹药三次，共三六一十八块钱。若有发烧的情况更麻烦，还要冷敷，要输液，费用另说……身上没带钱的，快回家拿，谁先交钱，我先给谁处理。交不上钱，我也没办法，我这药也是花钱进的嘛！"孩子们听了，纷纷捂着脑袋跑回家拿钱了。

吕登科看见燕燕捂着额头要走，忙喊："燕燕，来，我看看你被马蜂蜇了哪里。"

燕燕额上鼓起包，眼睑上方红肿，气呼呼地说："我没带钱，等我回家拿。"菲菲站在她身边噘着嘴巴。

吕登科笑着说："咱们是一家人，什么钱不钱的。"吕登科不容分说，拉过燕燕。

燕燕继续质问："治病救人是医生的职责。同学们被马蜂蜇了，疼得厉害，你却只顾要钱，生怕欠下你的账……你算啥

第六章 | 马蜂窝风波

医生？"

吕登科尴尬地苦笑："燕燕误会了，有的人家只看病用药，却拿不出钱。要是都这样，我这店不得倒闭？"

吕登科和燕燕正争论着，白天宝和三娃子簇拥着宋老师进了店，身后跟着一群挨了蜇的学生。宋老师把孩子们拦在门口，说："你们稍等一下，我跟吕医生商量好后，就给你们清洗伤口。注意不要用手触摸被蜇的部位。"说罢便走进卫生室。

吕登科看见宋老师，咧嘴笑了，两只眼睛眯成一条线："是雅琴……老师？欢迎您！您一来，我这小店蓬荜生辉！"吕登科丢下燕燕，连忙搬过一把椅子，又取过茶杯冲茶倒水。

宋老师忙制止："别客气！孩子们被马蜂蜇了，麻烦您尽快处理，不然出现过敏或发烧症状，就麻烦了。费用的事，我负责，这十几个人需要多少钱？我先给孩子们垫上。"

吕登科嘻嘻笑着说："雅琴真是个好老师，爱护学生就像园丁爱护花草，吕某钦佩！您放心，钱是小事，先给孩子们处理伤口要紧，他们都是祖国的花朵、民族的未来嘛！"

宋老师说："那好！为了快些，我也可以帮忙。请吕大夫给孩子们拔出蜂刺，我来给他们清洗伤口……应该用酸性液体吧？菲菲，回家问你妈拿瓶醋来。"菲菲答应着跑走了。

吕登科谄媚地凑到宋老师跟前，说："其实拔刺也不难，我这儿还有一把镊子，我教你，咱俩一齐动手岂不更快些？"说着捉住宋老师白皙滑腻的手腕，把一把镊子塞到她手中，做起了演

吉 祥 鸟

示:"这样,先用棉球蘸酒精涂抹在伤口处消毒,然后用镊子夹住刺轻轻拔掉,再捏住伤口,挤出毒汁……"

宋老师挣脱吕登科的手,厌恶地说:"知道了,让我自己来。"

白天宝一直站在旁边,愤愤地看着吕登科。店门口挤满了孩子,多数是女同学,看来一时半会儿也轮不到男生。于是,他忽然想起一个主意,和几个男同学嘀咕一阵,便带他们悄悄跑走了。

这时,菲菲已拿来了醋,宋老师将醋倒进一个瓷盆,兑些水,拔掉蜂刺的女孩们围上去,蘸了醋水清洗伤口,然后由吕登科涂抹药膏。宋老师没见到几个挨了蜇的男孩子,心里纳闷,起身走到门口瞧,却见白天宝带着几个男同学嘻嘻哈哈笑着跑来了。

三娃子抢着说:"宋老师,宝儿哥已经给大家处理过伤口了,现在大家都已经不疼了,不用再花钱上药了。"

宋老师疑惑地问天宝:"你用啥办法给大家处理的伤口?"

三娃子大声说:"宝儿哥给大家拔出刺,又抹了点风油精。这法子又省钱,又方便。"

白天宝点点头:"宋老师,我是为了让同学们省钱。我以前被马蜂蜇过,拔出刺,用清水洗洗,再抹点风油精、眼药膏啥的,就没事了。"

宋老师苦笑着点点头。一旁的吕登科听到却突然变了脸色,大声骂起来:"你真是个白眼猴,净出么蛾子!"

同学们陆续回家了,宋老师跟吕登科结账。三娃子要走,天宝拉住他,朝他使个眼色,两人便悄悄躲在店外的阴影里。

第六章 | 马蜂窝风波

吕登科小眼睛眨巴着,将账算了又算,终于说出:"总共八十八元。"宋老师从兜里掏钱,他又嬉皮笑脸地说:"多吉利的数字……雅琴知道就行了,我怎能收你的钱?"宋老师说:"我昨天在你这里拿过感冒药,欠你十块钱,今天一块儿清了。"说着便将一张百元钞票递到他面前。吕登科忙拦她,低声说:"雅琴,你是我心上的人,我怎能收你的钱?"说着伸出一只手揽住宋老师的腰,另一只手将一张百元钞票塞进她的裤兜:"权当我的心意。"宋老师厉声说:"放开我!"便用力挣扎。吕登科不放手,嘻嘻笑着说:"这会儿没人,咱们去里屋说话……"便拉住宋老师往里屋拖。

白天宝再也不能忍耐,大步闯进店,恰见宋老师挥起巴掌,扇在吕登科脸上。吕登科嘴角流出血,看见天宝和三娃子,不由吓了一大跳,忙放开手。宋老师骂了声"流氓",拉起天宝和三娃子就往外走。

吕登科追到门口,恶狠狠地说:"小妮子,敬酒不吃吃罚酒!在三姓庄,你逃不出我的手心!"

白天宝搀起宋老师走着,脚下被什么绊了一下。是一根竹竿,吕小强戳蜂窝用的那根竹竿。于是便弯腰捡起,猛地转回身,朝吕登科打去,嘴里喊着:"二黄鼬,臭流氓!"吕登科刚才的举动让天宝瞬间想起那夜,是他侮辱妈妈……天宝几乎用上全力打在他身上。吕登科着实挨了一下,抱住脑袋大叫,慌张地躲进店里。

天宝和三娃子送宋老师走到村西大场院门口,宋老师说:"你

吉 祥 鸟

俩先回家吃饭,别忘了我交给你们的任务。"

今晚的任务,白天宝可没有忘记。他一直在琢磨办法,要干净彻底而又安全利落地除掉害人的马蜂窝。回家路上,天宝提醒三娃子:"回去抓紧吃晚饭,吃完去搞掉马蜂窝。"三娃子凑近问:"怎么搞?烧还是摘?"天宝抬头看天,说:"九点钟行动,看天气情况,两个办法都准备好。"

到了九点,街上完全静下来,不少人家已睡了。天宝和三娃子在村街会合。天上布满阴云,四周一片昏暗,只有吕登科店里透出灯光。

三娃子躲在暗处放风,天宝悄悄走到店外,听见里面吕登科正在说话:"全让白眼猴搞砸了!一共才挣多少钱,再给你二十块,我就赔本了!"

"我不管,反正你答应给我二十块,我想用这钱买个名牌游戏机!"是吕小强的声音。

吕登科嬉笑着哄劝:"买名牌游戏机?这事我忘不了,包在我身上。你再给我办一件事,监督白家那小子,别让他弄掉马蜂窝。这样马蜂每天蜇上几个人,我就能多挣些钱。等蜂窝再大些,我设法摘掉,蜂窝也可以卖钱,到时候钱全归你。"

小强惊喜地叫道:"真的?"

吕登科说:"放心,你叔我说话算数!等一下我以村委会名义写张告示,你帮我贴到树上,贴高些,让大家都能看到,就没

第六章 | 马蜂窝风波

人敢动马蜂窝了。谁敢动，我就以村委会的名义处罚他！"

小强说："那你快写。那树高，我踩你肩膀贴上去。"

"黑心贼！"白天宝暗骂一声。之后便悄悄回来，对三娃子说："快，二黄鼬要贴告示，谁动蜂窝就罚款……咱来个先下手为强。"三娃子问："咋弄？"天宝说："用第二个办法。"

天宝从带来的编织袋里拽出件破夹袄，套住脑袋，腰里掖上空袋子，双手抱住树干，一纵身便攀住了树杈。夜晚的蜂窝比白天安静多了，隐约可见密密麻麻的马蜂趴在窝上，不停地扇动翅膀。他从腰间取下空袋子，双手撑开袋口，对准蜂窝快速套下去，一窝马蜂被严严实实地套进了袋子。天宝急忙束紧袋口，用力摘下蜂窝。他的手已经感觉到袋子里的蜂群躁动起来了。

白天宝跳下树，低声说："快走，去北岗子，埋掉它。"

三娃子问："这里呢，还点火不？"

天宝说："不用……没看见天要下雨？"说着晃一晃手中的袋子，"马蜂都在这里面呢，外面有也是个别的。"

两人刚跑出去不远，吕登科就打开店门走了出来，小强跟在后面，手里拿了张纸。白天宝拉着三娃子停下偷看，只见吕登科蹲下身子，让小强爬到他的肩上，又颤巍巍地直起腰，一手抓住小强的腿，一手扶着树干站起来，说："行了，够高了，贴吧。"小强身体肥胖，压得吕登科弯腰弓背，扶着树干直喘粗气。小强折掉细树枝，将临街一面的树干清理出来，便把纸贴在上面。吕登科催促："好了吗？"小强说："别急！你弄的糨糊不黏糊……"

吉 祥 鸟

说着用力拍打按压纸张，好一会儿才下来。吕登科伸伸腰，摇晃一下脖颈，贴近树干仰脸细看，读道："擅自摘除蜂窝者罚款二百元！落款：村委会……好，等着吧，游戏机，叔给你买定了。每天放学时，你跑来戳一下蜂窝，就会有人给我送钱来。"说着嘻嘻笑起来。

小强忽然吃惊地大喊："登科叔，你瞧，蜂窝不见了！"

吕登科凑近老槐树，扒拉开树的枝叶细看，大吃一惊："怪了，没听见动静，蜂窝咋就没了？白费了一番力气！"

白天宝和三娃子躲在暗处，几乎笑出声。俩人提着手里的袋子，撒腿朝村后跑去。

第七章

一堂选举课

吉祥鸟

　　马蜂蜇人风波告一段落，校园又恢复了平静。一天课间，宋老师统计同学们假期参加业余培训和日记完成情况。她问白天宝有没有参加培训，天宝摇头。又问他写日记了吗，这次天宝回答得响亮："报告老师，我写了六篇。"宋老师微笑着点头，对同学们说："同学们把暑假写的日记、画的图画都交上来，我给大家批改，在墙报上择优选登，供同学们互相观摩学习。"

　　吕小强叫起来："宋老师，我和姐姐在县城参加图画班来着，我姐姐的画评了优秀！"唯恐老师听不到，小强竟站上课桌，提高嗓门叫嚷，大家的目光纷纷聚拢到了他身上。过了一个假期，吕小强身体越显粗胖，圆溜溜的脑瓜上，大半头发被剃得光光的，只在头顶中部留一撮头发，朝脑后撅起，羊尾巴似的摆动，上面居然夹了一只粉红色发夹。

　　吕燕燕交给宋老师几幅图画，是她在业余培训班的作品。宋老师仔细看着，不住地点头。吕小强从课桌上下来，从书包里抽出一张纸，拿在手里摇晃，说："这是我的图画，同学们看看，画得好不好？"吕小强见没人应声，又喊叫："你们看看，我画的风景画，县城开发区，我家新买的楼房，好不好？谁鼓掌，谁就是我的好朋友！"

　　宋老师朝他手中的画瞥一眼，笑笑说："下来！别把你摔

第七章 | 一堂选举课

着。"话音刚落,吕燕燕大声斥责吕小强:"你画的啥东西?不好,还有脸显摆!"说着起身扯住他的衣服往下拖拽。

小强身子一晃倒下来,竟砸在了姐姐身上。他爬起来,气恼地说:"我表扬了你,你却不替我说好话?"

燕燕说:"我不要你表扬,你那画涂得像黑老鸦,就是不好看嘛!"

吕小强气呼呼地大叫起来:"宋老师,我的画不好看?不能上墙报?我抗议,强烈抗议!"说完还示威似的朝宋老师挥动拳头,转头瞥见白天宝,竟莫名其妙地朝天宝啐了一口。

近来,白天宝很少理睬吕小强。两人本来约好,相互比学习成绩,但期末考试小强考了最后一名,天宝却名列前茅。这出乎小强的意料,他从心底里不服气。刚发生的马蜂窝风波中,吕小强明显表露出与天宝对着干的迹象。白天宝可不想与他争啥高低,但也做好了应付挑衅的准备。

放学路上,白天宝和三娃子并肩走着,吕燕燕和赵菲菲追上来。燕燕拦住天宝:"你停一下,我跟你说句话。"三娃子朝天宝做个鬼脸,径自跑掉;菲菲也向燕燕告别,拐进自家胡同口。

天宝问:"啥事?"说着瞟燕燕一眼,语气比以往平和。燕燕的眼睑上方还蒙着纱布,是马蜂或者说是她弟弟留给她的创伤。天宝忽然有点同情她。

燕燕从书包里掏出一本书递给天宝,是《小小军乐团培训教程》。燕燕说:"我以为你会参加培训,所以买了这教材,用的

吉祥鸟

是妈妈给我的钱。我还有一本,这本就送给你吧。"

天宝生硬地说了声"谢谢",心跳得很快。由于平时很少跟女同学说话,天宝莫名其妙地紧张起来。他把书拿在手里翻看,嘟哝说:"这书啥用?"燕燕说:"有用的。宋老师说过,学校要成立军乐队,你喜欢音乐,会吹口哨,一定会被选中。"成立军乐队?宋老师确实说过这话,白天宝记得。他将书卷成筒,拿在手上,和燕燕并肩走着。

燕燕又说:"你写的日记,给我看看好吗?"天宝说:"胡乱写,没啥好看的。"他隐约意识到燕燕是在做一种交换:她赠我这本书,换取我的日记给她看?看日记没啥不可以的,但为啥要用这本书交换?这没有必要!想到这里,天宝随手把书塞到燕燕怀里:"这书,我不需要。我的日记交给宋老师了,倘能选中上了墙报,你看就是了。"说完便转身跑开。跑出几步回头看,燕燕还在路边呆呆站着。

新一期墙报出炉了。宋老师亲自设计版面,画了插图,三、四年级同学创作的图画、诗歌、日记中,有二十多篇上墙。大家围拢在教室后面的墙报栏前,指指点点,议论纷纷。燕燕的两幅图画入选,是她暑假期间在县城"小画家"创作室参加培训时的作品。

白天宝挤在人群里专注地看墙报,无意间悄悄瞥了燕燕一眼,只见她两手沾着糨糊,前额和左眼上方的浮肿尚未完全消退,脸

第七章 一堂选举课

上的笑容却十分灿烂。她在忙着帮宋老师布置墙报栏，粘贴花边、图画和文章。现在，最后一份稿子上墙，那是白天宝的暑假日记。燕燕对天宝说："你上交的两篇日记都入选了，宋老师还在精彩段落下画了红杠，加了批语。我全看过了，写得真好！"

白天宝微红着脸摇头。他正在看燕燕的画，指着其中一幅疑惑地问："这是啥地方？"只见画面中央是一栋栋掩映在绿树丛中的新居民楼，旁边是一片碧绿的湖水，还有鲜花盛开的公园……燕燕说："县城开发区。这叫水彩画。"天宝又指向另一幅图画：干净整齐的街道，生机勃勃的田野，园里累累果实挂满枝头，田边渠水潺潺奔流……他又问燕燕："这是哪里？既像农村又像城市。"燕燕笑了："这就是咱们村子啊。不过，这是我想象的咱们村子将来的模样。"天宝不禁赞赏地点头。

"你的日记里，写的那个梦多好啊！东沙岗绿色海洋般的森林，婉转歌唱的白玉鸟，像是春意盎然的童话世界……多少年后白玉鸟成群结队在空中飞翔，给家乡带来吉祥和好运。盐碱地长出好庄稼，月牙湾变成碧波荡漾的湖泊，遛马河的清凉河水流进千家万户……一切都变了样，真是太好了！"燕燕凝神想一想，又笑笑说，"我觉得，你日记里的场景是不是与我画里的有些相似？"

白天宝没说话，只轻轻点头。其实他也觉得，自己在日记中的描述，的确与燕燕图画的主题不谋而合。

燕燕又问："你真的去东沙岗林子里捉过白玉鸟？我没去过

吉 祥 鸟

那里，但我想那里应该很美。在沙岗上漫步，在丛林里穿行，在月亮湾游泳，听鸟儿唱着动人的歌，多迷人的情景，多美妙的图画！"燕燕的语气轻柔而真诚。天宝忽然想起那本《小小军乐团培训教程》，觉得自己或许误解了燕燕，而她却再没有提起这件事。现在说起东沙岗，天宝便回答："那岗子就在长桥镇东南方向，离咱村大约十里路。"

"白眼猴，你不要得意得太早！"又是吕小强。他这一声粗野的吆喝，打断了天宝和燕燕的交流，也吸引了同学们的目光。

吕小强正双手掐腰，站在课桌上，朝天宝怒目而视："你写的狗屁日记，尽是瞎扯，其实我写得比你好！"

燕燕转过脸，朝弟弟呛声说："看你那霸道样子，对同学凶个啥？没有一点自知之明，错字连篇，还值得卖弄？"

"姐，白眼猴的日记，比我强不到哪里！他考第一名，跟你并列，凭啥？我看是假的！"

"你就是故事里那只狐狸，吃不到葡萄说葡萄是酸的！你考倒数第一也怪别人？谦虚使人进步，好好向别人学习，自己刻苦努力嘛！怎么老嫉妒别人？"燕燕大声斥责弟弟。

小强红了脸，他最忌讳的就是这件事。他曾给同学们讲过"红椅子"的故事，可没想到，近来的几次考试，"红椅子"成了自己的专座。现在被姐姐这样尖刻地说出来，他气恼极了。"姐，你……"小强气得说话也磕巴起来，"白眼猴尽做坏事，你还偏袒他？你被马蜂蜇得肿了脸，也是他作的孽！"

第七章 | 一堂选举课

燕燕下意识地摸摸浮肿的眼睑,生气地说:"是你戳了蜂窝,害得马蜂漫天飞,蜇了好多同学,大家都看见了,你反倒嫁祸于人?"

"你咋老是胳膊肘子往外拐?我是你弟弟,你却总是袒护白眼猴,是啥意思?"

"你说瞎话,平白无故冤枉好人,我能向着你?"

"白眼猴不是好人,是坏人!"小强伸手指着天宝,"他爸是逃犯,他妈是破鞋,他考试作弊,骗取荣誉!"

白天宝听见这话,气不打一处来。他本不想理睬吕小强,可架不住一句句侮辱的言辞,扎得天宝心里难受极了。天宝猛地朝前跨一步,指着小强的鼻子大喊:"你血口喷人!"

话音未落,站在课桌上居高临下的吕小强向天宝扑过来,一下子将天宝压倒在地上。他挥起拳头打天宝的脑袋,恶狠狠地说:"老槐树上的蜂窝是你偷了吧?你卖的钱呢?交给我,不然就处罚你!你蔑视村委会……"

天宝一只手遮挡他的拳头,另一只手趁机掀起他的一条腿,猛地用力将他掀翻。小强仰躺在地上,气急败坏地喊叫:"朋友们,快上!"李明泉、吕金河见状扑过来,抱腿搂腰,再次把天宝按倒在地。天宝毫不惧怕,奋力扭打,鼻子和嘴角流出鲜血。

同学们吓得不敢靠近,只远远看着。三娃子跑来了,哭着大喊:"有胆量就单挑,三个打一个不是好汉!"吕燕燕不停地呵斥拉扯小强,小强哪里肯听,仍然往天宝身上扑打。

吉 祥 鸟

白天宝在地上用力翻滚,躲开拳打脚踢,挣扎着爬起来,随手抹一把口鼻上的血,却弄得满脸红印。他没理会李明泉和吕金河,只盯住气势汹汹的吕小强,伸手薅住他的衣领,脚下用力一绊,吕小强便摔倒在了地上……

忽听一阵喊声:"宋老师来了!"

宋老师出现在教室门口,身后跟着菲菲,好多同学也都围了上来。

吕小强爬起来,眼睛瞪得圆溜溜的,与天宝对峙。三娃子拉住天宝,说:"宋老师来了,让老师给评理。"天宝起身站到一边,没再吭声,抬起手背揩抹脸上的血迹。小强恶狠狠地说:"老师又怎样?"燕燕气呼呼地说:"你结伙打架,学校要处理你!"小强哼一声:"我才不怕!我等着,看学校咋处理我!"说完不屑地大声喊嚷道:"我爸是村主任,校长听我爸的。我爸下个令,谁敢说个不字?"又把眼睛瞪向天宝:"白眼猴,别忘了,你家欠村里好多钱呢!"

吕小强招呼李明泉和吕金河跟他走,宋老师喝止:"不许走!到我办公室去!"小强朝宋老师做个鬼脸:"我还有事呢,宋老师……我应该叫你婶儿!"他把"婶儿"两个字说得很重,声调酸溜溜的:"我登科叔说,让我叫你婶儿,他要娶你做媳妇。"燕燕冲上去朝小强脸上就是一巴掌:"我要告诉爸爸,你在学校调皮捣蛋,胡说八道,学习最差!"小强咧咧嘴:"好啊,你告诉爸爸,再告诉爷爷,看他们咋说?放心,他们都说过,我考零

第七章｜一堂选举课

分也能上中学、升大学，爸爸有办法。"说完独自扭头跑了。

宋老师表情尴尬而为难。白天宝不禁觉得内疚，心里好难过。是自己和小强打架，以致宋老师无端受到污蔑。他走到宋老师跟前，想说什么却说不出，只呜呜地哭起来。吕燕燕向宋老师道歉。宋老师笑笑："小强是孩子，我不生他的气。可他必须认识到自己的错误，咱们要一起帮助他。"接着提高声调对大家说："好孩子要懂得分辨荣辱，讲文明，讲团结，尊重别人，好好学习……有同学结伙打架，侮辱他人，不守纪律，大家应当和这种不良风气作斗争！"

同学们都鼓起掌，李明泉和吕金河红着脸低下头。

放学时，宋老师见白天宝脸上还有血迹，便让他到自己宿舍洗一洗，天宝没好意思答应，但又不想让爷爷看见这副模样，便跟三娃子去了他家。三娃子妈给天宝倒上温水，拿来香皂。天宝洗了又洗，对着镜子照了又照，然后才回家。但还是被爷爷看出了蛛丝马迹。不用多说，爷爷猜到了发生的事情，问天宝："是跟吕登峰的儿子小强打架了？"

天宝说："这小子倚仗他爸是村主任，总欺负人，给我起绰号，叫我白眼猴，还说我爸是逃犯……我要教训他！"

爷爷的脸色变得阴沉，强行压制着怒气，说："孩子，别放到心上，任他怎么说吧。他说你爸是逃犯，那是诬陷。你爸在家那阵子，宁可自己吃亏，发誓也要给全村人做好事。哪像吕登峰……"爷爷的眼里涌满泪，不愿再说下去。他从炕头的小木盒

吉 祥 鸟

里取出碎烟叶，点燃吸着。好一会儿，他才又叹口气说："孩子，算了，咱不为这些小事和他计较，不与他争高下！"

天宝说："爷爷，我咽不下这口气！你等着，看我怎样收拾他！"

爷爷摇摇头："你这样说，我不放心。要知道，你自己读好书才是大事。考了第一，啥都有了，啥也不必争了。任凭有人说三道四，都不必理他！"

白天宝沉思着：或许爷爷说得对，应该照爷爷说的做，好好读书，做自己应该做的事，任某些人羡慕嫉妒恨吧！

然而，树欲静风却不止。新学年学生干部改选又生风波，白天宝无意间再次被推到了风口浪尖。

宋老师在班会上宣布：经过同学们推荐，暂定少先队中队长由吕燕燕担任，白天宝担任班长兼副中队长。另有几名组长和小队长，其中赵菲菲是二组组长，三娃子是三小队队长。宋老师要求大家充分讨论，有不同意见可以提出，然后按少数服从多数原则举手表决。

宋老师话音刚落，教室里便沸腾起来。吕小强率先起身，站到讲台上大叫："我反对，我不同意白天宝当班长！"

班干部选举，是吕小强重点关注的一件事。今天上学，他来得最早。宋老师讲话，他一直瞪大眼睛听着。当然，他是在关注自己的名字。中队长是吕燕燕，他的姐姐，他说不出啥。其他小

第七章 | 一堂选举课

组长、小队长，他都不放在眼里。他觊觎的是班长这个职位。

吕小强想当班长，在班里已有风传，近几天他的拉票动作频繁，小小年纪，居然懂得用小恩小惠收买人心。他带来发卡、奶糖分给女同学，带来网卡、游戏光盘分给男同学。当然，这些动作都是悄悄进行的，却很快传扬开来。如今班干部提名的谜底揭开，他追逐的班长一职意外旁落，而且是由他最嫉恨的白天宝担任。更让小强失望的是，组长和小队长里面居然也没有他的位置。

小强又一次向白天宝发起言语攻击："白眼猴凭啥当班长？就因为他学习成绩好？那是他作弊！"宋老师当即阻止说："吕小强，有话好好说，注意你说话的态度和方式！不要站在桌子上大喊大叫，不要叫别人绰号，太不文明了！你可以提出意见，但必须实事求是，不能没有证据就胡乱猜疑……"吕小强对宋老师的告诫置之不理，仍大声叫喊："黑疙佬的孙子、逃犯的儿子，怎么能当班长？"

宋老师脸色变得异常严肃，厉声制止："吕小强停止发言！你随意侮辱同学的家人，毫无根据地诬陷他人，谁给你的这种权力？用这种攻击侮辱他人的方式表达个人意见，是不道德的，必须制止！同学们说对不对？"

"对！"同学们齐声高喊。

吕小强看到好哥们儿李明泉、吕金河竟也"背叛"自己了。

吕燕燕从座位上站起来，走到小强跟前，一把将他从桌子上推下。吕小强一个趔趄，几乎摔倒，气急败坏地朝姐姐喊道：

吉 祥 鸟

"你怎么老是偏向白眼猴?我明白了,你大概是想……嫁给他是不是?你是不是喝了他的迷魂汤?"

教室里顿时鸦雀无声,同学们简直不敢相信自己的耳朵。吕小强继续斥责姐姐:"你是一朵花,白天宝是一摊臭狗屎。你瞎了眼,想插到狗屎堆上,连亲弟弟都不认!"这次大家听清了,瞬间一片哗然,有人哄笑,有人拍手,有人嚷起:"吕燕燕嫁给白天宝!"不少人移动着目光,看着吕燕燕和白天宝。天宝一直默默坐在座位上,这时竟有些不知所措。燕燕满脸通红,趴在座位上呜呜哭起来。

吕小强起身往外跑,跑到教室门口又回头,这次不是朝白天宝,而是朝李明泉猛啐一口:"叛徒!看我怎么收拾你!"

吕小强走了,选举按照程序继续进行。

宋老师郑重地说:"当班干部,不但要学习好,还必须有良好的道德品质,有为集体和他人热心服务的奉献精神,有认真负责的担当精神……"接着便提议由白天宝担任班长兼副中队长,让大家举手表决。教室里呼啦啦举起来一片小手。三娃子举着双手大喊:"我同意白天宝当班长!"

唯一没举手的是白天宝。

"白天宝,你有啥意见?"宋老师疑惑地问。

"我……不同意选我当班长。别的人,我都没意见。"

"那么,你认为谁担任班长更合适?"

"吕燕燕,她可以像以前一样,担任中队长兼班长。我不当

第七章 | 一堂选举课

班长,但坚决反对吕小强当班长。他收买同学,私下拉票,扬言谁同意他当班长,就会得到好处……他还说,他爷爷教他,别小看班干部,从小练习当官,将来才能真的当官……他学习差不说,当班干部的动机也不对……"

白天宝的话,引得同学们纷纷交头接耳。

宋老师默默点头,严肃地说:"大家的眼睛是雪亮的,吕小强想当班长,但除了他自己,没有人推荐他啊!至于提名你当班长,我是经过慎重考虑的,也征求了不少同学的意见……你不想当班长,究竟是啥原因?"

白天宝大声说:"宋老师,你别说了,我坚决不当班长!"真正的原因天宝却没说出口:他不愿让宋老师为难。因为自己上学的事,宋老师莫名其妙地受到批评,至今想起来,天宝心里仍觉得歉疚。

宋老师想了想,接着对同学们说:"我们这次选举暂时这样,等学校批准吧。我只是觉得,大家都不要把这事看得太简单,一次班干部选举,是一堂价值观教育课,一次民主生活的实践,会给你们留下一生难忘的记忆。希望通过这次活动,大家能受到教育,多年后回想起来仍觉得有意义。"

白天宝听着宋老师语重心长的话,其中的道理他似乎懂得,又不十分明白,只是硬着头皮说:"宋老师,您就下决心把我换掉吧!"宋老师不置可否。

这时,忽听外面有人喊"宋雅琴"。是校长吕文生,他站在

吉祥鸟

教室门口,只探进半个脑袋,声音冷冰冰的。

宋老师略微迟疑一下,便走出教室。

吕校长很少待在学校,同学们也就很少看到他。这次见他越发身肥体壮,还穿了一身新西装。但他杀猪匠的气质没有改变,样子便有些不伦不类了。

宋老师是学校的教学骨干,承担着三、四年级的主要课程教授,还教全校的音乐和美术。有这样一个聪明能干的教师,吕校长乐得清闲自在。这人虽外表粗鲁,但心里歪点子不少,据说学校的钱账收支、教师转正晋升等实权,他决不放手,甚至连学生干部的推选也要插手。对这次的班干部调整,他曾给宋老师暗示过人选,但他看得出,这个年轻漂亮的女教师泼辣干练、直率倔强,对自己的意图并不领会。刚才看到吕小强从教室里跑出来,粗野地大喊大叫,吕校长立刻明白了,觉得有必要跟宋老师单独谈谈,把话说得更明白些。毕竟事关重大,镇中心小学启用在即,他渴望以镇中心小学校长的身份出现在主席台上,参加新学年开学典礼……现在,若为一件小事惹得村主任不满,那这愿望就没戏了。手眼通天的吕登峰给镇上或县里领导带个话,极有希望到手的镇中心小学校长的宝座便会换旁人来坐。这个道理,吕校长明白着呢,他必须出面干预。

吕文生在院子中间的泡桐树下徘徊,宋老师快步走过去。

吕小强已回到教室,站在窗前望着外面,指手画脚地对同学们说:"看见了吗?校长找她训话呢!她偏向白眼猴,就要倒霉

第七章 | 一堂选举课

了!"小强的嗓门提得很高,怪声怪调的,刻意想让大家都听清楚。

白天宝敏锐地意识到了校长找宋老师谈话的意图,听着吕小强幸灾乐祸的语气,他真的担心宋老师又要遇到麻烦。这该怎么办?

白天宝注视着窗外。院子里的泡桐树下,吕校长显得很焦急,他在不停地说话,打着手势,态度十分严肃。宋老师倚在树干上,白净秀气的脸上神情平静而安详。她像是在分辩,但仍不慌不忙地据理力争,越发显得坚定沉稳。

白天宝心里着急:宋老师,你何必为了我受他责难?我本来就不想干嘛!

可是,现在看来两人仍然争执不下,宋老师还在坚持自己的意见?白天宝再也看不下去,拔腿向教室外跑去。

吕小强看见了,大声嚷起来:"看见了吗?白眼猴急着当班长,自己跑去求校长了!瞎子点灯——白费蜡!他凭啥?校长不会理睬他,宋老师也保护不了他!这班长,非我吕小强莫属!"

"不对,宝儿哥不会为了当班长低三下四!你以为谁都像你一样?官迷!"三娃子说着也跑了出去,追上天宝,身后还跟了几位同学。

三娃子拦住天宝问道:"宝儿哥,你做啥去?为当班长去求校长?"

天宝断然说:"我才不想当!有人想当,让他当好了!"

"那也不成!"三娃子和跑上来的几个同学大声反驳,"大

家选了你,你就要当,不能辜负同学们!"

"我真的不想当!同学们,你们要体谅宋老师……她太难了!"天宝不容分说地推开同学们,径直跑到吕校长跟前,大声说:"校长、宋老师,我不当班长,把我换了吧!"说着转身要走,又回头补充一句:"我坚决不当!我选吕燕燕,由她兼任班长。"

白天宝这个有悖常理的表态,让吕校长喜出望外。宋老师却十分惋惜,天宝当着吕校长的面这样表态,让她无法再坚持己见。宋老师又和吕文生商量了一会儿,终于妥协,便回教室来了。她向同学们再次宣布:经校长批准,征求个人意愿,班长和中队长仍由吕燕燕一人担任,白天宝任副中队长。

一开始,小强疯狂地拍起手掌。然而,他的亢奋只持续了一瞬间。宋老师这句简短的话里没提到别人的名字,当然也没提到吕小强,便结束了这次选举。吕小强懊丧地低下头。

白天宝一脸轻松地坐在座位上。吕燕燕隔着几排课桌看他,目光里透露着遗憾。

吕小强腾地站起,跑出教室,回头嚷道:"老子要走了,去县城上学,不在三姓庄这破学校念书了!"

第八章

难解的疑窦

吉 祥 鸟

　　一辆银灰色轿车开进村，吕小强的爸爸吕登峰回家了。

　　吕登峰虽是村主任，平时却不在村里住，三姓庄的百姓很少看见他。吕登科药店右边的胡同里，建有前后两座大瓦房，小强的爷爷吕文瑞住前院，后院是小强的家，平时只有妈妈、燕燕和他在家。吕登峰平日住在哪儿，村里人也说不上来。

　　通往长桥镇的公路西侧有块地，肥沃平整，方方正正，是村里人尽皆知的风水宝地。多年前，吕登峰在这里建了一座化工厂，盖起几十间厂房，高高的围墙圈起一处大院。除了厂房，院子深处还耸立着一座三层复式洋楼，造型别致，装修豪华，据说是吕登峰的办公室兼休憩居所。人们还说，吕登峰在县城开发区新买了一套别墅，是江南风格的建筑，周边环境优美。但具体位置无人知晓，连他老婆也未曾去过。

　　村主任吕登峰行踪一直神秘兮兮的，平时村里的事务基本交由文书和其他村民委员办，他只在镇上下达提留集资、计划生育之类的硬任务时才回村来。当下，还没到集资敛钱的时候，大家都摸不清他回来做啥。

　　这天正是星期天，白天宝独自推一辆平板推车，慢悠悠地走在村东路上，车上是爷爷用秸秆扎的稻草人。头顶上有鸟儿飞过，留下一串欢快的叫声。是白玉鸟？！天宝惊喜地抬头，看见几只

第八章 | 难解的疑窦

白玉鸟闪电似的飞过，消失在远处的天空。

初秋的天空清澈又广阔，有几朵白云在上面缓缓飘荡。爷爷说，当下正是白玉鸟换羽的季节，接着便是繁殖旺季，它们会飞出来争相展示美妙的歌喉，显摆漂亮的新衣。天宝觉得这正是去东沙岗捉白玉鸟的时候，他高兴地吹起了口哨。

这时，身后有汽车喇叭声响起，天宝忙躲闪到一旁。原来是吕登峰的轿车从他身边驶过。明明才刚看到这车开进村，这么快就要走？吕登峰回来干啥？车窗落下，吕小强探出脑袋得意地朝天宝笑笑，挥动着胳膊大喊"拜拜"。燕燕在小强身后，探出头朝天宝笑笑。轿车飞驰而去，路面上飞扬起缕缕沙尘。

吕小强真的去县城读书了？那三姓庄学校从此可以安宁了。可是，燕燕也要去县城？有这个可能。白天宝这样想着，心中生出些许失落。他竭力不再想这些，加快步伐走着。

忽然，三娃子从后面追来，一边跑着一边大喊："宝儿哥，等等我！"

三娃子气喘吁吁地跑上来，上气不接下气地说："看到吕登峰的轿车了吗？有个坏消息，你听说了没有？"看三娃子着急的样子，天宝笑着说："吕登峰回来接小强了吧？看来小强真的去县城上学了，这是好消息嘛！"三娃子摇头："不是这……吕小强走就走呗，那当然是好消息……我说的这消息，听了晦气！"随即放低声音神秘兮兮地说："我爸从县城回家来了，听他说，东沙岗被吕登峰一伙朋友承包了，说是要搞开发！"天宝一惊，

吉 祥 鸟

放下手中的小推车问:"东沙岗被承包了?吕登峰的朋友们是些啥样的人?他们要怎样开发?你说清楚些嘛!"三娃子说:"我爸也只知道这么多。听说那公司叫'桃花源',头头是吕登峰的拜把兄弟,公司有吕登峰的股份……只怕他们一开发,沙岗变成平地,树林推成秃头,白玉鸟就没处生存了!"

白天宝一下子呆住了,事情果然严重。三娃子接着说:"听我爸说,这些人名义上搞开发,实际是想利用东沙岗发财。全镇独一无二的风水宝地就要被毁掉,老百姓会遭殃的!"

天宝沉吟:"我本想再去抓几只鸟,回家自己养起来,等孵出小鸟再卖钱……若真像登祥叔说的,东沙岗被吕登峰那个公司承包了,不仅老百姓会遭殃,我们的计划也要泡汤。"

三娃子诧异地问:"你打算啥时候去捉白玉鸟?不上学了?"

天宝叹口气:"爷爷老了,挑水种地都困难。他就是想让我上学,才鼓励我去捉鸟养鸟。可东沙岗一旦被人破坏,还能去哪里捉白玉鸟?"

三娃子说:"趁东沙岗的林子还在,咱们早点下手。"

白天宝又问:"登祥叔还说啥了?"

三娃子说:"我爸爸大骂吕登峰,说他不为老百姓办事,只顾个人发财。还说,今年秋后,吕登峰在村里敛的各种钱不会比往年少,甚至可能是全镇最多的……每年咱村百姓都交改水费、改碱费,但老是不见改水、改碱的动静,村里也从不公布账目,大伙上交的钱怕是被狼吃、被狗叼了。"

第八章 难解的疑窦

整整一个上午,白天宝的心情都很不好。

他和三娃子从推车上卸下稻草人,插在地头。这是一块粮田,种了谷子、玉米等庄稼。处暑时节,谷子秀穗了,玉米灌浆了。今年雨水多,地表的盐碱被冲刷得干净,庄稼长得比往年好,成群结队的鸟鹊到处飞着觅食。爷爷扎的这种稻草人插在地里,上面系几根红色和黑色布条,布条迎风摇摆,稻草人像精神抖擞的武士,鸟雀自然望而生畏,不敢凑近。

三娃子说:"老栓爷爷真有办法。"

说话间,宋老师骑辆自行车从村里出来了。每个星期天,宋老师都去镇教委开会。天宝和三娃子向宋老师招手,她也笑着挥手,一阵风似的骑远了。

忽然,天宝看见吕登科也骑着自行车从村里出来了。这家伙一头长发遮住前额,一副大墨镜罩着半张瘦脸,一身崭新的浅灰色西服,乌黑的皮鞋擦得锃亮。他拼命蹬着自行车,不时掏出手绢擦汗。三娃子说:"这个流氓,他是不是去追宋老师了?"天宝一惊,抬头看向吕登科,只见他到了丁字路口,果然也拐弯向北,追着宋老师去了长桥镇方向。

在苞米地插完稻草人,天宝和三娃子又去东边一块地里拾棉花。

连日天气晴好,早期的棉桃已绽开毛茸茸的花絮,白得亮眼。天宝腰间扎上包袱,包袱另两个角用带子系在一起,套过脖颈,双手采下棉花塞进包袱。三娃子也学着天宝的样子采棉花。这块

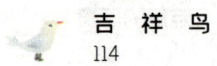
吉 祥 鸟

地是窄长的一条,他们俩齐头并进,摘到地头便算完成任务。

包袱里的棉花渐渐鼓胀起来,三娃子吵嚷着说腰疼,天宝说:"小孩子家,哪来的腰?坚持一下就好了。"又过一会儿,天宝包袱里的棉花塞得满满的,连说:"哎呀,腰好酸!"三娃子回呛说:"这会儿你又有腰了?"两人相视大笑。

他们把包袱解下,坐在田垄上歇息。抬头看天上太阳的位置,时间已是中午。

三娃子忽然叫起来:"宝儿哥,你看那边路上,吕登科缠上宋老师了!"

天宝吃惊地朝三娃子手指的方向看去。东边大路上,一前一后两辆自行车从北向南过来——前面的女人是宋老师,后面的瘦高个男人正是吕登科。宋老师骑得飞快,吕登科在后面拼命追赶。白天宝和三娃子瞪大眼睛看着。三娃子嘟哝:"不好,追上了!吕登科骑的车子崭新,宋老师的车子太旧了。"天宝瞪起眼睛看,只见吕登科已蹿到前头,横过自行车拦在宋老师面前。宋老师无奈停下车子,和吕登科争执着什么。

天宝拉起三娃子,沿着苞米地间的垄背一阵猛跑。三娃子紧张地说:"看,宋老师要走,吕登科非要拦她……这个厚脸皮,臭流氓!"天宝没吭声,拉着三娃子拐进一片高粱地,在一道田埂上趴下来。这里距离路边只有十来米,从高粱秆的缝隙里,看得见吕登科和宋老师。

"你放我走!我跟你没话说。"是宋老师恼怒的声音。

第八章 | 难解的疑窦

"星期天你去哪儿？我陪你……雅琴，我的一颗心被你牢牢系着，天天想着你，夜夜梦见你，我的灵魂时时追随着你……"

"我对你说过，你死了这份心！我对你没感觉！"宋老师连连后退说。

"雅琴，我是真心爱你，是发自肺腑的情意。你还不了解我，但若你答应与我交往，你就能感受到真正的爱情，是多么温馨、多么甜蜜……"吕登科一步步凑上前，露出一脸淫邪的笑。

天宝悄悄摸出兜里的弹弓。

三娃子问："带泥弹了吗？"

天宝点头，右手握住弹弓，左手将花生米大小的胶泥弹丸放在橡皮条的弹垫上，举起弹弓瞄准……

"打呀，快出手！不好，他抓住宋老师的手了……太好了，宋老师挣脱了，上了自行车……哎呀，吕登科也上了车子……"三娃子连续催促着，"快打……打他狗眼！"

天宝闭上右眼，瞪起大白眼仁的左眼，瞄准前方，轻轻说声："着！"胶泥弹丸立刻射出，刚跨上自行车的吕登科大叫一声摔倒在地。

三娃子拍手叫好，看到宋老师已在路口处拐弯，向村子方向疾驰而来。天宝和三娃子伏在地上，没有惊动宋老师。三娃子说："我想去看……你打了他哪里？这家伙怎样了？"却被天宝一把拉住。

公路上，吕登科吃力地爬起来，左手托着流出鲜血的右手腕，

吉祥鸟

疼得龇牙咧嘴。崭新的自行车摔得扭了车把,砸了他的腿。吕登科骂骂咧咧,但四顾无人,只好扶起自行车,一瘸一拐地走远了。

三娃子说:"你怎不打他狗眼?让他成瞎子,看他还敢再耍流氓!"

天宝说:"他每逢星期天打扮了出来,看来只为追宋老师。咱们还要继续监视他,他若再敢对宋老师无礼,我就真的打瞎他的狗眼!"

吕小强确实去县城上学了,吕燕燕却没去。应该是为了在家陪伴妈妈,三娃子这样猜测。白天宝却没想这些,只觉得班里变得特别安静,没人吵闹,没人捣乱,也没人喊自己绰号,他心情很舒畅。

宋老师教孩子们唱歌、跳舞、做体操,还带他们去东沙岗远足。那天,同学们排着长长的队伍,绕过月牙湾,分两路爬上东沙岗,钻进郁郁苍苍的大树林。野花飘着芳香,飞鸟婉转鸣叫。同学们在草丛中奔跑,捉蝴蝶、捉蚂蚱,玩得好不痛快。白天宝兴奋地学着白玉鸟吹起口哨。不少同学围拢过来,拍着手说好听。宋老师也走过来,身后跟着吕燕燕和赵菲菲。

宋老师好奇地问:"白天宝啥时学的吹口哨?这是啥鸟叫呢?"

三娃子抢着回答:"白玉鸟。宝儿哥跟他爷爷学的。"

宋老师赞叹道:"真好听!你的日记里好像写过白玉鸟,这

第八章 | 难解的疑窦

林子里就有吧？"

天宝点头说："有，只在这林子里才有，可惜不多了。只怕很快剩下的白玉鸟也难逃厄运。"

宋老师诧异地问为什么，天宝却再没吭声。他看到宋老师身边站着吕燕燕，便摇摇头，没说下去。三娃子却憋不住，抢着说："这岗子被人承包了，要开发。没了林子，白玉鸟就没了家，咋生活？"燕燕惊奇地追问："是谁要开发？不会把开发搞成破坏吧？"三娃子张一张嘴巴，说："你去县城问你爸，他也许知道。"燕燕疑惑地嘟哝："我爸？他怎么会知道？"

宋老师微微点头，轻轻叹口气，抬头看看天上的太阳，已近中午了，便带着同学们下岗子回家。队伍走到村东头丁字路口附近时，三娃子轻声对天宝说："吕登科就是在这里拦截宋老师的……他若再对宋老师使坏，咱们就狠狠教训他！"天宝点点头，转头看着宋老师，她走在队伍中间，和身边的学生谈笑风生，笑起来那样灿烂。她总是这样，似乎没把吕登科的骚扰放在心上。可是，白天宝和三娃子却总为她担心。

事情的发展有些出人意料。

又是一个星期天，白天宝约上三娃子来到村东地里。他们在一人多高的苞米地里，一边拔猪草，一边紧紧盯着村东大路，只等吕登科出现。太阳好高了，只见宋老师依旧穿着花格子裤褂，短发在秋风中披散开来，像展开翅膀的燕子。她仍是去长桥镇教委开会吧？不一会儿，吕登科骑着自行车尾随而来。这家伙上次

吉 祥 鸟

被打的手腕上还缠着纱布,拼命蹬着自行车追赶宋老师。

天宝和三娃子匍匐在地上,恨得牙痒痒。三娃子说:"宝儿哥,这次打他狗眼!你要是下不去手,我来!"天宝说:"放心,只要他敢对宋老师动手动脚,我一定不会轻饶他!"

忽然,一辆灰色轿车从县城方向驶来,拐弯向村子开去,车上坐的是吕登峰和小强。"吕登峰是送小强回家来看妈妈的吧?"三娃子轻轻说。轿车和吕登科的自行车相遇,吕登科慌忙跳下车子,走到轿车跟前。车窗落下,吕登峰探出半个脑袋,对吕登科说着什么。

三娃子说:"他们俩不会商量啥好事!"

天宝说:"走,咱们靠近些,听他们在嘀咕些啥。"于是两人猫起腰,向前小跑一阵,又趴在地上匍匐前行。

靠近后,两人听见了吕登峰的声音,像是在厉声训斥吕登科:"你不撒泡尿照照自己,你能配得上宋雅琴?"

吕登科垂头丧气地说:"峰哥息怒,我本想请您做媒,可一直没好意思开口。那妮子长得不赖,我便动了心思,不承想给您添了麻烦。"

吕登峰粗野地骂起来:"你个浑蛋!干正事没脑子,这号事倒肯动心思!告诉你,宋雅琴名花有主了,你别痴心妄想,再敢对她动手动脚,看我怎么处置你!"

三娃子低声说:"怪了,吕登峰怎么护着宋老师?"

白天宝也说:"是有些怪。"

第八章 | 难解的疑窦

"吕登峰说宋老师名花有主？啥意思？"

天宝摇摇头："我也不太懂……好像是说宋老师有了心爱的人？可吕登峰为啥向着宋老师？让人猜不透。"

这时，后边的车门打开一条缝，小强探出头，看着吕登科的狼狈相，不禁嘻嘻笑了，幸灾乐祸地朝他做个鬼脸。吕登科哭丧着脸连连点头，不停地说："峰哥放心，我记下了。"车子向前开动，吕登科便连连退后，他犹豫着跨上自行车要走。没走出几步，吕登峰的车又停住，探出头吆喝："别走……过来！"

吕登科急忙跑过去，问："峰哥，您还有啥吩咐？"

"我问你，你去信用社要贷款指标了吗？马上秋收秋种了，咱村能给多少贷款指标？"

"我去过。信用社主任说，原则上是多存多贷。还有，之前的贷款收得好，新贷款就给得多。咱们村小，存款很少，有些户的贷款还不上，新贷款必然受影响……还有那一笔大额贷款，欠了好几年了，一直在账面上趴着……"吕登科嗫嚅着，抬头看吕登峰脸色难看，忙补充，"我再跟信用社主任商议一下，让他尽量照顾咱们村……估计不会少于二十万。"他壮了壮胆子说出来个大数目。

"废物！让你干信用社代办员，指望能多贷些款，办法也教给你了，结果你一双眼睛只盯着女人，正经事一件都没干！告诉你，设法说服信用社主任，以前那笔大额贷款，公安局都立案了，是白建成职务犯罪，蓄谋诈骗，让他们找白建成要去……今年的

吉 祥 鸟

贷款务必拿到两三百万,加上秋收后在村里敛一些……告诉你,这钱我有大用处!耽误了我的大事,我立马撤换你、惩罚你!"

车门咣的一声关了,轿车向村里开去。吕登科垂头丧气地推着自行车,掉头向村里走去。

吕登峰的轿车很快便回来了,车上少了吕小强。车子没直接回县城,在路口拐弯向北驶去,公路上扬起漫天尘沙。

白天宝和三娃子拔了满满一筐猪草,又把地里已黄熟的苞米掰下来堆成一堆,然后背回家。三娃子嘟哝:"宋老师还是要小心。我看吕登峰也是黄鼠狼给鸡拜年,没安好心!"天宝点头:"对,要告诉宋老师,小心些为好。"他又想起吕登峰说那笔"大额贷款"跟爸爸有关?怎么可能?他只知道家里还欠信用社一千多块钱贷款,是历年拖欠村里的提留款被迫转贷的,怎么能说爸爸诈骗?也许,这不是吕登峰说的那笔"大额贷款",难道爸爸另外还欠着一笔来路不明的债务,真是被公安局追捕的逃犯?

白天宝心里装着这些事,总感到不安。爸爸的事情,自己不知道,管不了,牵挂也没啥用,他担心的是爷爷。马上就秋收了,村里又会催缴各种名目的款项,信用社的贷款也要还,爷爷又会愁得唉声叹气。爷爷最经不得有人上门要账,欠人家钱被催逼,他会愁容满面、坐立不安。每年仅凭地里的棉花,再加上猪、羊卖的钱,交上钱便一无所有,贷款还不上,加上利息,会越滚越多……今年地里收成好些,近来爷爷的心情看上去也好些,可这只是暂时的,催收欠款的通知一下来,爷爷一定又会烦恼、发愁、

第八章 | 难解的疑窦

长吁短叹。

这天吃过晚饭，白天宝一边收拾碗筷，一边心里想着这些事，不由得叹了口气。爷爷看出他有心事，便问："宝儿，又跟吕家那小子斗气了？"

天宝说："没有，小强去县城念书了。"

爷爷一愣，不无惋惜地说："那，燕燕也去县城了？"

天宝说："不，她还在村里上学。爷爷，秋收了，村里也要敛钱了吧？"

爷爷说："敛就敛吧，有啥法子？我把摘的棉花晒干，去棉站卖掉，先留下你的学费。"

天宝愣愣地看着爷爷。他坐在炕前，从木盒里捏起烟叶卷起纸烟点燃，接着又是一阵咳嗽。天宝说："爷爷，地里的苞米够咱们吃，棉花比往年多，两只猪崽也长成架子猪了……"

爷爷摇头："孩子，我算过很多遍了，怎么算也是拮据……这些事，你甭管，只管好好念书，家里的事，有爷爷呢。"

关于吕登峰说的那笔"大额贷款"，爷爷从没提起过。天宝很想确认一下到底是怎么回事，但他不愿给爷爷增添更多烦恼，便没问出口。吕登科和吕小强说爸爸"诈骗"，是"逃犯"，难道就是因为吕登峰说的"大额贷款"？爸爸是好人，爷爷说他为大伙办事，宁可自己吃亏，他怎会诈骗？一定是诬陷！天宝相信爷爷的话，从心里这样认定。

爷爷抽着烟，凝眉沉思，嘴里嘟哝着："上头制定了新政策，

吉 祥 鸟

要减轻农民负担,不少村子不再收敛提留款,可咱们村每年敛钱最多,名堂也不少,又是打井改碱,又是集资办厂,到底做啥了?没人说得清。有人说,被吕登峰家的化工厂占用了,也有人说,他吃喝送礼,喝酒作乐,糟蹋掉不少。群众议论纷纷,村里却不敢公开账务……"说着便又是一阵剧烈的咳嗽。

天宝走到爷爷跟前,郑重其事地说:"爷爷,村里的事咱管不了,想咱自己的办法吧!明天又是星期天,我和三娃子再去东沙岗。"

爷爷抬头看着孙子:"宝儿,你是说……再去捉白玉鸟?"

天宝点头:"嗯,养鸟是挣钱的好办法,我可以帮你出点力。听说东沙岗马上要被吕登峰和他的狐朋狗友们霸占了,他们要砍林子、平岗子、搞开发,白玉鸟就要绝种了。我和三娃子商量,早些下手,多捉几对自己养起来。"

爷爷问:"那,啥时去?"

天宝说:"明天,做完地里的活,趁中午暖和,鸟出来觅食的时候。"

爷爷跋上鞋下炕,走到屋角从梁头摘下笼子,用破布拂去上面的灰尘,回头递给天宝:"还要带上这笼子……捉到白玉鸟,就放在笼子里,别让它们受委屈。"

天宝说:"爷爷,我准备了一样秘密武器,这次说不定能成功……可现在不能告诉你。"

爷爷笑了:"呵,还有秘密武器?但愿你们能成功,只是,

第八章 | 难解的疑窦

千万不要伤害它们!"

天宝点头:"爷爷放心,我真心喜欢白玉鸟,盼它们给咱带来好运,怎么舍得伤害它们?"

第九章
大俊和巧儿

吉 祥 鸟

第二天中午时分,白天宝和三娃子走在去东沙岗的路上。

天宝问:"那东西带来了?"三娃子一笑,从兜里掏出个酒瓶:"我爸昨天晚上喝剩下的,你看够吗?我尝了一点,好辣。"天宝接过酒瓶,打开盖子闻了闻,又用嘴抿了抿,也说:"好大劲头!应该不错……好酒醉好汉,好鸟也嘴馋,也许这办法能成功。"

他们选择了近路,出村向北拐,没走多远便岔上一条弯弯曲曲的小路。这样避开了去康乐井那条人多的路,也避开了去镇上的公路。眺望康乐井方向,井边没有人影。那井从凌晨四点开机取水,十点左右便没了水,只好停机。天宝望着井的方向,觉得口渴了。三娃子说:"忘了带水。"天宝说:"去月牙湾喝吧。"他俩抿一抿干裂的嘴唇,加快了脚步。

秋日的中午,月牙湾很静。近日连降几场大雨,月牙湾里水波荡漾。天空湛蓝,几朵白云悠然飘荡,太阳依旧火辣辣的,临岸浅滩里的水清亮见底。

天宝和三娃子在水边找了处树荫坐下,吃掉带来的干粮,掬了几捧凉水喝下。忽然,他们发现一辆灰色轿车从月牙湾西边的大路上颠簸着开过来。天宝扯一把三娃子,疑惑地说:"是吕登峰?他是来东沙岗兜风,还是搞名堂?"三娃子说:"听说他们

第九章 | 大俊和巧儿

那个公司快要动工开发东沙岗了。"天宝哼一声:"开发?只怕屎壳郎做不出好蜜!"轿车渐渐近了。天宝和三娃子在湾边的一蓬灌木丛中蹲下,眼睛直直盯着吕登峰的轿车。轿车从岸边驶过,沙尘腾起,不见了踪影,像是绕过月牙湾去了遛马河方向。

天宝和三娃子爬起来,收拾了东西,挽起裤脚,蹚水过了月牙湾。双脚踩进水里,半截小腿立即陷进泥沙。虽是中午,水温也很低。两人拉起手,吃力地跋涉。三娃子冷不防绊一跤,跌在水里,裤子湿了,衫子前襟也湿了,便干脆脱掉上衣,一手抱着衣服往前走。终于,两人走进密密层层的芦苇丛,苇穗的淡褐色花絮在身边摇曳。脚丫踩下去,苇子粗硬的根部硌得脚板生疼。

天宝隐约听见一阵婉转的鸣叫,像是白玉鸟的声音。于是停下脚步,竖起耳朵仔细倾听,接着兴奋地说:"娃子,听到了吗?"三娃子说:"宝儿哥,你陪它们叫几声。"天宝便嘟起嘴巴鼓起腮帮吹起口哨。三娃子竖起耳朵听着,兴奋地说:"我听见有白玉鸟回应了……它们当是鸟王在呼唤呢!"又着急地说:"这里难走,从那边深处游过去多快!"天宝制止他:"不行!不想想现在是啥季节?深水里更凉,腿抽了筋就麻烦了!快走吧,前面就到了。"

两人爬上一座岗坡,天宝指着上面一片灌木丛,说:"这地方僻静,说不定有鸟窝。"说完便大步走去。两人爬过一道被雨水冲刷出的深沟,在灌木丛下的沟沿处停下,仔细扫视眼前这片茂密的草莽,酸枣、刺槐、茅草,丛杂交错,密密层层。酸枣树

吉 祥 鸟

上结出一串串青果,野草的茎叶间裸露出黄白的籽粒。

天宝拨开带刺的枝条,轻轻踏进去,仔细察看。一只螳螂蹦起,又有几只蚂蚱跳出。天宝高兴地说:"这是白玉鸟觅食的好地方,说不定它们来过这里!"三娃子问:"你怎么知道?"天宝说:"没看见地下有鸟屎?树上的酸枣也被鸟啄过。"他的眼睛格外敏锐,或许得益于左眼的大白眼仁。三娃子扒着杂草细看,没发现什么,却忽然喊痛,原来是被酸枣枝上的针刺扎了脊背,只好又把湿漉漉的上衣穿上。

天宝又仔细搜寻了一回,却没找到白玉鸟的痕迹。

三娃子失望地说:"走吧,还是得去大林子,林子大了鸟多。"

白天宝蹒跚着走出灌木丛。三娃子把小褂脱了晾在旁边的酸枣树上,只穿着短裤,飞跑着钻进岗上的林子,回头大声喊叫。天宝正打算追上去,忽然灵机一动,从裤兜里掏出一包用纸片包裹的小米,打开酒瓶,在小米上滴上白酒,捡根树枝拌一拌,俯身放在灌木丛旁一小片显眼的空地上,然后才去追三娃子。

他们连续翻了几座沙岗,在密林草莽中跋涉了一个下午,只从一个老槐树半腰的树洞里摸到两只小斑鸠。天宝先后在三个疑似鸟窝的灌木丛附近摆好酒米,回来时却只找到两处,地上的酒米仍散发着醇香,没有鸟儿啄食过的痕迹。白玉鸟像是刻意与他们捉迷藏,偶尔有动听的叫声,循着声音追过去,却连影子也看不到。

三娃子把两只小斑鸠放在鸟笼里,一屁股坐在湿漉漉的草地

第九章 | 大俊和巧儿

上,灰心地说:"宝儿哥,好累。太阳要落山了,咱们回家吧。"

收获不大,身上却多处挂花。三娃子只穿一条短裤在林子里乱窜,双腿被刺划了几道血痕,脊背上也划下一道道血印。天宝钻灌木爬高树寻找鸟窝,脸上腿上也有多处被划破。

眼看天要黑了,两人几乎一无所获,白天宝也有些泄气。可他仍怀着一线希望,爬上一棵大树的树杈四处张望,盼望晚归的鸟儿出现。天色近晚,有几只不知名的鸟雀在头顶飞舞着,又瞬间不见踪影。他失望地摇摇头,从大树上溜下来。三娃子等得不耐烦,径自走下了岗子。天宝大声喊:"别忘了拿你的小褂,顺便去看看那些酒米!"三娃子答应着:"知道,忘不了!"

那一摊酒米是白天宝最后一点希望,三娃子也没有忘记。天宝从树上下来,提起鸟笼,里面两只小斑鸠扑棱棱飞着,试图从缝隙中闯出。天宝叹口气,打开笼子门,将手伸进去抓出两只斑鸠,又放开。两只小斑鸠在地上蹦了几下,便飞起来,转眼钻进树丛,没了踪影。

月牙湾对岸的岗坡上,一群羊在缓缓移动。赶羊的驼背老人是天宝的爷爷。虽然太阳就要落下,他却没往村子的方向走,而是朝东沙岗这边移动。爷爷甩动着手中的鞭子,不时朝这边张望,羊群绕在他周围,乱窜乱蹦。天宝知道爷爷在等他们,便加快脚步向岗下跑去。心里却想着:爷爷也会失望的……下次再想些办法,一定让爷爷高兴。

"宝儿哥,快来!"背后传来三娃子的声音。他在拼命叫喊,

吉 祥 鸟

声嘶力竭。天宝不由得一惊，脑海中出现可怕的一幕：这小子夏天刚学会游泳，看见水就走不动道，难道下水被淹了？来不及多想，天宝抬脚便向三娃子喊叫的方向飞跑。喊声近了，天宝看见三娃子站在来时经过的月牙湾南岸的岗坡上，顿时放下心，放慢了脚步。但他马上又兴奋了，他看见三娃子正双手捧着个白乎乎的东西，满脸喜色气喘吁吁地跑过来。

天宝大声问："你喊个啥？手里啥东西？"

三娃子大叫："白玉鸟，好大一只白玉鸟！"

天宝一阵惊喜，三步并作两步奔过去。三娃子双手捧给他看，错不了，是一只昏沉沉睡着的白玉鸟，从没见过这么大的白玉鸟！

三娃子笑得合不拢嘴，喘着粗气说："就在……你放的那摊米旁边趴着，一动不动……"

天宝凑近细看，这鸟确实长得稀罕，身长近一拃，大概刚换过羽，毛色格外鲜亮雪白，看不到一根杂毛；它两只眼睛微眯着，透出一抹紫红。天宝兴奋得蹦起来，激动地说："好，是只好鸟！真想不到……它现在还睡着？不会有危险吧？"他忽然后悔小米里加的酒浓了些。

三娃子也着急："快回家，给它灌点醋水解酒……"

天宝想一想又说："这只是雄的，应该还有一只雌的，就在它附近。"

三娃子懊悔地跺脚："我只顾高兴了，没再仔细找。"

天宝说："我马上再回去找找看。我爷爷在前边等咱们，你

第九章 | 大俊和巧儿

提上笼子,跟爷爷先回家,让爷爷想办法给它醒醒酒。"

三娃子答应着,把鸟放进笼子,系上布罩,便跑下岗去。天宝大声嘱咐:"走村后,北岗子东边那条小路!"三娃子答应着"知道",便向爷爷跑去。天宝随即转身,沿月牙湾岸边奔向那片灌木丛。

白天宝回到家时,天色已经大黑。三娃子还在天宝家等他,正和爷爷守在笼子旁,看那只鸟跳来跳去。它已完全从醉梦中清醒,正蹦着跳着,发出清脆又婉转的鸣叫声。

天宝举起手中的草编网兜说:"看,这是啥?"

"哈哈,真的找到了?是那只雌鸟吧?"三娃子惊喜得跳起来,"在哪里找到的?"

天宝说:"就在附近。我估计它吃了酒米逃不远,果然,在旁边一蓬乱草里发现了这只落单的雌鸟。我捧起它,它扑扇着翅膀要逃,却没有力气。我担心用衣服裹着它,它会憋闷死掉,便拔几把茅草,编成这小网兜,放它进去……"

爷爷接过网兜打开,咧开嘴巴笑道:"好,这小两口团圆了。"爷爷又细细看了看,这只雌鸟虽比雄鸟体型略小,毛色却一样鲜艳,紫红的眼睛格外有神。爷爷把它也放进笼子,那雄鸟便扑棱棱过来,欢快地蹦跳起来。爷爷捻着胡子嘟哝:"这鸟通人性,倘没了伴,就会生病,不容易养活……这下好了。"当下,这对白玉鸟全然无视身边的旁观者,亲密地啄吻、偎依、追逐,劫后重逢的亲昵和欢愉,引得旁边的人都笑起来。

吉 祥 鸟

天宝和三娃子不停地逗弄它们,说说笑笑,为这对白玉鸟的团圆高兴,为自己的意外收获而激动。爷爷把油灯端过来,将油灯捻得更亮些,搬个马扎坐在笼子前仔细端详,不停地嘟哝:"稀罕,真是稀罕!从没见过这样俊秀的白玉鸟,长得大,壮实,还水灵……给它们起个名字吧,长命。好好喂着,再孵几只小鸟,就更好了。"

天宝凝神一想说:"雄鸟叫大俊,雌鸟叫巧儿,你们看行不?"三娃子试着叫:"大俊、巧儿……好,这名字好!"

第 十 章
秋 收 的 烦 恼

吉 祥 鸟

进入秋收时节,学校要放农忙假了。

这天,三姓庄学校师生开了一个大会。这大会议题特殊,由村委会安排召开,要求教师和学生们必须全部参加。宋老师和民办教员孙老师集合学生入场,校长吕文生主持会议,讲话的是村主任吕登峰。

吕登峰给学校师生开会,实在是件新鲜事。他要给师生们讲些啥?据说他没读过多少书,从小是打架斗殴的混混头儿,后来不知怎么当上了村主任,如今要给教师和学生娃们训话,白天宝和一些同学都充满好奇。出乎所有人意料,这位主任没说几句话,便连续冒出三个"他妈的",嗓门忒大,像是在吼,眼睛瞪得溜圆。同学们呆呆听着,不时吓得一激灵。

白天宝听不太懂他的讲话,但有几句他重复得多,给天宝留下了深刻印象,就是:"你们要催促家长,尽快按照村里下发的应缴款项清单,积极上缴各种该缴的钱。"他说,这钱要用来改水、改碱、修学校,所以便重重地加了一句话:"你们要听明白,谁家缴不上、晚缴或欠缴,谁家就活该喝碱水、种碱地,他家的孩子也甭来上学了!"吕登峰眼睛布满血丝,像是喝醉了酒,讲话时唾沫星子几乎喷到前排学生的脸上。

开会时,白天宝的神经一直绷得很紧。他低垂着脑瓜,眼睛

第十章 | 秋收的烦恼

茫然地望着前面。近日时时担心的事，如期临头了。天宝的心在发颤，他更担心爷爷。他家欠村里的钱不少，却拿不出多少钱，爷爷会愁坏的。天宝常听爷爷算家里的账，地里收的粮食勉强够吃，卖棉花和猪羊的收入却不够交这些钱，何况还要供自己上学。前几年拖欠的提留款，被村里统一办理从信用社贷款抵缴，年复一年，欠下的贷款越来越多。爷爷总对天宝说，有他在，不用怕，其实只是安慰天宝而已，只为让天宝安心上学。爷爷老了，时常闹病，却舍不得花钱买药。现在吕登峰讲出这些话，天宝心里一阵绝望，好一会儿，心情才平静了些。他心里想，交不上钱不要来上学？那没办法，干脆就不上学算了，免得爷爷再为自己的学费发愁。可又想到，爷爷决不会同意，他会生气，会发脾气……天宝摇摇头，眼眶里涌出泪，重重叹了口气。

　　会议进行最后一项，主持会议的吕校长通知宋老师，让预先安排的学生代表到前排来，现场表明决心。宋老师就坐在白天宝身后，她看出天宝情绪不好，便站起身走到燕燕身边。按校长的要求，她已经找好两个学生代表，其中一个是吕燕燕。宋老师低声问燕燕："准备好了吧？到前排坐下，你先发言。菲菲第二个。"燕燕拼命摇头："宋老师，我……不想发言。"宋老师说："就照稿子念一念吧。"燕燕几乎哭出来："我听同学们都在骂……骂我爸不像村支书，像土匪……"宋老师一时无语，犹豫着回到座位坐下。

　　忽然，学校院里开进一辆黑色轿车，停在吕登峰的银灰色轿

吉 祥 鸟

车旁边。车上下来个领导模样的中年人,头顶虽秃了些,周围的头发却梳得锃亮,穿一身崭新的西装,黑皮鞋踩得咯噔咯噔响,样子很威严。只见吕登峰和村委的人都起身,毕恭毕敬地上前迎接。这人不客气地在主席台中间就座。吕登峰看着这位领导,笑着说:"欢迎徐副镇长亲临指导。您给大伙做做指示呗?"

原来他就是长桥镇副镇长徐大清。徐副镇长没理会吕登峰要他做指示的盛情,环视四周,问校长吕文生:"怎么不见小宋?让她坐在台上嘛!"吕校长一愣神,忙说:"哎呀,都怪我,疏忽了,马上请宋老师主席台上就座。"

吕校长笑着向宋老师招手,宋老师竟没发现,她正呆呆地想着什么。吕校长跑下主席台,走到宋老师跟前,笑眯眯地说:"宋老师,领导请你去主席台就座,你就去嘛!"宋老师感到有些莫名其妙,她摆摆手:"我……怎么能上主席台?不,我不去。"又说:"学生发言就免了吧。"吕校长点头说:"也好,等我告诉主任,把时间留给徐副镇长做指示。你跟我来,见见徐副镇长,是他亲自点名请你去台上坐的。"

白天宝听得一清二楚。宋老师受到这样的礼遇,让他有些惊讶,并且从心里为她高兴。宋老师却只是摇头,随即又扭转脸。吕校长显得很着急,回头看台上的徐副镇长叼根纸烟悠然地吸着,眼睛频频朝这边张望,便说:"雅琴老师,我求您了,您就赏我个脸……领导请您上去,我总得完成这任务,您也应该……让领导满意。"宋老师断然说:"那是领导坐的位置,我凭啥坐?不

第十章 | 秋收的烦恼

去！"吕校长急得跺脚："雅琴老师，别发倔脾气！您是聪明人，现在不是领导，上了台就是领导了。"宋老师执拗地回答："我可不敢当！"

大会暂时陷入尴尬的局面，吕登峰趁机向徐副镇长表态："今年应向镇政府上缴的各种款项，我们村还是争当全镇第一，只能超额，不会拖欠，请您放心……只是，我们村子经济条件不好，村里应该收的那一部分钱数量多、难度大，还请领导支持。"吕登峰满脸堆笑，和刚才横眉竖目的样子比起来，简直判若两人。此时，他说得认真，徐副镇长却心有旁骛，只含糊地点头，眼睛直勾勾地盯着台下的宋老师。

吕校长仍缠着宋老师，显得焦灼而急切。

白天宝默默想着：这镇长好有权威，怎么吕登峰见他竟像老鼠见了猫？徐副镇长看得起一个普通老师，大概是个好干部吧？可宋老师居然不领情，这是怎么了？他开始替宋老师惋惜。看吕校长为难的样子，天宝凑近宋老师，想劝她一句。可没等他开口，宋老师便站起身，径自向她的宿舍走去。

散会了，白天宝默默往家走，一路想着怎样向爷爷说起会上讲的事情。走进屋，却见爷爷正站在土炕的炕头，双手沾着泥巴，地上有一摊和了麦草的泥。爷爷在做啥？用泥巴糊墙，填补被雨水冲破的墙壁？可是，窗口的旁边没有漏雨的痕迹。爷爷笑着说："宝儿，锅里有饭，去吃吧。"他眯着眼看孙子，躬着腰

吉 祥 鸟

站着,又说:"我把羊撒到北岗子下了。"爷爷脸上的表情有些不自然,他究竟是在做啥?天宝疑惑地想:爷爷不是在简单地修补墙洞,大概是在做什么秘事,不想让我知道?

白天宝走到外面,从蜂窝煤炉上的锅里拿出窝头、地瓜,捏根咸萝卜条,就势坐在水缸旁的马扎上吃起来。忽然,他发现水缸盖上有一张白色A4纸,类似学校的成绩通知单。拿起细看,是一张"应缴各类款项清单",上面清楚地写着白老栓的名字,几个项目后缀着应缴钱数,各种款项合计一千三百二十八元……

天宝愣愣地看着,头皮瞬间发麻,手也开始哆嗦起来。

爷爷蹒跚着出来,摩挲着沾满泥巴的双手,站在屋门口。他大概想起了这张纸——这张不该被孙子看到的催收清单。然而为时已晚,他看见天宝拿着纸在看,只好苦笑道:"孩子,甭当回事,随他们去吧……有爷爷在,你啥也甭怕。"

不出所料,爷爷还是这一句老话。天宝流出眼泪:"爷爷,我不上学了,省得花钱。我去东沙岗,再捉几只白玉鸟,好好喂着。我还可以去打工……"

爷爷不假思索,连连摇头说:"不上学?不行!再说这话,我生气了!"爷爷忽然咳嗽起来,断续说着:"你去打工,人家连工钱也不会给你!你年纪太小,像只小鸟,毛还没长全,没力气。你当下正是念书的时候,这是一辈子的大事,千万不能耽搁!千万不能这样想,不然我真的会生气!你不上学,爷爷就没了指望、没了盼头,爷爷会愧疚一辈子……你知道吗?"

第十章 | 秋收的烦恼

白天宝瞪大眼睛看着爷爷,他的胡须在抖动,褶皱纵横的脸在抽搐。让爷爷生这么大的气,是自己的不对了。天宝跑到爷爷跟前,偎进他的怀里:"爷爷,您别生气,我再不说这话了……我好好读书。"

爷爷抚摸着天宝的头,喃喃地说:"好孩子,这才是爷爷的好孙子。告诉你件事,昨天我把拾下的棉花背去棉站卖了。"爷爷抬手指指窗台边的泥巴:"留了平时的花销,余下的一百块钱,我包在纸包里,放进墙洞糊上了。遇到多么紧急的事也不能动,这钱要攒着,留给你交学费。等将来你上了中学,学费多了,我给你攒的钱也多了……"

天宝吃惊地仰起脸:"爷爷,那……还早呢。"

爷爷说:"每年只有一个秋天。今年收成好些,就多存一点,积少才能成多嘛。当年,你爸爸念到中学,交不起学费,只好辍学……我不能让你将来也上不起学。"

天宝流出泪来,哽咽着说:"爷爷,可我替你发愁。村里眼看着就要敛钱,咱交不够咋办?"爷爷说:"放心,农业税咱缴,皇粮国税,从古到今传下的规矩,不缴没道理。咱买肥料还在信用社贷了款,还的时候连本带利,分文不能少。困难时候国家救助了咱,咱必须讲信用。至于村里敛的别的钱,得跟他们理论……吕登峰当村主任,改水、改碱、修学校的钱,年年敛不少,却不知道干了啥。如今大伙还是喝碱水、种碱地,孩子们在饲养棚里念书,在黑屋子里上课。他把钱花到哪里去了,必须有个交代!"

吉 祥 鸟

天宝说:"爷爷,我害怕,怕他们逼迫你。今天学校开了会,吕登峰凶得很,说是谁家拖延不交,谁家孩子就不许上学。"他终于说出了这件事,这正是爷爷最担心的。

果然,爷爷马上变了脸色,颤声说:"好狠毒!胳膊拧不过大腿。可是,书总是要念的!老百姓的孩子,只有念书这一条路啊!"

天宝哽咽着说:"爷爷,我好好上学,可你要答应我一件事。马上又放农忙假,除了帮你做活,我还要去东沙岗……"

爷爷迟疑着点点头,沉吟说:"千万小心,不能让吕家人发现。听说他那一伙朋友圈占了东沙岗,并且严加看管。还有,大俊和巧儿天天唱个不停,咱这小屋怕是藏不住。"

天宝皱起眉头想了想,说:"爷爷放心,我有办法。"

白天宝和三娃子商定再去东沙岗,为确保行动秘密进行,他们把时间定在了晚上。

太阳西斜,三娃子如约来地里找白天宝,天宝正和爷爷收拾着玉米秆。一地玉米被掰掉棒子,用镰刀把玉米秆齐根削下,然后绑作一捆捆,再倚靠着摆作一堆堆。爷爷说,这样摆放干得快,干了以后玉米秆就轻多了,等翻地种麦子时再运回家。

爷爷累了,坐在秸秆堆上抽纸烟,不停地咳嗽着。羊群散落在地里埋头吃草,不时发出咩咩的叫声。天宝不停地忙活,只穿一条短裤,脸被太阳晒得黑红,肩背上蒙着尘土,被汗水冲出一

第十章 | 秋收的烦恼

道道弯曲的泥痕。

三娃子也抱起一捆玉米秆。他抱得有些吃力,踉跄地走着。天宝说:"算了,沾脏了你一身新衣裳。"三娃子刚从姥姥家回来。中秋节到了,他去给姥姥送月饼,刚回到家。

这时,路上响起喇叭声,是一辆黑色轿车从村里开出来——吕登峰新换的高级轿车,开车的是个陌生司机。轿车停下,吕燕燕打开车门下来,走到天宝跟前问:"需要我帮你家干活吗?"天宝忙笑着摇摇头。燕燕说:"我家的地转包了,农忙假没事干,我跟我妈去县城住些日子。我爸在县城买了新楼,我和妈从来没去过,这次陪妈妈去住几天。要是你家需要帮忙,我就不去了……"天宝说声"谢谢",又一次坚定地摇了摇头。他朝车上瞥一眼,没有吕小强,只有一个中年女人坐在车子后座,打开车门朝天宝点点头。她就是吕燕燕的妈妈?天宝第一次见这女人,她虽衣服鲜亮,面容却黄瘦,显得很憔悴。车子开走了。三娃子悄悄问天宝:"燕燕还会回来吗?"天宝笑笑:"那谁知道?管她呢!"

地里的活干得差不多了,天宝和三娃子要出发去东沙岗。天宝朝爷爷挥挥手,爷爷慢慢直起腰,点头说:"路上小心,早些回来。"

走出玉米地,两个人飞也似的跑起来。三娃子跑着,忽然想起什么。他放慢脚步,从兜里掏出两个用油纸包裹的月饼,塞给天宝一个,说:"吃!吃了有劲,好爬岗子。"

这个晚上,两人回来得不早,却没有收获。

吉 祥 鸟

之后连续七天,天宝和三娃子都是傍晚离开村子,晚上回来得很晚。他们在东沙岗的树林里奔跑,在草莽间搜寻,脚丫被蒺藜针刺扎得伤痕累累,腿上被荆棘划出道道血印。但他们没有白白受苦,每天总有收获。不过,真正的白玉鸟只捉到一对,另外有几只白头翁,不值什么钱。还捉到一只受了伤的小黄莺,当即放生了。尽管如此,两人仍满心高兴。这对白玉鸟,如能卖到上次的价钱,每人能分到二百块,也是一笔不小的收入。天宝用苇篾编了一个小笼子,把这对白玉鸟放进去喂养。

这些日子,村里变得很不平静。吕登科带着一帮人,敲锣打鼓,挨家挨户上门催收款项。哪家如果一时缴不上,必须约定期限,变卖粮食、棉花或其他财产,保证按期缴纳。不能按时缴纳款项的人会受处罚,家中可变现的物件会被强行弄到学校的院子,由村里低价处理抵缴欠款。

白天宝和三娃子担心他们的白玉鸟被人发现。天宝提议,新捉到的一对鸟放到三娃子家,等这阵风过去,就悄悄卖掉;大俊和巧儿仍由天宝负责喂养,只是再不能放在家中的屋子里。吕登科几乎天天带人来,妈妈那屋子也有风险,放不得,必须马上转移。天宝没跟爷爷商量,也没告诉三娃子,趁晚上悄悄把它们送到了一个"神秘所在"。他觉得这地方安全舒适,是大俊和巧儿理想的密室,而一般人是想不到的,为此他有些暗自得意。

爷爷心绪不安,多日吃不下饭、睡不好觉,终于病倒了。

天宝再没去东沙岗。他每天挑水做饭,伺候爷爷吃饭用药,

第十章 | 秋收的烦恼

然后赶着羊群上山。爷爷这次病得离奇,前一天还在地里忙活,晚上突然发起高烧。眼下必须找大夫给爷爷看病。吕登科首先被排除,就是因为他天天催命鬼似的上门要钱,爷爷担惊受怕才得了病。天宝想找辆地排车拉爷爷去卫生院,爷爷不同意,随口说出两种药让天宝记下,吩咐说:"去镇卫生院买来,我吃下就会好的。"

这天早晨,吕登科的锣鼓又响了起来,听得人心惊肉跳。天宝给爷爷端去稀饭,自己坐在小棚子旁的蜂窝煤炉前,一边吃饭,一边偷眼看柴门外的村街。锣声近了,一辆拖拉机停在巷子里,几个人拐进了小胡同,呼啦啦进了白天宝家院子。带队的仍是吕登科,他朝篱笆墙西侧天宝妈妈的房间望了望,径自向这边屋里走来。

天宝看来者不善,便溜进屋,低声告诉爷爷:"他们又来了。"爷爷伸手抚摸着他的脑瓜,有气无力地说:"孩子,甭怕……白玉鸟藏好了吗?"天宝点头。爷爷说:"那就好……他们来就来呗,我来应付他们。"

吕登科带着几个人走进屋来。他斜眼看看天宝,被满屋烟味、药味呛得咳嗽几声,忙捂住嘴巴,朝炕上吼一声:"黑疙佬,起来!装啥蒜呢?前几天去棉站卖棉花时还好好的,今天说病就病了?哄谁呢!卖棉花的钱呢?快缴上,皇粮国税,集体集资,你想躲也躲不过去!"

吕登科向爷爷走过去。白天宝抢先一步站在爷爷跟前,却被

吉 祥 鸟

吕登科伸手推开:"滚开!我看看这老家伙是真病还是装病。"天宝大声说:"爷爷发烧了,有啥事等他好了再说。"吕登科已抓住了爷爷的手:"噢,是有点烫,吃的啥药?"他拿起爷爷枕边的药看了看,便扔下了:"好啊,不买我的药,你这病不会好的!"接着翻开手中一个本子看看,"嗯?在信用社的新贷款倒是还上了……还想再贷是吧?告诉你,我是信用社代办员,贷款要经过我的手,老账不还,再贷款也没门!"爷爷吃力地坐起,对吕登科说:"孩子说了,等我好些,再去卖棉花。"吕登科冷哼一声:"黑疙佬,你这人敬酒不吃吃罚酒!年年该交的钱,总是拖到最后……你也不好好想一想,白建成惹是生非,被公安局追得到处跑,扔下你在家受苦,你还养个白眼猴,图个啥?"说完回头吩咐道:"来,把他地上的棉花、玉米全装上,运到学校场院里……跟这种人,不动真格的不行!"

几个人进来,把堆在地上的棉花、粮食悉数装进带来的麻袋里。吕登科说:"猪圈里还有猪,抓走!你家的羊呢?"爷爷忙说:"那羊是给乡亲们放养的,千万不能带走!"吕登科哼了一声,走出屋外。两个年轻人钻进猪圈抓猪,两头猪被粗鲁地绑起来,扔到装着玉米、棉花的拖拉机上。拖拉机轰隆隆地开走了。

吕登科仍在院里转悠,转脸朝白天宝瞪起眼:"你小子,人小鬼大……还藏着啥东西?有人看见你去东沙岗钻林子,有捉到白玉鸟吗?快交出来!那林子现在归谁,你可知道?那林子和里面的鸟都有主人。"天宝转过脸去,一声不吭。吕登科屋前屋后

第十章 | 秋收的烦恼

转了一圈,又绕到天宝妈妈的小院,走到屋前从窗玻璃往里看,见屋子里空空如也,便恨恨地瞥了天宝一眼,悻悻走掉了。

白天宝跑回屋,小声说:"爷爷,他们走了。"爷爷正躺在炕上流泪,天宝趴到炕边,轻声安慰说:"爷爷别生气,拉去的东西,迟早会还给咱;欠村里的钱,大不了再贷款抵交。"爷爷眯着眼嘟哝:"吕登峰、吕登科,这些人是混混、恶棍,却有权有势。你爸是好人,一心为村里人办事,却遭他们栽赃陷害……老天爷会睁眼的,共产党饶不过祸害百姓的恶人!"天宝追问:"爷爷,爸爸到底怎么了?要是有理跟他们斗,为啥要走呢?"天宝又想起吕登峰说的那笔"大额贷款",想跟爷爷问个明白。可爷爷摇摇头闭上眼睛,不再吭声。

第十一章
月夜寻爱鸟

吉 祥 鸟

三娃子慌慌张张来了,在屋门口向天宝招手,神情十分沮丧。

白天宝意识到出了事,忙迎出去,急切地问道:"那两只鸟怎样了?"

三娃子哭咧咧地说:"被他们拿走了!"

天宝吃惊地叫起来:"啊!你……怎么搞的?"

三娃子哭起来:"我把笼子挂在茅厕里,吕登科带人到我家,听到叫声,不容分说就抢走了,连你编的那只小笼子也拿去了。"

看三娃子满脸泪水,天宝不再说话了。他担心被爷爷听见,便把三娃子拉到屋外猪圈旁边,悄悄说:"不能便宜了吕登科。探听一下他把鸟放在哪里,咱们设法弄回来。"三娃子说:"我偷偷跟踪看了,吕登科提着笼子进了学校,钻进了咱们教室。教室里存放着他们敛来的棉花、粮食……吕登科进去后,好一会儿才空手出来,两只鸟应该就放在咱们教室里。"天宝说:"那好,今晚行动。"三娃子问:"啥时候?"天宝想一想,说:"晚上大约九点,等我爷爷睡着。你在吕登科药店旁边的槐树下等我。"

夜晚,村街静下来。白天宝和三娃子在老槐树下会合。天宝见吕登科屋里亮着灯,便悄悄趴上窗台。天宝透过窗帘缝隙看见,吕登科正坐在桌前,像是在记账,桌上摆着账本、算盘和计算器,还有一沓沓钞票、纸条。他拨拉几下算盘,看看账本,不时皱起

第十一章 | 月夜寻爱鸟

眉头吸烟。

天宝拉起三娃子便走。三娃子悄悄说:"学校门口有门卫站岗,还拴着吕小强家那只藏獒,这家伙凶得很,咋进去?"天宝皱皱眉头说:"咱们来个声东击西……你绕到院子西墙外,从西南角往院子里丢土块,把他们引过去。"三娃子会意,一阵风似的去了。天宝绕到学校东边胡同,向学校院子后墙外走去。

学校院子后面的壕沟里长满了刺槐和茅草,是天然的遮蔽物。白天宝沿壕沟走着,月光照耀下的野外有凉风吹来,他不觉打了个寒战。天宝来到院子东北角墙下,纵身一跃爬上墙头。在这里看得见整个院子,里面堆着吕登科他们拉来抵欠款的东西,包括木料、砖瓦、橱柜等。大泡桐树上拴着几头驴,大都没精打采地趴在地上,一头毛驴大概饿了,发出嗷嗷的叫声。十几头猪被捆住四蹄,丢在西南角的茅厕外,天宝仔细往里看,试图寻找自家的两头架子猪,却难以分辨。

院子西南方向有土块落入,拴在校门口的大藏獒嗷嗷吼叫。两个门卫听到动静,向茅厕方向走去,受到惊动的猪纷纷仰起头,发出吱吱的叫声。

一个人吆喝:"谁?出来!"

另一个人问:"咋回事?"

天宝已从东北角的墙上跳下。宋老师宿舍隔壁就是他们的教室,他猫着腰钻进教室。月光从窗口照进来,教室里胡乱码着麻袋,里面装着花生、玉米等,讲台一头的棉花垛到了屋顶。天宝仔细

 吉 祥 鸟

听鸟的叫声,睁大眼睛搜寻他编的鸟笼,在屋子里转了一圈,墙上和屋梁上都找过,却不见鸟笼,也听不到鸟的动静。怎么回事?三娃子提供的情报不准确?

忽然,天宝听到教室外有人声,是两个值班门卫过来了。他们在院子西南角一带没发现什么,又把注意力转向了这边。天宝在棉花堆里蜷起身子,脑袋往里钻一钻,把棉花往身上扒拉几下,整个人便被埋进白花花的棉花堆,然后竖起耳朵听着。其中一个门卫在吆喝:"谁?出来……看见你了!"另一个说:"不出来?把你抓起来,押到派出所!"天宝屏住气,一动不动。过了好一会儿,两人骂骂咧咧地走了。等脚步声渐渐远了,天宝才悄悄溜出教室,来到东墙边,纵身翻过墙去。

没找到那对心爱的白玉鸟,天宝的计划失败了,他在心里默默想着:吕登科到底把白玉鸟放到哪里了?看来三娃子的情报不准确,或者鸟已经被吕登科转移,藏到别处了?爷爷的病不见好,地里可变卖的棉花不多了,急需用钱给爷爷看病买药。

三娃子见天宝两手空空,说:"找不到这对鸟,怎么办?不然……卖掉大俊和巧儿?"

天宝断然说:"不行,大俊和巧儿不能卖。爷爷说它们和一般的白玉鸟不一样,等以后也许能卖个好价钱。"

三娃子又问:"你把它们藏在哪里了?要提防被吕登科发现。"

天宝笑着说:"那地方,即便他发现了,也无可奈何……你猜猜看?"

第十一章 | 月夜寻爱鸟

三娃子皱皱眉:"大俊和巧儿身形大,又爱叫,哪里能藏得住……地窨子里?再不然就是你妈那间屋子?她不在家,吕登科他们不会去察看吧?"

天宝摇头:"我家没有地窨子。再说地窨子里空气不流通,时间一长会把鸟闷死的。我妈那屋子更不行,吕登科每次去都带人查看……我安排的那个地方,通风透光,凉爽宜人,是专门供鸟居住的好地方。它们爱唱歌,傍晚有时还能听到。"

三娃子说:"那别人如果听到,不就暴露了?"

天宝笑笑说:"声音在天空中,别人听见,只当鸟从天上飞过呢。"

三娃子皱着眉头继续猜,却猜不着。天宝忽然叹口气,说:"我每隔两三天便去看它们。今晚咱们一起去看看。说实在话,我也有些担心……"

三娃子说:"这么秘密的地方,我都猜不到,还怕二黄鼬?"

天宝说:"我怕的不是二黄鼬,是另一种魔鬼!"

天黑后,下地干活的人陆续回家了,吕登科带领的一帮人也偃旗息鼓。三娃子吃过饭便赶来天宝家,还带着赵菲菲。菲菲用祈求的语气对天宝说:"宝儿哥,让我也去吧!我会保密的。"

天宝笑笑:"野外天黑,月亮还没出来。再说,我们去的地方很可能有魔鬼,你不害怕?"菲菲晃晃短辫说:"有你俩在,我不怕。"

爷爷半躺在炕上,身后依着枕头,身上搭着棉被。他生病没

胃口，吃饭很少，天宝只喂他喝下一点稀粥。老人看出孩子们有事，许是猜到了什么，吃力地嗫嚅："宝儿，你们去哪儿？我这病，不用再吃药了，慢慢会好起来。你……千万别做出格的事！""爷爷，你放心吧。"白天宝说完，用小布袋装了些小米，又带了半瓶水。

三人走出小院，向村后走去。三娃子问："去哪儿？"天宝说："常去的那地方……还没猜到？"三娃子皱皱眉，又摇摇头。三人爬过一道壕沟，走进凹凸不平的坑塘。近来天气干旱，夏季暴雨后的积水已干涸，只是洼处尚有泥泞。菲菲的鞋子不时陷在泥里，发出低声尖叫。三娃子呵斥道："别叫，再叫你就回去！"菲菲不再出声。天宝回头说："你拉住菲菲的手，小心她跌倒。"

"我才不管她呢！"三娃子隐约猜到了目的地，撒腿独自向北岗子跑去。天宝回身拉住菲菲，爬上坑塘的崖坡。菲菲喘息着说："宝儿哥，咱们去哪儿？"天宝说："就快到了。"他抬手指了指北岗子上的白杨树。

三娃子率先跑到白杨树下，天宝和菲菲也很快赶到了。三娃子笑着说："宝儿哥，我猜到了……你把大俊和巧儿藏在老鸹窝里了吧？它们会不会飞走？"

天宝说："哪能让它们飞走？我自然有办法。先上去看看，给它们加点米和水。"

三娃子摩拳擦掌："宝儿哥，我上！袋子给我。"

天宝说："好！小心。我只担心大俊和巧儿会招来'魔鬼'，

第十一章 | 月夜寻爱鸟

那样,就必须转移了。"

三娃子问:"啥魔鬼?你别吓我。"

天宝说:"鸟儿最怕那种东西,不得不防!"

菲菲正抬头看头顶的大杨树,硕大的树冠在昏暗中显得阴森可怖,听天宝又说起魔鬼,吓得大叫一声。三娃子笑笑:"我不信,啥样的魔鬼我也不怕!"说完挽起衣袖、卷起裤脚,把装着小米和水瓶的布袋掖在裤腰上,走到大树前抬头一望,向手掌心吐口唾沫搓一搓,纵身一跃抱住树干,转眼隐没在幽暗而神秘的枝叶间。

三娃子爬到老鸹窝下,站在树杈上,一伸手就摸到了那黑乎乎的一团,那是用干柴枯枝垒成的空心球。鸦鹊们的毅力的确惊人,它们建造了安乐窝,为啥又选择离去?三娃子从未想过答案,他只觉得,当下大俊和巧儿寄宿在这里,是安静祥和的好居处……宝儿哥选择得对。

白天宝在树下仰脸看着黑黢黢的上空。他一直得意自己的选择,近日却隐隐担忧一种险恶情景发生,此刻又在默默祈祷:但愿大俊和巧儿平安,你们是人人喜爱的吉祥鸟,那恶魔不会发现你们的……天宝心上的弦绷得很紧,定定地看树上的三娃子:他又攀上一个树杈,现在他可以俯视老鸹窝了,可以将手伸进套在巢口的网罩,摸到里面的大俊和巧儿了。

天宝看见三娃子撸起衣袖,把手伸进巢里,便问:"摸到大俊和巧儿了吧?"

吉祥鸟

三娃子不答,突然又大叫一声:"不好!"他倚在树杈上的身子一晃悠,几乎跌下来。

天宝大喊:"别慌!"却见三娃子已抱住树干,急速溜下来。

那一声"不好"让天宝大吃一惊,忙问:"怎么了?"他敏锐地意识到,难道是"魔鬼"出现了?

菲菲也在一旁吓得打了个寒噤。三娃子哆嗦着说:"坏了,大俊和巧儿凶多吉少!"

天宝一把薅住他的衣领:"有蛇?"

三娃子点头:"嗯,是……是蛇!我摸到了,软软的凉凉的,我还看到它的眼睛闪着两个光点。它已经靠近老鸹窝,仰起脑袋左右摆动……"

天宝问:"大俊和巧儿呢?还在吗?"

三娃子摇头:"没……没看清,可听见它们在叫。"

天宝咬牙切齿地说:"这'魔鬼'还真的来了,必须处理掉它!这地方,大俊和巧儿不能待了。"他略定一定神,说道:"你们安稳等着。"随即跨到树下,纵身跳起,攀住树干爬上去。

三娃子和赵菲菲在下面喊:"宝儿哥小心!"

头上一声厉喝:"别吵!"

白天宝停在老鸹窝旁的树杈上,屏住呼吸。他听到了大俊和巧儿惶悚的叫声,不由暗自庆幸,接着睁大眼睛扫视。此刻,他用有着大白眼仁的左眼,看见了盘绕在老鸹窝旁边树枝上的那条蛇。那条蛇淡绿色脊背,紫黑色花纹,擀面杖粗细。它十分狡猾,

第十一章 | 月夜寻爱鸟

此时,它的脑袋已探上鸟巢,却没有急于惊动已到嘴边的美食,大概试图缓缓接近,伺机出击,以确保万无一失。

忽然,它的脑袋转向白天宝——它发现了对面的敌手。意外出现的强敌,或许使它生出犹豫,它的眼睛盯住天宝,身体一动不动。天宝却没有犹豫,左臂牢牢攀住树枝,右手如铁钳般张开,对准它的脖颈下方闪电般出手,将蛇死死扼住……那蛇的身子瞬间甩动,像爷爷的放羊鞭一样迅捷,却被一旁的树枝挡住了后半截身体。天宝没有手软,右手死死掐住它的颈部不放,腾出左手,顺势拽过蛇身,灵巧地旋转手腕,将蛇身缠绕在小臂上,居然好大一团,然后回手捏紧蛇的尾部。这蛇完全被他控制,经不住他的全力扼杀,缠绕着天宝胳膊的身体变成松软的肉条。天宝说声:"下去!"便用力一甩,将蛇从树枝缝隙间扔下。蛇在菲菲跟前落下,她尖叫着躲开。三娃子这会儿变得十分勇敢,折一根酸枣枝挑起那蛇,凑到菲菲跟前说:"看,好大一条蛇!"

天宝松了一口气。他掏出尼龙网兜,一只手伸进老鸹窝把大俊和巧儿先后托出,放进网兜里,然后顺着树干溜下来。

他打开网兜,看着侧歪在里面的大俊和巧儿。两只鸟哀声叫着,瑟缩着身子。这时的白天宝真的有些后怕了,连声说:"都怪我,大意了!巧儿和大俊命硬,咱们今晚来得巧,不然它们俩就喂了蛇了。看把它们吓的……是我错了,选这地方太冒险,只顾了防人,却忘了还有不是人的'恶魔'。"他又把网兜系上:"先委屈它们一会儿,回到家,再放进爷爷编的那个笼子里。"

吉 祥 鸟

三娃子说:"往后藏哪里呢?你家不行,我家也不行,都让吕登科盯上了。"

天宝看着菲菲,忽然想起一个去处,悄悄说:"有个地方,我料想吕登科不敢去那里胡闹……咱把这鸟交给赵爷爷,怎么样?"

三娃子和菲菲都拍手赞成。

天宝叹口气:"又要麻烦赵爷爷了。"

三人鱼贯下岗。三娃子回身把提在手上的死蛇甩出去,只听噗嗒一声响,似是落在了岗下的灌木丛里。菲菲担心地说:"它会不会再活过来?"天宝笑笑:"过两天它就变成鸟屎了!"

爷爷的病不见好转,白天宝身上的担子更重了,一应家务全落在了他的肩上。早晨挑水做饭,吃完饭把羊群赶上山坡吃草,然后下地收秋。猪圈里的猪没了,连同拾下的棉花,都被吕登科收走卖掉,抵交了部分摊派款。眼下,秋粮刚收,有的是地瓜和玉米吃;麦子剩余不多,天宝背上一些到镇上换了些面条馒头。爷爷舍不得吃,留给孙子;孙子不吃,推给爷爷,总是如此这般。地里的玉米已收完,棉花只剩顶上的残桃。开学之前,地里还要种上小麦。天宝按爷爷的吩咐,与乡邻互帮互助,把地翻耕一遍,平整利落。

这天,登祥叔从县城回家来,带着三娃子来帮天宝家种小麦。登祥叔掌耧,天宝和三娃子拉耧。爷爷坚持来地里帮忙,他是撒

第十一章 | 月夜寻爱鸟

种的老把式,包揽了这项技术活。天宝和三娃子只穿条短裤,拖拽着木耧,弓着腰在松软的泥土里跋涉,身后留下歪歪斜斜的小脚印。

种完麦子已近傍晚。天宝和三娃子累得腰酸腿疼,浑身汗湿,一脸尘土,活像两只泥猴。天宝搀上爷爷,三娃子赶上羊群,三人一起回家。天宝跟三娃子商量找个地方洗澡。月牙湾太远,而且里面水不多了,水温也太低。天宝忽然想起村后的一口井,虽是碱水,将就冲洗身子还是可以的。而且,那井在一块尚未收割的高粱地里,十分隐蔽,他们俩可以随意脱光洗个痛快。于是两人便提只水桶,去村后那高粱地了。

夕阳落下,余晖照着色彩斑驳的田野。早播的麦苗已出土,大片田地露出黄褐的本色。天宝和三娃子来到高粱地。这地不知是谁家的,高粱长得稀稀拉拉,高高低低,或黄或绿,参差不齐。垄背上的盐碱泛着微白,一蓬蓬杂草结出了串串籽粒。两人从井里提上一桶水,然后脱得精光,兴高采烈地洗起来。井水竟有些温暾,洗一通,再提一桶。天宝光着身子到井台打水,三娃子赤身折下一根青绿的高粱秆,扒掉秆皮,边啃边说:"好甜!像甘蔗。"又笑着问天宝:"你知道这是谁家的地吗?"天宝摇头。忽然,不远处传来脚步声和叫喊声,像是有人正向这边走来。两人慌张地跑回地里,一桶水洒了一半。

三娃子说:"不好,来了两个女孩!"

果然听见女孩的喊声,喊白天宝,也喊三娃子。

吉 祥 鸟

两人无心再洗，慌张地用小褂擦拭身子，穿上短裤。天宝先跑出高粱地，见是赵菲菲和吕燕燕沿田埂走来。天宝略显羞涩，哆嗦着身子问："你们咋来了？"赵菲菲说："明天开学，宋老师让通知你和三娃子，明天早点去学校收拾教室、打扫院子。军乐队明天开始练习，你是小号组的组长。"

三娃子啃着高粱秆，手里还拿着两根，递给菲菲和燕燕："吃吧，不知是谁家的高粱，不长穗子，秆子却甜……这家人真够懒的！"

燕燕脸一红："是我家的。小强爱吃这高粱秆，才留下这一小块地种高粱。"

三娃子一吐舌头："啊，难怪。别对小强说，他会问我们要钱的！"

"我不搭理他，啥也不会对他说。"燕燕又转头问天宝，"你爷爷的病怎样了？"

天宝摇摇头，叹口气说："或许，我不能再上学了。"

燕燕睁大眼睛："那怎么行？有困难就设法克服嘛！"

"你站着说话不腰疼！我的困难你咋知道？"天宝说着越发来了气，"这是你爸定的规矩嘛！他是村主任，住着大洋楼，逼着老百姓交钱，钱花到了哪里，却不给大伙交代……我家欠的钱交不上，我还怎么上学？"说完转身便走。

三娃子追出几步，见天宝跑远，便站住了。

天宝回头看时，燕燕像是哭了。他忽然想起，今天在地里干

第十一章 | 月夜寻爱鸟

活时，看见燕燕和她妈妈从公路上徒步回村来。放着自家轿车不坐却步行，不知是咋回事。当时见燕燕妈眼泡肿胀，燕燕的脸色也不好。这母女俩还有啥不如意的事？天宝觉得刚才自己的话太刺耳，也许伤害了她的自尊，心里不免生出歉疚。

吃过晚饭，爷爷在炕上歇下。天宝收拾完碗筷，便呆呆坐着。他有事想跟爷爷商量，但又担心爷爷生气，说话便吞吞吐吐的。

"爷爷，学校明天开学了，我想……请几天假，等你病好了我再去。"

爷爷又咳嗽起来，断断续续地说："去上学，不能耽误！地里没啥重活了，我能行，慢慢收尾就好了。"

"可大夫说过，你血压高，心脏病严重，咳喘得也厉害。大夫让你卧床休息，卧床休息就是尽量地躺在床上少运动。"

爷爷动气了，嘴巴上的胡子颤抖着："孩子，啥话也别说了，明天一定去上学！你上学，我的病就好了！"说着，从枕下摸出两张百元钞票，塞到天宝衣兜里，嘟哝着："你赵爷爷刚才来看我，留给我的，开学若有需要花钱的地方，就先用上。"

"赵爷爷……真是好人，总想着咱。"

"你赵爷爷答应了，大俊和巧儿放心交给他保管就是，不会出事的。他很喜欢大俊和巧儿，说这两只鸟稀罕着呢，好好喂养，能孵几对小鸟就更好了。"

赵爷爷答应照看大俊和巧儿，天宝不由得一乐，便不再提起

吉 祥 鸟

请假的事,他不能让爷爷再生气。

　　秋季农忙假过去,校园内被弄得杂乱不堪。院子里到处堆积着牲畜粪便、砖石瓦块和枯枝落叶。教室里的讲台和课桌毁损不少,暂时没法上课。校长吕文生来学校里看了一眼,便背着手悠然离开了。宋老师和孙老师组织同学们收拾教室和校园。天宝和几个男同学负责清扫院子,他们借来地排车,将垃圾、砖石装上,运到村西坑塘里。教室里被损毁的讲台,只好等学校安排泥瓦工修复。

　　宋老师的宿舍也乱了套。农忙假期间,镇政府的工作组曾住在村里,三个组员住在村主任吕登峰家宽敞明亮的大瓦房里,带队的徐副镇长却点名要住这个房间。人们纷纷猜测,徐副镇长看中这房间,只因为是宋老师的宿舍。宿舍虽破旧窄小,室内却雅致洁净,尤其挂在墙上的宋老师学生时期的多张照片,对他更具有吸引力。现在,宋老师皱着眉头收拾房间,整洁的屋子被弄得脏兮兮的,桌子上玻璃板下一张大学毕业时的单人照不翼而飞。

　　燕燕和菲菲跑来帮忙,发现桌子抽屉里居然有一封厚实且粘得严密的信,信封上留下工整的笔迹:寄语雅琴——我心中的吉祥鸟。吕燕燕和赵菲菲觉得好奇,便把信交给宋老师,宋老师当即红了脸,接着脸色变得灰白。她只扫了一眼,却无意打开信封,里面厚厚的信笺上无疑充斥着激情的"甜言蜜语"。她毫不迟疑地把信交给燕燕和菲菲,断然说:"马上烧掉!"她知道写信的

第十一章 | 月夜寻爱鸟

人是谁，轻声说："无聊，讨厌！"

宋老师收拾床铺时，忽然又有新的发现：几声轻柔婉转的鸟鸣，从床下传出。她掀起床单，看到了一只苇篾编织的鸟笼，里面有两只白毛红眼、小巧玲珑的白玉鸟正欢蹦乱跳。菲菲和燕燕听见鸟鸣声，忙跑来看。宋老师问："这是谁的？啥鸟？怎么在我床下放着？"赵菲菲说："我知道，这叫白玉鸟，看笼子就知道，是白天宝和三娃子在东沙岗林子里捉到的。这就是传说的吉祥鸟……宋老师要交好运了。"旁边的燕燕也笑了。宋老师摇摇头，拍拍两人的肩膀说："好孩子，但愿像你们说的。"

院落收拾干净，教室的讲台和课桌尚需数日才能修复。校长吕文生决定，学生推迟上课。宋老师让燕燕通知大家，凡参加军乐队的同学，每天上午来学校练习。又让赵菲菲告诉白天宝和三娃子，傍晚时候到她的宿舍来。

出乎两个孩子的意料，失踪多日的一对白玉鸟，竟会失而复得。应该是吕登科把它们当作礼品送给徐副镇长了，可徐副镇长为啥没带走？他们无从得知两只爱鸟的神秘经历，只为它们的平安回归而高兴。这天晚上，宋老师把两只白玉鸟交给天宝和三娃子，他们趁天黑带走，决定仍然放到三娃子家。他们猜测，吕登科是从三娃子家抢走这对鸟的，或许不会再怀疑到他家。两人还商定，天宝爷爷生病急需用钱，就委托三娃子爸在县城鸟市卖掉这对白玉鸟。

第十二章
小号手之争

吉 祥 鸟

　　学校军乐队开始训练了。

　　这支乐队的建立，得益于宋老师的竭力推动。她刚来到三姓庄小学时，无意间发现学校仓库里有小号、长号等乐器，十分惊喜。这样一个贫穷小村里的学校，居然藏有这样几件乐器，宋老师便有了成立军乐队的设想。听她这样说，孩子们高兴得不得了。宋老师多次向吕校长提议：既然有这几件乐器，完全可以成立一个小规模的军乐队。吕校长十分不屑，说学校经费紧张，哪有钱办什么军乐队。但经不住宋老师的执着请求。近来又风传一件大事：镇中心小学很快竣工，新学校开学时，吕校长极有可能作为镇中心小学校长主持开学典礼。他想象自己在嘹亮的军乐声中，走上典礼台宣布开学，倒也风光，于是同意了宋老师的提议，批准她去县城乐器店买一把小号、一根带红缨的指挥棒。

　　按照宋老师的安排，吕燕燕担任长号手领队，白天宝担任小号手领队，队员包括三娃子。此外还有大军鼓和小军鼓等，赵菲菲被分在小军鼓队。宋老师亲自担任军乐队指挥，也负责教授乐曲、演奏方法，并组织合练。

　　宋老师知道白天宝口哨吹得不错，有音乐基础，学习小号自然容易，于是她将一把崭新的小号连同几张曲谱交给白天宝，叮嘱说："小号手是乐队的主力，你要带领队员们刻苦练习。明年

第十二章 | 小号手之争

学校搬迁到镇上后,要举行庆祝仪式,以后的国庆节、儿童节,也都要举行庆祝活动。"白天宝喜滋滋地握着金光闪闪的小号,挺起胸脯对宋老师说:"请老师放心!"

宋老师拟订了初步计划,同学们要在正式上课前一周内,练熟三首曲子:《义勇军进行曲》《中国少年先锋队队歌》《欢迎进行曲》。同学们练习得很刻苦,经过一周的训练,已基本可以顺畅演奏三首曲子。小号队队员们更是早来晚走,白天宝对三娃子等队员挨个指导,不时进行单人演奏检测,所以大家都练习得特别认真,进步都很快,受到了宋老师的表扬。军乐队训练就这样有条不紊地进行着。

然而,意外发生了,转校到县城上学的吕小强又回学校来了。小强说他一直是三姓庄小学的学生,转了校也可以再转回来,这是他的自由。其实他转来转去并没有引起同学们的特别在意。只是,小强刚回学校便又给宋老师出了难题:看到军乐队演练得热闹,他向宋老师提出自己也要参加,而且瞄准了小号手的位置。

吕小强家在县城有了新居,这经常被他挂在嘴边炫耀,现在却对同学们说:"县城有啥好?要去就去大都市,北京、深圳、上海,怎么样,你们没去过吧?我将来是要去的……不过,眼下我还是三姓庄小学的学生。"小强看似粗鲁,却也粗中有细,从县城的别墅区跑回三姓庄,自然有难以言明的原因,他居然守口如瓶。尽管如此,有关流言还是传得满天飞。赵菲菲告诉白天宝和三娃子:听说燕燕妈到县城后,吕登峰不知为何还是经常不着

吉 祥 鸟

家，偶尔回家也是半夜喝得醉醺醺的，有时还对燕燕妈大打出手。燕燕陪妈妈去医院检查完后，就陪她回家来了。至于小强怎么也跑了回来，也许有另外的缘故。

小强在军乐队排练现场找到宋老师，他说："县城的学校要求太严格，学习太紧张，我待不下去。"

宋老师惋惜地摇摇头："严格是好事嘛！县城的学校条件多好，同学们想去都去不了，你去了却又跑回来。"

小强难为情地说："我……跟不上他们的学习进度，那老师说我是……瞎子点灯白费蜡。我可受不了这窝囊气。吕校长同意我回来上学了，谁也拦不住！"

宋老师笑笑："没人拦你，大家都欢迎你回来。"

小强说："我想参加军乐队，当个小号手，吕校长同意了，你不会阻拦吧？"

宋老师说："军乐队的队员都是经过考核的，你不一定能考核过关。至于小号手，你更当不了。这样吧，你可以跟着小军鼓队练习一周，看你水平咋样，那时再确定你能否正式加入军乐队。"

小强叫起来："不，我不学小军鼓，我要学小号！白天宝学啥，我就学啥，那把新买的小号应该归我用！"

宋老师断然说："不行！四名小号手够了，而且他们都很好。凭你的音乐素质，吹不了小号。"

小强发疯般跳起来，喊道："我就要吹小号！白天宝怎么就行？你偏向他！那把新小号是村里花钱买的，我爸是村主任，小

166

第十二章 | 小号手之争

号应该由我使用！他凭啥……"说着气势汹汹向小号队跑去。

白天宝正带领小号队员们练习，对宋老师布置的三首曲子进行考核，四个队员轮流单独吹奏，再互相评点，纠正差错。白天宝先做示范，大家再集体演奏，人人情绪高昂，沉浸在雄壮的乐曲声中。

吕小强飞跑过来，像一头野牛般冷不防撞到白天宝胸脯上。天宝一个不注意倒在地上，手中的小号被小强顺手夺走。白天宝爬起来追赶，三娃子也大喊："吕小强是强盗，把小号留下！"

小强摇晃着肥胖的身子，头也不回地跑掉了。到校门口时，天宝已追了上来，一只脚伸过去，猛地绊住小强的右腿。小强摔了个嘴啃泥，崭新的小号扔出好远。天宝跑过去捡起小号，用衣袖拂去上面的泥土，回头看到小强笨拙地爬起来，正气喘吁吁地冲过来。

"白天宝，把小号还给我！"吕小强怒气冲冲地说。

"还给你？这是学校的小号，是宋老师交给我的，凭啥给你？"天宝将小号握在手里，放到嘴边吹一声，发出一声洪亮的长音，接着问他，"你行吗？"

吕小强恨恨地哼一声："好，你等着！"说完便拔腿往家跑。

天宝猜想，他一定会向吕登峰告状，吕校长又要找宋老师施压……看来，自己又给宋老师惹麻烦了。然而，几天过去，军乐队的训练一直在正常进行。吕校长没来学校，小强也再没出来捣乱。

吉 祥 鸟

天宝和三娃子问菲菲:"小强这几天没了动静,是不是去县城找他爸告状了?"菲菲摇摇头,神秘地说:"小强从县城跑回来,不只是因为学校管理严格,除了学习跟不上,还有另外的原因:他爸当着他的面打了他妈妈。小强想阻拦,被他爸着实踹了几脚。小强对燕燕说,他恨他爸爸。没啥大事,估计他最近不会去找他爸,让他爷爷出面见宋老师,倒是有可能。"

小强的爷爷吕文瑞果然来学校了。他为了让孙子当小号手,来找宋老师说情了。

在小强心目中,爸爸不如爷爷,爸爸总是吹胡子瞪眼,动辄骂娘,挥起拳头揍人。爷爷却举止沉稳,从容不迫,从不把粗话挂在嘴边,他比爸爸显得文明,而且更有办法。

这老头留着两撇小胡子,戴顶鸭舌帽,手里提根拐杖走进学校。拐杖是他儿子出国买给他的高档货,打开拐把便自动弹出一把小伞,太阳大时遮阴,下雨时挡雨,路难走时做拐杖,更多时候提在手中做文明棍。儿子是村主任,他走路也就颇有几分太爷风度,矮胖的身子摇摇摆摆,见人从不多说话,点点头、笑一笑,代替了日常的寒暄。他从不跟人争辩,话不投机便缄口不语,或起身离去。听村里人说,他读过三国,读过鬼谷子,精通谋略,通常从外表看不出喜怒,其实老主意在心。人们都管他叫"老狐狸",说他是"咬人的狗不露齿",这似乎很贴切。街坊邻居都知道,当初吕登峰竞选村主任能成功,就是吕文瑞在幕后玩弄

第十二章 | 小号手之争

把戏。

吕文瑞走进学校院子,见宋老师正指挥十几个学生排练军乐,竟不打扰,双手拄着拐杖站在一边观看。大概看到了手持长号吹奏的孙女燕燕,他不由得笑了。又听几把小号齐声奏响,乐声高亢激越,十分动听,便静静看着几个小号手。

军乐队的演奏停下来,队伍解散了,同学们奔跑着嬉笑打闹,从吕文瑞身边跑过。白天宝早就发现了吕文瑞,他认识这老头,就是这老头曾当面训斥爷爷,爷爷的绰号也是他起的。现在他的孙子又给自己起绰号,天宝不能忍受这种侮辱。他不明白吕家三代为啥都这样高傲蛮横,这老头今天来,是为孙子争当小号手的?天宝心想,如果是别人一心想当小号手,自己情愿让出位置。但只有吕小强不行,他爷爷来找宋老师也不行!当然,若宋老师为难,天宝也只能听从她的安排,但那是看在宋老师的面子上,为的是不让她难做。

白天宝在校院东墙边捡块砖头坐下,盯着对面的老头看。三娃子跑过来说:"宝儿哥,看到了吗?老狐狸出洞了,大概是为了小号的事吧?"天宝点点头:"等着吧,看这不露齿的狗怎样咬人。"说着笑笑,吹了几声口哨。

老头朝宋老师走去,宋老师像是认识他,便走上前迎他。

两人在大泡桐树下说起了话,声音不大,听不清说了些啥。这老头不时笑着,脸色平静,显得真诚且郑重。宋老师也不时笑笑,甩着一头短发,不时摇头或点头,偶或爽朗地笑起。过了一会儿,

吉祥鸟

老头向宋老师告别,听他最后提高嗓门,大概是说到了孙子吕小强:"宋老师大可以严加管教,我可从不护驹子……严师出高徒嘛!"

说完,老头一摇一摆地走了。宋老师送出几步,便吹响了集合哨子。

军乐队排练结束。燕燕和菲菲并肩走着,窃窃私语。看天宝和三娃子在前面,燕燕便推了菲菲一把:"去吧,告诉白天宝,别让他多心。"

菲菲赶上来,喊了声"宝儿哥",便凑到天宝和三娃子跟前:"猜猜看,刚才小强爷爷找宋老师说啥了?想知道吗?"

三娃子问:"还不是让他孙子当小号手?"

菲菲摇头:"我和燕燕姐在旁边踢毽子,听得一清二楚。"天宝诧异地看着菲菲,菲菲笑着说:"你们猜不到的……这老头给宋老师介绍对象来了。说宋老师若答应这亲事,就能当上镇中心小学校长。"

天宝和三娃子相视一笑:"原来是这事……那男人是谁?有这么大能耐?"

菲菲说:"你们猜猜看。"

三娃子说:"总不会是吕登科吧?"

天宝皱起眉头想着,忽然说:"我想到一个人。说不定,是吕登科把我们的白玉鸟送给了他,他又送给宋老师做定情物……"

第十二章 | 小号手之争

菲菲问:"那你说说看,是谁?"

天宝说:"是那个住过宋老师宿舍的秃顶男人——徐副镇长?听说他刚离婚,大概又看上了宋老师!"

菲菲拍手笑道:"猜得对!就是他给宋老师写了好长的情书。"

三娃子满脸疑惑:"宋老师答应了?她要嫁给这副镇长,当官太太,然后当校长?"

菲菲摇头:"宋老师怎么答复的,我没听清。反正,徐副镇长写的情书,宋老师看都没看,直接让我和燕燕烧掉了。"

三娃子说:"她若不答应,会遭那人报复的!"菲菲不再笑,天宝也没再吭声,只轻轻叹了口气……他从心底里替宋老师为难。

第十三章
身世的谜团

吉 祥 鸟

爷爷的病日渐严重,到了卧床不起的地步。白天宝每天做饭,给爷爷喂饭,去镇卫生院买药,伺候爷爷用药。爷爷大小便时常失禁,他就给爷爷擦洗身子、换洗内裤床单。大夫说,爷爷老了,患上的不止一种病,除了心脏病、高血压,还有腰椎间盘突出。最难忍受的是哮喘咳嗽,发作时便憋闷得喘不过气。

白天宝要照顾生病的爷爷,无法继续上学,只好请假。

宋老师在三娃子的陪同下来看爷爷,当然也为安慰白天宝。她坐在床前,询问天宝爷爷的病情。爷爷颤声说:"谢谢您……天宝常说您关心学生。这孩子可怜,没人疼,有您这样的好老师,是他的福气。"宋老师含泪安慰着爷爷和天宝,临走前还把一张一百元的钞票塞在了爷爷枕下。天宝和爷爷推辞不掉,都感动得哭了。天宝摘下挂在墙上的小号还给宋老师,说:"宋老师,为选小号手,我又让你为难了……我还担心,会不会有人为那两只白玉鸟刁难你?"宋老师心疼地拍拍天宝的肩膀:"看你,还是个孩子,想得倒挺多……放心,没人敢把我怎样。"

这一天,赵爷爷和三娃子爸也来了。

其实赵爷爷是常客。他几乎每天早饭后都会来,和爷爷聊一会儿,便去村东路口摆他的修理摊。农闲时节到了,赶集上店的人多起来,赵爷爷的修理摊便忙了起来。修自行车、修鞋、配钥匙,

第十三章 | 身世的谜团

这是他经营多年的老行当。用他的话说,摆这小摊,既方便路人,也可自力更生,增加点额外收入,减轻孩子们的负担。赵爷爷几乎每天早晚路过天宝家门口,都会进来看望爷爷。

三娃子爸刚从县城回来,他把那对白玉鸟卖掉了,居然卖了五百块,全交给爷爷了。爷爷颤抖着手,把钱塞给天宝,叮嘱说:"这钱,有三娃子的份,还要给宋老师和你赵爷爷分别留一份。"

赵爷爷按住他的手:"老栓大哥,安心治病,别说这些见外的话。"又对天宝说:"放心,大俊和巧儿好好的,天天叫,叫得可好听了。等着吧,以后白玉鸟一定更稀罕、更值钱……东沙岗的树林快被伐光了,再找这鸟就难了!"

天宝吃惊地说:"东沙岗,他们开始开发了?"

三娃子爸叹了口气:"动手了。东沙岗成了伐木场、采沙场,每天晚上挖掘机开进去,挖出沙子,用一辆接一辆的大卡车运出去卖钱。沙岗变成光秃秃的沙堆,河道的泥沙也全被挖走了……有人要发大财了!"

"啊,他们……为啥晚上开发?"天宝有些不解。

"孩子,这样干明摆着违法,他们就在晚上偷偷摸摸干。"赵爷爷气愤地说。

"时间一长,村东大公路也要遭殃。本来路基就有质量问题,很快会变成麻子脸,坑坑洼洼,彻底毁掉。"三娃子爸叹了口气。

"通往县城的公路,不是才修好两年吗,怎么会坏了?"天宝茫然地问。

吉 祥 鸟

　　"当初承包修路的人只想中饱私囊,偷工减料,公路质量不合格,如今大卡车在上面拼命跑,当然坏得快。"

　　"没人管吗?"天宝追问。

　　"监管的人收了钱,睁一只眼闭一只眼。一伙屎壳郎,能做出什么好蜜!"赵爷爷气得胡子翘起,嘴角不停地颤抖着。

　　天宝大睁着眼睛,看看赵爷爷又看看三娃子爸,说:"这些人,难道……"

　　三娃子爸说:"放心,这些贪官污吏、黑恶势力,国家会有办法,他们是兔子尾巴,长不了!"

　　天宝不再吭声。炕上的爷爷睁开眼,伸出一只瘦削的手。爷爷是要喝水,天宝忙起身把水杯端过去。爷爷喝两口便放下,颤声说:"宝儿,你还小,别问这么多,念书要紧。"

　　天宝忙答应:"爷爷,你放心……你的病好了,我就去上学。"

　　赵爷爷和三娃子爸走了。天宝有些饿,便到外面炉台上端来饭,慢慢吃着,心里却不平静。赵爷爷和三娃子爸说的这些大事,自己还没有能力管,他心里只牵挂东沙岗的大树林,牵挂林子里的白玉鸟……它们将要遭遇灭顶之灾,它们的家园被毁,还能去哪儿生活?

　　"我梦里的吉祥鸟,你们好可怜,冬天就要到了,你们却没了家,凭单薄的羽毛怎么能抵御凛冽的寒风?凭幼嫩的身体怎么禁得住狂暴的风雪?你们就要被迫逃亡,带着吉祥的灵气飞走,这一方百姓的好运也要随你们远去了。"白天宝心里想着,觉得

第十三章 | 身世的谜团

那些人好残酷,无辜的鸟儿好可怜……他又想起吕燕燕的画和自己写的那篇日记,里面许多如梦似幻的愿想,实现起来好难……爷爷曾说"好梦难圆",看来现实的确是这样。白天宝两手托着腮帮,出起神来。

傍晚,爷爷吃过饭服过药便睡了。白天宝悄悄走出家门。村街上很静,吕登科的小药店里也没有灯光,四周黑洞洞的。这些日子没见到他,不知去了哪儿。天宝没停留便拐进巷口,走到三娃子家门口,轻轻喊一声,三娃子便咚咚跑了出来。

"宝儿哥,有事?"

"做完作业了吗?咱们走一趟。"天宝看三娃子赤着脚,便说,"穿上鞋,去东沙岗。"

"现在去?还带不带小笼子?"

"算了吧。听登祥叔说,那些人总趁晚上开发,砍树、挖沙。咱们去看看,东沙岗到底咋样了。"

三娃子回屋穿鞋,很快跑出来。妈妈问他去做啥,天宝忙跑上前说:"干妈,我俩出去有点事,很快就回来!你放心。"

天宝拉起三娃子飞跑。三娃子问:"你是担心林子里的鸟吧?"天宝说:"当然!东沙岗被糟蹋得不成样子,它们能躲到哪儿去呢?"

天上没有月亮,也看不见星星。野外一片空旷阴森,走到村

吉祥鸟

东路口，拐上通往长桥镇的公路，看到的景象就不一样了。一辆接一辆的大卡车开来，车灯忽明忽灭，车下的路显得十分狭窄。车厢和拖挂上装着的全是沙子，载重量大，车走不快，摇摇晃晃的，感觉随时可能翻车。

两人躲闪着横穿过去，离开公路，跑上直通月牙湾的小路。月牙湾笼罩在黑暗中，岸上一座座沙岗闪烁着光亮，听得见轰轰隆隆的响声。

天宝和三娃子一前一后，径直跑下月牙湾。湾里的水已被抽尽了，湾底干涸龟裂。岸边芦苇的花絮，在昏暗中显出白茫茫一片。

两人爬上崖坡，来到捉到大俊和巧儿的沟沿一带，那丛灌木已被践踏得枝残叶败，凌乱不堪。从这里登上岗子，能看见没了大树的沙丘，像剃掉长发的秃脑瓜。尚未来得及运走的树干，横七竖八躺在坡上。站在岗顶上，只见远处灯光点点，树影幢幢，人影晃动，电锯吱吱的声音响成一片，遛马河那边的河道里，挖沙机扬起长长的铁臂，像黑暗中舞动的魔影。

三娃子指着前面的岗坡惊呼："看，那边小路上好多人……它们是在偷运木头？"天宝也看见，从远处排队驶来不少拖拉机、地排车，装着满满的树干，也有乱哄哄的人群，车推肩扛，争先恐后地奔走。天宝呆呆看着，喃喃自语："林子里的树……全被砍了！是哪家公司雇来的人？他们要把木头运到哪里去？"三娃子说："听说长桥镇的木材市场火了，是运到那儿卖的吧？"天宝懊丧地对三娃子说："这些人挣钱又多又快，却坏了村里的风

第十三章 | 身世的谜团

水宝地！咱们再也见不到白玉鸟了！"

两个人猫着腰，在大大小小的树坑和成堆的树干间绕行。忽然，天宝看见前面一群人打着强光手电，拿着捕鸟的网具，在岗子上搜索着什么。天宝拉三娃子停下，示意他别说话，盯紧前边的人。

这些人搜索得十分认真，尤其对残存的灌木丛、草丛，沟沟窝窝，更察看得仔细。

一个声音厉声吆喝："仔细些，像梳头那样，一定不能放过一只白玉鸟！"是吕登科的声音。这家伙，连日不见，原来是带人来东沙岗捉白玉鸟了？三娃子气得浑身发抖，几乎要跳出来大喊，被天宝一把捂住嘴巴，拉他趴下来。吕登科又吆喝起来："头头说了，捉到一对白玉鸟，每人发奖金五百，倘捉到鸟王级别的，那咱们就要升官发财了！"

此时天宝也气得不行。这些人为了自己升官发财，不仅毁掉白玉鸟的家园，还非要把它们一网打尽？自私残忍的坏人，应该断子绝孙！他暗暗诅咒着。

回家的路上，两人默默走着。天很黑，三娃子说："宝儿哥，吹口哨吧。"天宝问："你害怕？让我吹口哨壮胆？"三娃子分辩说："不是害怕，是心情不好，听你学白玉鸟叫，提精神。"天宝摇头："我也不高兴，吹不出调来！"

他们时而小跑，时而停下，躲闪过往的车辆。拐上去村里的路，三娃子忽然问："宝儿哥，你知道吕登科说的那头头是谁吗？"

吉 祥 鸟

天宝说:"应该是那个桃花源的老板,吕登峰的拜把兄弟吧……这是一伙坏蛋、恶霸!"三娃子说:"小强最近又显摆,说他爸就要当这公司的专职副总,说当村主任吃力不讨好,要让给吕登科干……"天宝一愣:"啥时候听他说的?吕登峰不干村主任,是咱村的福气。但吕登科跟他是一路货,财迷官迷,也不会给大伙做好事。"

两个人正说着话,后面一辆黑色轿车驶来,车灯将路面照得雪亮。他们忙停下看,却被晃得睁不开眼,便躲到了路边。

轿车停下,前门打开,吕登科从车上下来,径直走到天宝和三娃子跟前。看吕登科一脸凶相,天宝心里嘀咕:"刚才的话,难道被他听见了?"吕登科走到天宝跟前,却忽然笑了:"白天宝,我听说你会吹口哨,学白玉鸟叫,可真厉害。你帮我个忙,明天跟我上东沙岗,倘能用口哨引来白玉鸟,我重重赏你,你家欠的提留款也可以免去。怎么样?"天宝向后退一步,说:"我不会吹口哨,更不会学白玉鸟叫。"吕登科收敛了笑容,冷冷地说:"小孩子应该诚实。我听过你吹口哨……你家现在还藏着白玉鸟,我听见过鸟叫,就在你家附近。你若交出那只也行,同样免掉你家的欠款。"天宝连连摇头,不停地往后退,身后是块麦地,垄背上残留的玉米茬把他绊了一跤,几乎摔倒。三娃子忙搀住天宝。

吕登科往前蹿一步,一把薅住天宝的衣领:"你这个白眼猴,满嘴假话!心里有鬼吧?不然慌什么!告诉你,不老实就会像你爸那样……你爸是罪犯,他犯罪的证据全在我手上!"

第十三章 | 身世的谜团

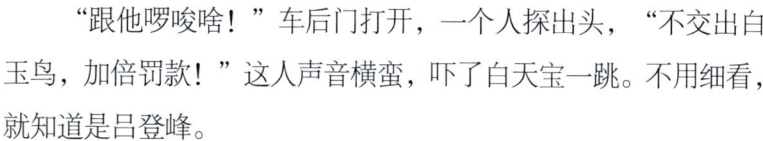

"跟他啰唆啥!"车后门打开,一个人探出头,"不交出白玉鸟,加倍罚款!"这人声音横蛮,吓了白天宝一跳。不用细看,就知道是吕登峰。

吕登科对天宝说:"听见了吗?主任可是金口玉言,说到做到!你不要敬酒不吃吃罚酒哟!"说罢上车走掉了。

天宝朝车屁股啐了一口,回头问三娃子:"他说咱们还有白玉鸟,难道真的发现了大俊和巧儿?"三娃子说:"有可能。赵爷爷家离他家不远,大俊和巧儿爱唱,有可能被他听见了。不过,也许是他蒙人!"天宝沉吟:"白玉鸟决不能落到他们手里,得赶紧跟赵爷爷商量一下。"

冬天到了,天气渐渐寒冷。爷爷的病越发严重,一整天几乎水米不沾,躺在炕上昏迷不醒,也无法用药。白天宝已经预感到了什么,整日守候在爷爷身边,泪水挂满脸颊。

赵爷爷不再去村口摆他的修理摊,每天来天宝家,和他一起守在爷爷身边。

一个阴冷的午后,赵爷爷又来了,看爷爷昏睡着,便在土炕边坐下,伸手摸他前额,不禁摇头。赵爷爷把天宝叫到一边,悄悄叮嘱:"孩子,应该有个准备了。人总是会老的,你爷爷年纪大了,他的哮喘病,年轻时就得下了,不好治。心脏病,更怕这样的冷天。你别难过,好好侍候你爷爷到最后,等他真的咽下这口气,就让他入土为安。"

吉 祥 鸟

  天宝揩抹着眼泪,哽咽着说:"爷爷说过,他要再活二十年,等我长大……我不相信,爷爷真的会离开我吗?"

  赵爷爷叹口气,眼里溢出几滴泪:"是啊,但你爷爷舍不得你,他最牵挂的人就是你。"

  天宝问赵爷爷:"奶奶的坟在哪儿?总得让两个老人合葬在一块儿吧?可我从来没听爷爷说起过奶奶,我问他,他总拿话岔开,不知道是为啥。"

  赵爷爷把天宝拉到跟前,叹口气说:"孩子,跟你说实话,你爷爷从小家里穷,他压根没成过家呀……"

  天宝惊讶:"啊,是这样?那,我爸爸……难道不是他亲生的?"

  赵爷爷神色变得凄然:"孩子,我觉得应该跟你说实话了。你奶奶是邻村的姑娘,年轻时跟你爷爷很要好,怀了你爸爸。但因为你爷爷家穷,那姑娘被父母逼迫嫁给了别人,生下你爸不久,她就死了。那家人把你爸扔到荒郊野外,你爷爷硬是设法找到,把他抱回家,独自拉扯他长大成人……"

  "那,我爸为啥在外面不回家。他忘了爷爷?"

  "不,你爸是好人,跟你爷爷一样,是忠厚老实的人!"赵爷爷揩抹着眼角,"他脑瓜聪明,你爷爷一心供他上学读书,可后来供不起了……你爸十九岁参军,在部队入了党,复员回来又外出打工,后来带上你妈和你回了家……"

  "那么,爸爸和妈妈是在外头生下了我,然后抱我回家的?"

第十三章 | 身世的谜团

"不,你爷爷对我说起过,你是你爸妈捡来的……"

"啊?!难怪我妈说,没有她,我早成了一块臭肉,难道我……真是他们从垃圾桶捡到的?"

"孩子,不管怎样,他们是你爸妈。当初你爸妈带你回家,你妈用一床小花被裹着你,他们好喜欢你,你爷爷更是疼爱你……难道,你不觉得他们是你的亲人?"

"是,他们是我的亲人,我的亲爷爷,我的亲爸爸、亲妈妈……"天宝眼泪簌簌往下掉,回头看着炕上昏睡中的老人,"爷爷……是天下最好的爷爷……"天宝抽泣着说:"爷爷最疼爱我,他当然是我的亲爷爷。我真的想让他再活二十年,那该多好!"

赵爷爷抚摸着天宝的头,颤声说:"是啊,看他这几天,睁开眼总先看看你,见你在身边,他就安心……他舍不得你呀。"

两人正说话间,三娃子爸和三娃子来了,两人身上落满了雪花。

三娃子爸拍打着身子说:"雪好大!幸亏今天赶回来了,这场大雪要是下一夜,明天公路就难通行了。"

三娃子爸走近炕前看看昏睡中的爷爷,摇摇头,接着对赵爷爷说:"建成在家就好了。"赵爷爷忙朝他使眼神。天宝却已听见了,拉着哭腔问他:"登祥叔,爷爷病得厉害,爸爸能回家来吗?"

三娃子爸忙说:"你爸离家太远,他不知道老人病得厉害。他在城市打工不容易,拼死拼活,受不完的苦……你爸是有志气的人,是说话算数的人,他对全村人发过誓,要让乡亲们喝上甜

 **吉祥鸟**

水、过上好日子……他不会忘记三姓庄的乡亲,更不会忘记你爷爷的。"

"啊,爸爸这样说过?那是啥时候?"

"在竞选村主任的村民大会上。"

天宝继续追问:"那,吕登峰怎么能当上村主任,我爸反而被他们说成逃犯,到底是咋回事?"

赵爷爷叹口气:"孩子,你还小,有些事你不懂……"

天宝大声说:"我懂……村里人都说,他这村官是花钱买的。"

三娃子爸点点头,转过脸对天宝说:"这些事,总会真相大白!至于你爸爸,我们是要好的战友,他的为人我知道。说他是什么逃犯、诈骗犯,全是栽赃陷害!你不必多想……眼下,照管好你爷爷要紧。"

屋里完全黑下来。

白天宝点上油灯,走到炕前看爷爷。爷爷眯着眼睛,眼窝深陷,花白胡须遮着半个脸颊,嘴唇偶尔翕动着,涎水从嘴角流出。天宝忙拿过毛巾为爷爷擦拭,把脸贴到爷爷额上,轻轻蹭着,又俯身趴到爷爷胸口,听那颗心脏跳动的声音。忽然,爷爷身子动了动,嘴里嗫嚅着什么。

天宝忙问:"爷爷,喝水吗?"爷爷似乎听见了,微微摇头。赵爷爷和三娃子也凑过来。天宝又问:"爷爷,饿吗?吃点东西吧。"老人的嘴巴居然动了动。天宝高兴地说:"爷爷要吃东西,

第十三章 | 身世的谜团

大概觉得饿了。"于是贴到爷爷耳边说:"我熬了稀饭,蒸了蛋羹,你吃吗?"爷爷没有回答。天宝想一想,又说:"爷爷,我给你买李婶铺里的包子,羊肉馅的,好吗?"爷爷像是答应了,嘴巴竟又动了动。

天宝惊喜地站起身,回头对赵爷爷说:"爷爷爱吃李家包子铺的包子,平时总舍不得买。趁您在这儿,我和三娃子跑一趟,去给爷爷买包子。"三娃子说:"李家包子铺搬去长桥镇了。村里每次招待来人,总去铺子白吃,包子铺在咱村开不下去了。"天宝说:"我知道,咱们就去长桥镇,反正只有几里路。"

赵爷爷起身到门口望望,说:"雪下得好大。"天宝说:"不怕,总得让爷爷吃上他爱吃的包子。"天宝穿上棉袄,三娃子披上他的羽绒服,裹紧帽头。两人正要出门,赵爷爷摘下头上的皮帽戴在天宝头上:"戴上帽子暖和些……快去快回。"

天上阴云密布,地下白茫茫一片。雪花被凛冽的北风裹挟着,鹅毛般漫天飞舞,然后又被旋着卷着飘然落地。天宝和三娃子走在路上,路面的积雪已没过脚踝。村东一段土路稍平坦,他们迈开大步奔跑,拐过路口向北,本是北经长桥镇到县城的大道,路面却凹凸不平,必须放缓脚步,提防陷入雪坑。公路上过往的车辆很少,远处的东沙岗笼罩在沉沉雪幕中。北边的长桥镇隐约现出灯光,明明只有五六里路,在茫茫雪夜中却显得很遥远。他们跑跑走走,不时摔倒,然后爬起。

长桥镇村街被暗夜和雪幕吞噬。寒风呼啸着穿过街巷,平时

吉祥鸟

热闹的集市门店变得冷清安静。李家包子铺搬来长桥镇后,天宝和三娃子都还没来过。三娃子听李明泉说包子铺新址在镇街最东头路南,原先是一家冷饮店。两人便沿街径直向东,果然看见一家店铺的窗口透出灯光,门上有个招牌。三娃子兴奋地说:"到了,这就是李家包子铺。"以前这铺子在三姓庄时,爷爷带天宝去吃过包子。老板娘李婶对他们很关照,每次去买,李婶总多给一两个,说是送给爷爷的。爷爷也常说李婶是个厚道人。

天宝和三娃子刚来到店前,铺子的窗口忽然没了光亮。天宝心里咯噔一下:"李婶睡觉了?怎么办?爷爷还在家等着呢!"他急忙走到门前,轻轻敲响门板。

窗口又亮起灯光。店门打开,李婶裹了一件棉袄站在门口,身旁站着李明泉。明泉吃惊道:"白天宝,你咋这时候来了?"

天宝说:"我爷爷病得厉害,馋你家铺子的包子。这时候来敲门,打扰你们了。"

明泉拉起天宝和三娃子进屋,回头问他妈妈:"还有包子吗?"

李婶答应着去了里屋,明泉拉着天宝和三娃子去里屋取暖,天宝却拒绝了。明泉噘起嘴巴:"宝儿哥,以前我跟着吕小强欺负你,喊你绰号,还打过你……你还在恨我吧?"

天宝忙拉住明泉的手:"那是啥时候的事了?我早忘了,你怎么还记着?"

李婶从里屋出来,不无遗憾地说:"哎呀,今儿天气不好,

第十三章 | 身世的谜团

没包多少……包子剩得不多了。"

天宝和三娃子随李婶走进里屋。李婶打开灶上的笼屉,说:"我数一数,还有十二个,也凉了。你稍等一下,我在炉子上热一热。"

天宝心里高兴,摸一摸,包子还有些温热,便说:"不麻烦了,就这样吧。"心里算计着,爷爷和赵爷爷,加上自己和三娃子,每人三个,足够了。

天宝忙从兜里掏钱,李婶却不收:"权当我送给老叔的……你爷爷,是好人啊!"明泉也嚷:"不要钱,不要钱!"李婶把包子用袋子包得严严的,塞进天宝怀里。

天宝把攥在手里的钱扔在案板上,拉起三娃子跑了出去。明泉却追出来,把钱塞进他的衣袋,转身跑回店里,关了店门。

"谢谢李婶,谢谢明泉!"天宝只好道了声谢,和三娃子匆匆回家了。

第十四章
雪夜遇知音

吉 祥 鸟

天宝和三娃子走在路上,刚才身上跑出的微汗已冰透了,两人浑身冷得瑟缩,肚子也饿得咕咕叫。三娃子哆嗦着身子说:"宝儿哥,咱们运气好,铺子里剩下的十来个包子,像是专门留给咱们的……我都闻到包子香了。"天宝说:"馋了吧?"三娃子笑了:"不是馋,是饿了,又冷又饿。"天宝便从裹在棉衣内的袋子里摸出一个包子,递给三娃子,自己也拿了一个:"每人吃一个,不然两腿发软,走不到家了……不过,不能再多吃,等爷爷和赵爷爷吃过,有剩的咱们再吃。"三娃子点头说声"好",便大口吃起来。

旷野上只有铺天盖地的风雪,没有光亮,也没有人影。三娃子的羽绒服起了作用,天宝却冻得够呛,呼啸的北风从赵爷爷的皮帽下钻进脖子,吹着后背,然后一直冰冷到脚跟,跋涉在深雪中的两只脚也开始觉得麻木。他们不时停下来跺跺脚,用双手搓一搓脸。公路两边的深沟已被白雪填平,和路面融为一体,他们俩必须随时防范滑入被积雪遮盖的凹坑,倘陷入雪窟,就危险了。

三娃子一只手搭在天宝肩上,嘟哝着:"没想到下这么大的雪。看这天底下黑洞洞的、白茫茫的,像是就剩下咱们两个。"天宝说:"害怕了吧?小心从雪地里爬出个鬼,或者妖怪,够咱们招架的。"三娃子说:"宝儿哥别吓唬我,我真的有些怕……你吹

第十四章 | 雪夜遇知音

口哨吧？"天宝笑起来："噢，走夜路吹口哨。那好，我吹，给你壮胆。今天给爷爷买到了包子，我高兴，可以学白玉鸟。"于是，天宝轻轻鼓起腮帮，学起鸟叫。因为天冷，嘴唇有些颤抖，白玉鸟的叫声带了颤音，听起来却更逼真了。

到了村东路口，拐个弯，再有二里路就能到家，而且路面平坦多了。天宝不觉松了口气，嘟哝着："不知道爷爷怎样了？"三娃子说："有赵爷爷在，不会有啥事。"天宝说："赵爷爷怕是饿坏了，爷爷也饿了……我真担心他吃不上这包子。"三娃子不说话了，却忽然停下脚步，侧起耳朵听着什么。天宝问："怎么了？"三娃子说："像是有人在喊，在那边……路口南边。"天宝朝三娃子手指的方向看去，真的有人影，风大，而且是逆风，只隐约看见有人招手，却听不清喊些啥。

有个人朝这边跑来了，边跑边招手叫喊。

三娃子哆嗦着身子说："冰天雪地的，又是夜里，会是啥人？"

天宝说："别怕……这个时候，只怕是迷了路，或是车坏了？"他们窃窃私语着，那人已跑到跟前，气喘吁吁地喊："喂，老乡！麻烦帮个忙，我们的车陷在雪沟里了，请帮忙推一把！"

来人是个瘦高个儿中年人，听口音不是本地人，戴一顶鸭舌帽，穿一身单薄的西装，身体在冷风中瑟缩着。那人仔细一看，站在面前的是两个孩子，似乎有些失望，又问："小兄弟，能去村里找人帮忙吗？"

吉 祥 鸟

天宝问："大车还是小车？"

中年人说："轿车。"

天宝说："那，我们试试看。你觉得我俩不行？我们有力气。"

中年人忙说："小兄弟，我相信你们！那跟我去试试吧，辛苦你们了。"

天宝和三娃子跟着这人重新回到路口，向南不到三十米，只见一辆黑色轿车歪在路东边的沟里，后面车轮陷进了雪窝。驾驶室的门勉强打开，一个年轻人走下来，大概是司机，朝天宝和三娃子点点头。天宝走到车前看看，说："还好，没陷进沟底。这边公路塌了，车轮卡在了半坡。"司机说："小老弟说得对。我刚才试着发动车子，左边后轮悬空。要是能帮忙找个铁锹，在轮子下填些土，就能把车开上去。"中年人说："咱们先试一下，看能不能推得动。"于是，司机进入驾驶室加油发动车子，中年人和天宝、三娃子踏进雪坑。松软的积雪没过两个孩子的膝盖。他们用力推，车子隆隆作响，后轮仍只空转。

天宝向四周看看，忽然叫起来："有办法了！"说着便爬上来，掉头向路边野地跑去。三娃子迟疑着，天宝回头喊："等着，我去那窝棚看看。"

身后司机说："他能想出啥办法？是不是害怕我们，或者不耐烦，逃走了？"

三娃子大声说："不可能！宝儿哥可有办法了。你们等着瞧。"

第十四章 | 雪夜遇知音

中年人迟疑地说："等等看……这么大的孩子,雪天夜里敢来这荒郊野外,应该是有胆量的。你听,他在吹口哨,像是白玉鸟的叫声?"

司机也听见了,惊讶地说:"吹得不赖,像极了!"

天宝在野地里跑起来,直奔前边一座苞米秆搭的窝棚。因为心急,他一下绊倒在雪地里,爬起来又继续奔跑。天宝来到窝棚旁边,看到窝棚被雪压得摇摇欲坠,但他还是发现了要寻找的东西——一块木板。天宝用力抓住木板一端,将木板从秸秆堆中抽出来扛在肩上,又随手拽了一捆苞米秆,便往回跑。

司机看到天宝远远地跑过来,高兴地说:"郭董,他回来了,像是扛着一块木板?"

三娃子说:"是木板,还有苞米秸!"说着拔腿跑去接。

郭董对司机说:"这太好了!快,秦师傅,你也去帮他。"

天宝在雪地里蹒跚走着。三娃子赶来,接过玉米秆抱起。司机秦师傅接过天宝肩上的木板,高兴地说:"行,真有办法!"

天宝说:"叔叔,试试看,若不行,只能去村里喊人了。"

他们把苞米秆填在轿车后轮下,上面垫上木板。可惜木板向下倾斜得厉害,左边车轮仍不得力。天宝左右看看,随即下到沟里,双手抬起木板后端,郭董大声说:"好,秦师傅发动车试试!"他自己也随即下到雪坑,和天宝一起用力平托起木板。郭董穿着皮鞋,脚下雪滑,竟摔个屁股蹲,掉进了坑底。天宝忙伸手拉他,三娃子又拉住天宝,郭董终于站稳了脚跟。天宝把松动的玉米秸

吉 祥 鸟

再用力塞实,郭董将木板重新填进轮下托起……秦师傅发动了车,一阵轰鸣,车轮碾轧在木板上,开始向前滚动。看郭董似已撑不住,天宝向前跨一步,身子几乎趴伏在坑沿的积雪上,两手全力托举木板……轿车轰鸣着蹿出雪坑,在路面停下了。

几个人同时欢呼起来。

郭董和秦师傅累得够呛,这会儿终于松了口气,有气无力地蹲下。天宝走过去把木板拖出来,三娃子去抱玉米秆,可惜已散了捆。天宝说:"算了,只把这木板还给人家吧。"又回头对两人说:"叔叔,还有啥要帮忙的吗?我们要回家了。"

秦师傅说:"谢谢你们!只是,我俩饿坏了,从中午到现在,在东边那片沙岗上跑了大半天,还没吃饭呢。你们能帮我们买到吃的吗?"

三娃子为难地说:"这都啥时候了!镇上的饭店早关门了,我们也没吃饭呢。"

天宝扯一下三娃子的衣襟,说:"他们也许真的饿坏了,送他们两个包子吧?"

三娃子说:"别忘了,赵爷爷和你爷爷都等着吃饭呢。"

天宝说:"知道……其实,我肚子也咕咕叫了。可咱们回家有别的东西吃,他们却没处弄吃的。"天宝从裹在棉衣内的袋子里摸出四个包子,三娃子接过,颇不情愿地走过去。

秦师傅惊喜地起身接过:"啊,包子,还不凉!谢谢你们了!"

三娃子说:"这是宝儿哥给他爷爷买的包子,他爷爷病得厉

第十四章 | 雪夜遇知音

害,现在躺在炕上还没吃饭呢。"

郭董站起来,走到天宝跟前:"好孩子,我刚才还纳闷,这鬼天气,你们两个孩子怎么还跑出来了?原来家里老人病了……你爸爸呢?"

天宝摇摇头,只说:"你们吃吧,吃完好赶路。我这里还有,不过是给爷爷留的。如果不够,我们回家再拿窝头、地瓜来,保管让你们吃饱。"

郭董从兜里摸出手表看看:"十点了,快回家看病人吧。不过,还真要你们再跑一趟,这两个包子,怎么够我们吃的?麻烦再给我们拿点水和吃的……哪怕窝头、咸菜都行。"

雪下得小些了。天上乌云仍在翻滚,北风呼呼刮着,有雪花飘落到脸上。三娃子不停地哆嗦着,越发靠紧天宝,挽着他的胳膊。天宝问:"冷,还是害怕?"三娃子说:"冷,也有点怕……咱们遇到的这俩人是好人还是坏人?"天宝说:"看不出来……但外地人遇到困难,咱不能不管。你要是害怕,我再吹会儿口哨,学白玉鸟。它们是吉祥鸟,也许会给咱们带来好运,遇上坏人也会平安,遇上鬼也能吓跑。"说着便又吹起口哨。

两人回到家。赵爷爷已吃过饭,还给两人留着粥和干粮,在蜂窝煤炉上热着。天宝从袋子里拿出包子,放进锅里热上,然后跑到炕前,轻轻喊一声"爷爷",看他动一动,便说:"爷爷,我回来了,你饿了吧?这包子好香……李婶那铺子的包子,羊肉

吉 祥 鸟

馅的。一会儿热了你吃。"爷爷却没动静。

赵爷爷说:"你爷爷刚才还醒着,他睡不踏实,未必吃得下,只是在等你。你俩快去换鞋,在雪地里走这么久,脚都要冻坏了。"

三娃子说:"我们碰到两个过路的人,他们的车陷在路边雪沟里,我们帮忙推车来着。"

赵爷爷点头:"难怪!这三更半夜的,是外乡人吧?"

天宝说:"听口音是外地人。他们饿得够呛,我送了他们几个包子,等会儿再给他们送点干粮和水。"

赵爷爷点头:"好孩子,落难之人,帮一把是应该的。"

两人的鞋已湿透冻硬,成了冰坨子,腿脚冻得没了知觉。赵爷爷从门外端一盆雪,让他们在腿上脚上用力揉搓,不一会儿,腿脚果然恢复了知觉,变得红润热乎起来。

包子热了,爷爷却还没醒,天宝塞给赵爷爷吃,让三娃子吃,自己却舍不得,只拿起窝头啃着,又端起大碗热粥往嘴里倒着,发出咕嘟的响声。

吃过饭,身上暖和了许多。天宝想着公路上的外乡人,便收拾了一包窝头和地瓜,灌满一壶热水,和三娃子又出了村子。这时,雪已停了,风似乎小了些,只是天更黑,气温也更低了。天宝披了赵爷爷的大袄,和三娃子并肩挽臂走着,一路不停地吹口哨。三娃子也试着吹,却吹不成调。天宝说:"用心学,往后我教你。"

郭董和秦师傅大概等得焦急,赶来路口迎接他们,见天宝

第十四章 | 雪夜遇知音

和三娃子回来,显得十分高兴。郭董向他们竖起拇指,司机秦师傅说:"我还以为你们不会来了。"

天宝拿出布包,抱歉地说:"可惜只有窝头和地瓜,不知你们吃得惯不?"

郭董拍着天宝的肩膀:"谢谢了!肚子饿了,什么都吃得下。走,跟我们上车坐,车上暖和些。"说着便拉天宝和三娃子上了车。郭董和秦师傅两人打开布包,拿出窝头和地瓜吃起来,吃得很香甜。

天宝问:"郭先生,你们从哪儿来的?"

郭董说:"深圳,听说过那地方吧?"

三娃子说:"听说过,有名的大都市嘛!你们怎么会来这里?"

天宝说:"我们这地方穷,你们来是有要紧事吧?怎么三更半夜被困在雪地里?"

郭董说:"我们是来考察的,本打算跟一家公司合作个项目,结果没谈成,被扔在荒郊野外,没人管了,又遇上风雪……"说着摇摇头,语气不无遗憾。

天宝惊讶道:"跟谁谈合作?谈不成,怎么就能丢下你们?"

郭董说:"一个叫'桃花源'的公司,听说过吗?"

天宝不觉一愣:"听说过!那公司怎么了?"

郭董轻轻叹气:"怎么说他们呢……有几个成语,叫信口雌黄、言而无信、见利忘义、横行霸道。你们学过吧?这些词用到他身上完全合适。实际上,他们是一帮地痞无赖,他们约我们

吉 祥 鸟

来考察东边那片沙岗,说是要建生态园林。结果去了才发现,那岗子光秃秃的,森林植被全被他们毁了……他们只是想骗取我们的资金,毁林圈地搞房地产。这和他们原本的承诺完全不是一回事!"郭董说着,不无气愤:"你们还小,我这话你们未必懂得。"

天宝不再吭声,凝神想着什么。

郭董和秦师傅吃完后,天宝把水壶打开,给他们倒水,抱歉地说:"我们这里的水又苦又咸,凑合喝吧。"

两人都有水杯,每人倒一杯,喝一口,不由皱起眉头。秦师傅说:"好咸!"三娃子插嘴说:"这还是宝儿哥从康乐井挑的甜水。我们村里也有井,但里面的水咸得发苦,根本没法喝。"郭董歉意地笑笑:"没关系。幸亏你们帮忙,不然,我俩会冻僵在这冰天雪地里。现在好了,吃饱喝足了。我要谢谢你们……请把你们的姓名和村庄告诉我,好吗?"三娃子说:"他叫白天宝,我叫吕三娃,我们这个村叫三姓庄。"郭董掏出个小本子,记下两个孩子的名字,又叫过秦师傅低声说了什么。

天宝提上水壶和三娃子下了车,便向两人告别。郭董紧跟着下车,却说:"请稍等。"

秦师傅从车后备箱内打开个旅行包,拿出一沓钱,对郭董说:"两千……留下回去的路费,只剩这些了,怎么样?"郭董接过,无奈地摇头,走到天宝跟前说:"这点钱留给你们,仅表示一点心意,不好意思,太少了。"天宝忙倒退着说:"不,我不要。"郭董说:"怎能不要?三更半夜,你们两个够辛苦的。"郭董拿

第十四章 | 雪夜遇知音

着钱的手转向三娃子。三娃子冻得发抖,本来瑟缩着身子偎在天宝身边,这会儿又急忙后退,躲在天宝身后连声说:"不要……我听宝儿哥的。"郭董对天宝说:"这是我们的心意,虽然少点,可我们随身只有这些钱了。听说,你家还有生病的老人,请收下吧。"天宝继续往后倒退,坚定地摇头,回头对三娃子说:"咱们走吧!"

两人转过身便跑,跑出两步又回头喊:"叔叔再见!"

郭董愣愣地站着,望着两个孩子。天宝拉着三娃子快步走着,心里觉得高兴,情不自禁地又吹起口哨。后面郭董却又大声喊:"别走,停一下,我还有话问你们!"回头吩咐秦师傅追上他们。路上雪太深,秦师傅跑得急,拐弯时竟跌了一跤,倒在了雪地上。天宝对三娃子说:"你去扶起他,给他说,心意领了,但不要他的钱。"三娃子飞跑着过去,秦师傅已爬起来,在雪地上与三娃子说起话。三娃子回头喊:"宝儿哥,你来!"

天宝迟疑着走过去,心里想着,难道还有别的啥事?

三娃子迎上天宝,低声说:"郭先生问咱们有没有白玉鸟,我告诉他们了。"

秦师傅跟着过来,对天宝说:"是这样的,我们听你口哨吹得特好听,像极了白玉鸟,估计你家可能养着这种鸟。我们郭董酷爱珍禽,这次来你们这里,还有一个私人的愿望,就是物色一对纯正的白玉鸟……"

天宝恍然明白:"噢,为这事?"

吉 祥 鸟

郭董也蹒跚着走过来,笑着对天宝说:"如果你家养着白玉鸟,我可不可以买下一对?当然要纯正的优良品种,价钱无所谓,我不会亏待你们。"

三娃子拉过天宝商量:"把大俊和巧儿卖给他们怎么样?秦师傅刚才说,只要看中,郭董肯出大价钱。"

天宝却沉吟了半晌。三娃子说:"难得有这样的好买主。你爷爷病得厉害,正要用钱呢!"天宝点点头:"咱让他们看看鸟,然后再商量。"

郭董说:"让秦师傅开车,一起去你家看看,可以吗?"天宝摇头:"不行,车往村里去不得!"三娃子也忙说:"去不得!"

白天宝和三娃子跑回了家。

爷爷仍在昏睡中,赵爷爷和衣仰躺在他身边。两个孩子不回来,赵爷爷是难以入睡的,这会儿坐起来,边点亮灯,边问天宝:"那两个外乡人走了?"

天宝兴奋地说:"还没呢。那个郭先生是深圳来的,像是有钱人,竟拿出两千块钱谢我们。"

赵爷爷惊讶地问:"哦,两千块?你们要人家的钱了?"

天宝说:"没有。帮人家这点忙,怎么能要钱!"

赵爷爷点点头:"好,做得对。"

三娃子说:"郭先生向我们打听白玉鸟,要我们帮他买一对带回去,还答应给好价钱。"

第十四章 | 雪夜遇知音

赵爷爷说:"你们打算把大俊和巧儿卖给这位郭先生?"

天宝犹豫着说:"这先生特别爱鸟。来咱们这里投资搞生态园林,却没搞成,本想弄一对白玉鸟带回南方,也没能如愿。我想让他看一看大俊和巧儿,然后再商量价钱。您觉得呢?"

赵爷爷回头看看躺在炕上的爷爷,无奈地叹口气:"那就让他们看看吧。当下不只吕登科找白玉鸟,听说桃花源老总和吕登峰也在安排人到处搜寻白玉鸟,大俊和巧儿万一被他们发现就糟了。你爷爷病得厉害,着急用钱,如果价钱好,就卖了吧。"

天宝问:"赵爷爷,倘那先生要咱出价,咱问他要多少钱?"

赵爷爷说:"大俊和巧儿不一般……可是,咱也不能讹人家。"

三娃子说:"两千块,怎么样?刚才他谢我们就拿出两千块。"

赵爷爷抚摸着三娃子的头说:"孩子,那是另一回事。帮助了人,不应该索要回报,你们做得对。至于这鸟的价钱,你说的两千块,在咱们这里,无论如何也卖不到这个价钱。"

赵爷爷踏着雪回家去,过一会儿提着笼子来了。厚厚的棉罩把鸟笼裹得严严实实的。天宝和三娃子上前掀开棉罩,只见两只鸟展开翅膀扑棱棱地飞起,像是受了惊,发出恐慌的鸣叫。片刻后,两只鸟安静下来,凑到白瓷杯前喝水,又到食槽啄米。赵爷爷爱惜地逗弄着它们,两只鸟像两个乖孩子,随着他的口哨和手势,欢快地飞舞跳跃。看来,为养好这两只鸟,赵爷爷是花了心思和功夫的,这会儿很有些舍不得。

天宝和三娃子提起鸟笼出门,赵爷爷追到门口叮嘱:"如果

吉祥鸟

成交,就把这鸟笼送他,免得大俊和巧儿路上受委屈。"

郭董和秦师傅站在路口等着。天宝和三娃子气喘吁吁跑来,郭董迎上来,连声说着感谢,接过鸟笼,拿进车里。天宝和三娃子跟着上车,摘下棉罩,四个人围在车灯下瞧着。郭董被大俊和巧儿吸引了,吃惊地贴近端详。他居然也吹起口哨,逗弄得大俊和巧儿扑棱棱地飞来飞去,不停地用婉转的叫声回应。他从包里取出手电和一只放大镜,仔细观察两只鸟的毛色和眼睛,不住地赞许:"好,好鸟!喂得也在行,看这毛色,和野生的一样水灵。"

郭董抬头看天宝:"这鸟,珍禽异品啊,实在不多见!看,这体型比普通白玉鸟大;毛色洁白纯正,没有一丝一缕杂色;瞳孔紫红,眼球由红渐绿,如翡翠般玲珑剔透;叫起来声音甜美,余韵悠长……你们是从哪里得的这对鸟?养了多久?"

天宝说:"秋天,我俩在东沙岗树林子里捉到的。"

郭董点点头:"小老弟,你运气不错啊。据我看,这对鸟不是一般的白玉鸟,应属于鸟王级别。"

三娃子叫起来:"啊,鸟王!"

天宝也惊喜异常:"郭董,您说的是真的?"

郭董笑笑:"我这人从不说假话。我特爱禽鸟,还专门研究过,尤其喜爱白玉鸟。"

三娃子高兴地咧开嘴巴,脱口问道:"那么,你能给我们多少钱?"

郭董回头看天宝:"这对鸟,你们舍得卖?"

第十四章 | 雪夜遇知音

三娃子说:"看你给多少钱……两千元,你买吗?"

郭董放下鸟笼,呵呵笑了:"小兄弟,你是个老实孩子。你不懂行情。说实话,如果你们真的卖,我出一万元,也算捡了你们的便宜!"

天宝和三娃子对视着,眼睛瞪得溜圆,一时说不出话。

郭董说:"这种鸟,对生存环境的要求特别高,一般非大面积茂密的层林不能存活。在合适的水质、土质、气候条件下,这种鸟王级别的白玉鸟繁殖能力特别强,一年能繁衍上百对……这是你们一方水土的精灵啊!"

天宝说:"我们这一带的老百姓都说白玉鸟是吉祥鸟,能给人带来好运。村里人都说,我们这村子穷,地里不长庄稼,连甜水也喝不上,就是因为白玉鸟越来越少了。"

郭董郑重地点头:"好动人的传说!我要是真的买走这对鸟,岂不损害了你们这里的风水灵气?"说着呵呵笑起来。

天宝叹口气:"如今我真担心,东沙岗没了,大树林毁了,里面的白玉鸟遭了难,它们能飞到哪里去?只怕要灭绝了。"

郭董不无惋惜地说:"是啊,它们遭遇了灭顶之灾!但有的也可能已经死里逃生,寻找到能休养生息的所在……离你们这里最近的,东南方向有个大青山区,那里有大森林,据说也有白玉鸟生活。"

天宝惊呼:"大青山?我听说过。"

郭董点点头,接着说:"是的,东南方向的大青山。不过,

吉 祥 鸟

只有像大俊和巧儿这种鸟王级别的品种,身强体壮,扛得住恶劣天气,经得起风风雨雨,才有可能飞到那儿……当然,这也只是可能,寻找栖息之地毕竟很难啊!"

天宝和三娃子面面相觑。

郭董拍拍天宝的肩膀说:"这样吧,我想过了,我要买下这对鸟……可惜我今天身上带的钱不多,拿不出一万块,就先给你们留下两千元,作为定金。这对鸟仍由你们看管,算代我喂养,等到一月左右,春节前后,我带两万元来取鸟,怎么样?"

三娃子抢着答应:"好,郭董说话可要算数!"

郭董笑笑:"当然算数!"

三娃子看看天宝,天宝轻轻点头。郭董随即从兜里摸出个信封,递给三娃子,就是刚才的那两千元。三娃子抽出钱数了数,说:"对着呢,正好两千元。"天宝说:"我来写张两千元的收条吧?"郭董笑笑:"不必了,我完全信任你们。夜深了,我们去县城住一宿,明天就回深圳。咱们后会有期。"说着递过一张卡片给天宝:"这是我的名片,上面有我的姓名、单位、电话,你们要是啥时候到深圳,一定跟我联系哟!"

天宝和三娃子下了车,郭董也跟着下车,把鸟笼交给天宝,说声:"拜托你们,照管好大俊和巧儿,我真心感谢你们。放心,春节前后我会来的。"

秦师傅开动轿车,郭董探出头向两个孩子挥手。车子很快消失在昏暗的雪野中。

第十四章 ｜ 雪夜遇知音

回家的路上，天宝提着鸟笼，和三娃子并肩走着，两人都默默想着什么。

三娃子忽然低声说："宝儿哥，我看，这郭先生是个好人。"

天宝点点头，说："郭董的话应该可信，难道大俊和巧儿真的是鸟王？那天晚上咱们去东沙岗，吕登科正带人搜寻鸟王，难道就是在找它们？"

三娃子说："我看，郭董是内行，说的是真话。吕登科那些坏家伙万万想不到，鸟王在咱们手里！"说着兴奋地笑起来。

天宝沉吟："别只顾着高兴！我在想，咱们抓了这对鸟王，不是造孽吗？不抓的话，这些日子它们能生下好多小鸟。"

三娃子分辩："咱当时怎么知道它俩是鸟王？再说，倘若不是咱们抓来养着，它俩说不定就被那些人捉去糟害了……东沙岗如今这个样子，它们连家都没了，还生啥小鸟？说不定早就死掉了！"

天宝说："你没听郭先生说，它们可能选择就近逃亡，飞往大青山。"

三娃子颇不以为意地摇头："郭先生说，那只是可能！"

三娃子说得似乎有理。天宝点点头，又说："这两千块钱，咱们不能花。"

三娃子说："会不会郭先生是变着法儿谢咱们，压根没想回来？"

 **吉 祥 鸟**

天宝想想说:"也有这个可能。"

三娃子说:"既然如此,花了又怎样?眼下你爷爷看病正需要钱。"天宝却只摇头。

第十五章

泪尽梦未央

吉 祥 鸟

数日后的一个夜间,天宝爷爷离开了人世。

当时是凌晨时分,爷爷忽然醒来。天宝以为爷爷要喝水,忙端起杯子试了试水温,然后放到爷爷嘴边。爷爷微微摇头,伸手紧紧抓住天宝,他张开嘴巴,胸脯剧烈起伏,两只眼睛显出异常的光亮。爷爷定定地看着天宝,嶙峋的手指颤抖着,指向炕前的窗子。那里有什么?灯影里,天宝看到窗边的墙洞,被爷爷用麦秸泥巴糊起的痕迹依然清晰。天宝瞬间想起,那个秘密墙洞里,放着爷爷为自己积攒的学费。

天宝明白了爷爷的意思,忙说:"爷爷,您放心,我听您的话,我会好好读书!"爷爷听见了,微微点了下头,接着脑袋便沉重地落在了枕上。旁边的赵爷爷也醒了,披上棉袄,坐到爷爷旁边。赵爷爷向天宝眨眼暗示:爷爷不行了。果然,爷爷的喘息声渐渐弱了下去。天宝的泪水簌簌落下,随即失声痛哭。

爷爷的坟墓设在村北土岗下,那里本是一块荆棘丛生的荒地。前些年村里实行土地承包,爷爷开出这块地,种些倭瓜、豆角之类的蔬菜。他曾叮嘱天宝,他死后就埋在这里。爷爷为啥喜欢这地方?天宝百思不得其解,问赵爷爷,赵爷爷叹口气说:"你爷爷最牵挂的是你,这土岗子,是你常来玩耍的地方。他把坟墓选在这里,大概只为可以经常看到你。"

第十五章 | 泪尽梦未央

那一天,天色大黑,白天宝仍独自站在爷爷坟前。冷风翻过土岗吹来,新起的坟堆上落下飘零的枯叶。三娃子妈带着三娃子来了,她拉起天宝的手说:"宝儿,跟干妈回家,往后你就在我家吃饭。"赵爷爷也蹒跚着走来,身后跟着孙女赵菲菲。赵爷爷说:"孩子,晚上去我家住,跟我做伴。"

天宝谢绝了赵爷爷和干妈的好意,他哪儿也没去,还是回了自己家。这两间低矮的茅屋,他和爷爷已居住多年。这里留着爷孙俩共同生活的痕迹。天宝眯起眼,似乎还能看见爷爷苍老的身影,听到爷爷嘶哑的声音。爷爷常用的木匣就在炕头,木匣里有爷爷没卷完的烟丝,还有买菜剩下的三元七角钱。

天宝的泪已流干,幼小的心灵默默承受着这一切。他唯一感到遗憾的是,那夜冒着风雪买来的包子,爷爷只吃下几口。爷爷一直想念着爸爸,虽然他一手抚养大的儿子临终也不能相见,但他从不抱怨儿子,他相信儿子和他一样是个好人,他把全部希望转而寄托在孙子身上。天宝怎会忘记,爷爷教会自己做人,教会自己过贫苦日子的本领,临终还叮嘱自己要好好读书……

天宝决定,从此开始要独立起来。爷爷说过,他要再活二十年,虽然现在走了,天宝却觉得爷爷永远陪伴在自己身边。这样想着,他便有了信心,一定好好生活、好好长大,以告慰爷爷在天之灵。

不过,天宝还是答应了干妈和三娃子一件事:每天晚上去她家吃晚饭。他也答应了赵爷爷,每个星期天跟赵爷爷去村东路口摆摊,做帮手兼学徒。

吉祥鸟

这天晚上,白天宝躺在似乎还保留着爷爷气息的土炕上,翻来覆去难以入睡。"好好念书!"爷爷的声音又在耳边萦回。天宝忽然坐起。他想起窗子旁边那个秘密墙洞,爷爷在墙洞里面给他存了学费,存着他的希望和梦想。天宝迫不及待地爬起来,点上灯,站到窗前伸手抚摸那片泥巴的痕迹,呆愣片刻,转身走到屋角,找到爷爷生前使用的瓦刀,砍向那片泥巴。墙洞被打开,天宝吃惊地发现,里面放着大大小小五个纸包,除了今年的一百元,还有三个五十元、一个二十元。钞票虽已潮湿,但尚未损坏。天宝拿着纸包的手在颤抖——爷爷省吃俭用,竟早早就开始为自己积攒学费了。

天宝的眼泪又一次溢出来。

第二天,白天宝去学校上学了。

宋老师在班会上表扬天宝,说这段时间他照顾年老卧病的爷爷,承受了超常的压力和艰苦,却从未抱怨,值得同学们学习。吕燕燕带头鼓掌,大家都拍起手,只有吕小强默默坐着,冷眼觑着前排座位上的白天宝。

由于校长吕文生再次出面,军乐队的小号手额外增加了一个替补队员。寒假就要来临,在建的镇中心小学据说春节后便能交付启用。开学那天,军乐队要在开学典礼上一显身手。这段时间,宋老师抓紧了对军乐队的排练,小强也开始认真练习。他听说白天宝因爷爷去世,大概没法再念书,以为自己这个替补队员可以

第十五章 | 泪尽梦未央

转正了。但出乎意料的是,白天宝来上学了,小号手转正的愿望又一次变得渺茫,小强心里着实懊丧。

课间,吕燕燕找到天宝说:"你落下的功课不少,宋老师让我帮你补习功课。"天宝想一想说:"我先看课本,做一做习题,遇到难题再请教你。"燕燕快快走开,天宝追上她说:"小强如果愿意学小号的话,我可以抽空帮助他。"这出乎燕燕的预料,她高兴地朝天宝点点头:"那敢情好,省得他挂个小号手的名,连简单的曲子也吹不出。回头我让他找你。"

吕小强真的找白天宝来了。大概燕燕嘱咐了他,小强竟一改先前的霸道,变得和气了许多:"我……我是小号队的替补,可老是吹不成调,你能抽时间帮我吗?"

天宝看着小强,这些日子不见,这个胖子似乎瘦了些。天宝点头说:"好吧。吹小号,除了要掌握基本要领,还要把握一个诀窍。"

小强高兴地咧开嘴:"好,啥要领?你告诉我,我认真学。不过,我对诀窍更感兴趣。"

天宝摇头一笑:"这诀窍说起来容易,做起来难。就是刻苦练习,用心琢磨,坚持不懈。"

小强自嘲地一笑:"噢,是这样。"又凑近天宝说:"你帮我练好小号,我争取开学典礼上参加军乐队的正式演奏……我会好好感谢你的,真的。"

天宝看着他,说:"好,我会帮你。但前提是你要下功夫好

吉 祥 鸟

好练,单独演奏能合格才行。要是只想着滥竽充数,非但我不同意,怕是也难过宋老师那一关。"

小强点头说:"这……我知道。"

放学的时候,三娃子告诉天宝一件大事:"听菲菲说,二黄鼬昨天去找赵爷爷,贼眉鼠眼、东张西望,嘴里说着话,却像是在倾听什么。赵爷爷问他有啥事,他支支吾吾的,十分可疑。赵爷爷说,大俊和巧儿很可能被他发现了……你看怎么办?"

天宝不由得一惊,对三娃子说:"二黄鼬这家伙,近来一门心思想要升官发财,把宝押在了白玉鸟上。咱们把大俊和巧儿转移一下,别总让赵爷爷提心吊胆。晚上去跟赵爷爷商量。"

赵爷爷院子里停着一辆自行车,天宝认出是三娃子爸的车。

三娃子嘟哝:"我爸刚从县城回来,怎么没回家就来见赵爷爷了?"天宝说:"也许有啥要紧事?"听屋里有人说话,两人便在门口停下。

里面说话的声音不大,像在谈论啥秘密事情,刻意压低声音。

"吕登峰辞职,其中必有缘故——难道只为做桃花源公司的专职副总?"是赵爷爷的声音。

"我看他另有目的,他肯定是想把咱村这个烂摊子甩出去,自己惹下的一堆麻烦,让别人替他解决!听说他向镇上提议,由吕登科接替他当村主任……那可是他养下的狗,不管他闯下啥祸,吕登科都只能哑巴吃黄连,悄悄地替他背锅……"是三娃子爸的

第十五章 | 泪尽梦未央

声音。

"真是笑话!吕登科又不是党员,在村里的名声还那么臭,镇党委会同意?"

"据说徐副镇长近来频频往上跑,为当镇一把手秘密活动,桃花源老总和吕登峰都巴结得紧,吕登科也巴结上了徐副镇长,徐副镇长已许诺让他当村官了。"

"东沙岗四周村子的群众意见可大了,据说要联名向上级控告,向法律部门起诉……桃花源那帮人只顾个人发财,毁河取沙、毁林开发,这是在违法犯罪啊!"赵爷爷叹口气。

"桃花源老总混黑白两道,吕登峰是他的拜把兄弟,他手下有一帮爪牙,手眼通天,难摆弄啊!"

"登祥啊,我不信他们能长期横行下去!眼下,咱只说咱们村吧。"赵爷爷的语气明显加重了,"我再问你,你就不想跟吕登科争一争?你是党员,村里群众信得过你,你应当有建成当年的勇气,给乡亲们办事,改变咱村的面貌。难道要眼睁睁看着吕登科糟蹋咱村?"

三娃子爸沉吟着没有回答。天宝猛地推开门喊道:"登祥叔,你跟吕登科拼一把,我支持你!"

三娃子爸和赵爷爷抬头看到天宝,都呵呵笑了。

三娃子说:"赵爷爷,我俩跟你商量个事。这几天吕登科盯上了大俊和巧儿,我俩想设法把鸟转移到别处。"

赵爷爷点点头说:"我通常把笼子挂在院子里那棵枣树上。

吉 祥 鸟

他若发现没了笼子、没了鸟叫,便会去别处胡乱翻腾,只怕你们躲不过。"

天宝说:"我有个好地方,保管他找不到,即便找到也拿不到。我还想了个计谋——二黄鼬是咱村的一大祸害,我恨透了他,想借这机会捉弄他一下。"

"那……好吧,我倒要看看你这个鬼精灵有啥办法。"赵爷爷笑着说。

白天宝拉着三娃子走出来,径直来到学校东北角的院墙外,和三娃子翻墙跳进院子里。整个院子里昏黑一片,只有宋老师房间亮着灯,房间里传出动人的琴声。宋老师在拉小提琴,曲名是《幸福的你,快乐的我》,旋律是那样熟悉、亲切、柔美动听。天宝侧耳听着,琴声在耳边萦绕。他想象着此刻宋老师端庄优雅的神情,秀美而沉静的脸庞……大概她正陶醉在乐曲的美妙意境中。

白天宝痴迷地听了一会儿,但有更要紧的事情,不能打扰宋老师,便和三娃子蹑手蹑脚走到院内东墙下。三娃子低声问:"做啥?"天宝说:"捉几只麻雀,送给吕登科。"三娃子一下子明白了他的用意,高兴地说:"我踩着你的肩膀上去掏雀窝……不会有蛇吧?"天宝说:"大冬天的,哪来的蛇?我蹲下,驮你上。"三娃子蹬上天宝的肩膀,向屋檐下的雀窝觑一眼,便迅速伸出手,将两只麻雀抓在手上,随即轻轻跳下。

宋老师的琴声忽然停了。难道惊扰了宋老师?天宝一愣神,

第十五章 | 泪尽梦未央

却听有人敲响了宋老师的房门。是谁？怎么晚上找宋老师？不会是吕登科这家伙又来纠缠宋老师吧？天宝扯了扯三娃子的衣袖，两人躲到墙角处的阴影里。

一个声音在喊："宋老师，我是吕燕燕。我爷爷让我带他来找您，说有要紧事。"

吕文瑞来找宋老师？天这么晚了，他有啥事？天宝想起那次他找到宋老师，为徐副镇长做媒，这次又是为啥？天宝拉着三娃子继续蹲下来，偏偏袋子里的麻雀一直扑棱棱飞个不停，三娃子忙系起袋口，摘下帽子扣在地上。

宋老师的房门开了，灯光照着门口的爷孙俩。吕文瑞穿件崭新的羽绒服，头戴一顶毡帽，被燕燕搀着进了屋。宋老师说："老伯，天这么冷，有啥事让燕燕给我带话就好了，怎能劳您亲自跑来。"吕文瑞笑着说："好事多磨嘛，我应该不辞劳苦。白天您忙，学校里人多眼杂，所以这时候过来。只是很抱歉，打扰您的雅兴了。"宋老师说："老伯请坐，我给您倒杯水。"燕燕说："我来。"吕文瑞又说："刚才听见您的演奏，真如高山流水，天籁之音，宋老师是才女啊！"回头对孙女说："燕燕，你在门外等我，我跟宋老师说几句话。你是孩子家，不方便听……披上我的大袄，小心感冒。"燕燕没有回答，宋老师却拦住了："别，外面冷，燕燕就在屋里，没啥不方便的。"

房门关上了，再听不清里面的声音。

三娃子嘟哝："这老狐狸，又找宋老师，大概还是为徐副镇

吉 祥 鸟

长做媒，哄骗宋老师……我过去听听。"三娃子蹭过拐角，身子往前凑一凑，几乎已挨近房门，侧歪起脑袋听着。回头见天宝招手，便猫起腰回来，低低说："像是吕文瑞在说话，听不清说啥，没听到宋老师的声音。"天宝说："算了，明天你问燕燕，燕燕会告诉你的。"三娃子说："我问？怕她不说……还得让菲菲问她。"

天宝抓起地上的帽子，扣在三娃子头上，把装着麻雀的袋子拢在袖里，翻身爬出墙外，又直奔赵爷爷家。

赵爷爷屋里亮着灯，菲菲也在。见他们带来两只活蹦乱跳的麻雀，赵爷爷马上明白了："好小子，你是想以假乱真，糊弄吕登科？"他从里屋梁上摘下笼子，掀起棉罩，天宝和三娃子趴上去逗弄大俊和巧儿，它们慌乱地飞起来。看来有些日子不见，两只鸟儿对小主人已变得陌生。短暂的恐慌后，它们便又欢蹦乱跳起来。

赵爷爷拿出一个小些的鸟笼，是他早年用苇篾编成的，深蓝色的布罩上已经蒙了尘土。菲菲忙拿来抹布，将笼子清理干净。天宝把两只麻雀放进去，笑笑说："好了，吕登科应该还会再来，这礼物就送给他。"赵爷爷问道："你俩打算把大俊和巧儿放到啥地方？"三娃子说："还是先放到我家，几个地方轮换，不让吕登科摸到准地方。"菲菲插嘴："北岗子大杨树上的老鸹窝怎么样？宝儿哥还敢放吗？"天宝笑了："菲菲跟我想到一处了。那倒是个合适的地方，吕登科即便发现也没办法……眼下是冬天，

第十五章 | 泪尽梦未央

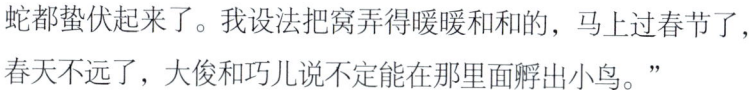

蛇都蛰伏起来了。我设法把窝弄得暖暖和和的,马上过春节了,春天不远了,大俊和巧儿说不定能在那里面孵出小鸟。"

回家的路上,白天宝远远瞥见吕登科药店的灯亮起来,门外站个瘦高个子,正是吕登科。天宝悄悄把笼子交给三娃子,让他绕路回家,自己大摇大摆径直从街上走过。吕登科果然迎上来,却一改先前的凶相,弓着腰笑说:"白天宝,咱们商量着一起做笔生意咋样?"

天宝摇头:"我不会做生意……是不是那个晚上,你在路上和村主任说的那件事?"

吕登科忙摇头:"不,不是一回事。这次是我个人跟你商量,咱俩单独合作,跟别人没关系。既不耽误你上学,又好处多多!"吕登科怕天宝走掉,伸手做出拦截的架势:"你听我说完,东沙岗上应该有一对鸟王级别的白玉鸟,现在林子砍没了,鸟王还没露面,它们肯定就藏在岗上的树丛里。你若用口哨引它们出来,捉住后卖了大钱咱俩二一添作五。"

天宝故作迟疑:"鸟王?能卖多少钱?你既开药店,又当会计,挣的钱够多了,还想挣多少钱?"

吕登科笑笑:"告诉你,好多人都在寻找这对鸟王。你若肯帮我这个忙,等我当上咱村的村主任,会给你大大的好处。"

天宝故作诧异:"你当村主任?那小强他爸呢?"

"你吃的河水?管得倒宽!"吕登科收敛了笑,逼近天宝说,"抓到鸟王,挣些钱才是正经事!你好好想一想,咱们合作一次,

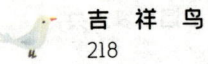

你就能尝到甜头。告诉你,你爸犯罪的证据都在我手上,我说他有罪他就有罪,说他没罪他就没罪……你好好想想吧!"

天宝点点头,说:"好,等我想一想。"接着向后移动脚步,迅疾转身,往家飞跑。

身后吕登科大声叮嘱:"白天宝,我不会亏待你的!"

第十六章
沉重的思索

吉 祥 鸟

马上放寒假了。宋老师在班会上公布期末考试成绩，布置假期作业，利用最后一点时间，给大家教了一首新歌。白天宝本学期考试成绩不太好，语文和数学只勉强及格，但宋老师还是表扬了他。天宝明白，这是宋老师对自己的鼓励。放假以后，宋老师就要回家过年了。但天宝有一种预感：宋老师或许不会再回来了。在这个贫穷的小村里，她为孩子们付出了太多，却没得到应有的回报。天宝一直想着那个夜晚，吕文瑞再次上门给年轻漂亮的宋老师做媒，又是劝告，又是警示，一再动员她嫁给那个徐副镇长。全村人都知道了这事，都说这徐副镇长倚官仗势，明目张胆地胁迫宋老师。吕文瑞多次出面牵线，是欺负宋老师这个外乡女子，拿姑娘给姓徐的送礼，为他儿子做人情。这对宋老师太不公平。

这个上午，白天宝一边听宋老师讲话，一边默默注视着她。她的脸上始终带着笑，没看出有啥烦恼。这难以说明什么，宋老师在孩子们面前从来都是这样。天宝敏感地发现，宋老师的眼睛里隐约透露着忧郁，她面临两难的境地：答应嫁给徐副镇长，继而升任镇中心小学校长，宋老师不会情愿；若是不答应，这会给宋老师带来很多麻烦，以后在这个小村子，她将难以立足。

放学后，宋老师站在校门口向同学们挥手再见。天宝和三娃子跑过去问她："宋老师，您要回家过年吗？"宋老师说："对呀，

第十六章 | 沉重的思索

我回家和老爸老妈一起过年。"天宝追问:"那,过了年,您还回来吗?"宋老师笑笑:"你这孩子,怎么问起这话?"天宝说:"我替您担心。"三娃子插嘴:"通往县城的公路坏了,不通公交车了,出租车也搭不到。宋老师怎么回家?"宋老师吃惊地说:"公路坏了?那该怎么办……我还有行李要带回家。"天宝向她靠近一步,低声说:"老师别发愁,我有办法送你走。"

下午,宋老师收拾好行李。吕燕燕、赵菲菲等十几个女同学来为她送行,宿舍里挤满了人。宋老师和孩子们谈笑风生,祝福大家春节愉快,叮嘱她们好好完成作业。还说县里新来了省工作队,督促镇中心小学尽快竣工启用,春节后同学们也许就可以搬进新学校了。女孩儿们十分兴奋,叽叽喳喳地说着笑着。

细心的燕燕高兴不起来。她发现宋老师的行李有些特别:一个大柳条包塞得满满的,一只帆布提包装着她所有的衣物,一个塑料兜盛着脸盆、碗筷等日常用具,另有一个帆布袋子,装着她心爱的小提琴。带走这些东西,宋老师的宿舍便空空如也了。

"宋老师,你要把东西全带走?难道……"燕燕眼里噙着泪,声音有些颤抖。

"傻孩子,这被子、褥子用得久了,我要带回去拆洗。你想多了吧?"宋老师拍拍燕燕的肩膀,轻声说。

"不,宋老师,你是不是不打算回来了?"菲菲脱口而出,"我们不想让你走,你一定要回来!"

"菲菲别瞎说,我怎能不回来?"宋老师伸手拉过菲菲,拽

一捋她头上的小辫子,"我怎么舍得下你们?过了年,咱们一起告别这黑屋子、土台子,搬到新学校,走进亮亮堂堂的教学楼。"

白天宝和三娃子出现在门口,他们看着摆在地下的大大小小的箱包,眼里禁不住泛起泪花。

"天宝、娃子,你们过来。"宋老师招呼他们两个。屋子里挤满了人,天宝和三娃子只能站在门口。宋老师走过去,拍着他俩的肩膀说:"既然来送我,为啥又不说话?天宝,你告诉我,春节打算咋过?"三娃子接话说:"去我家,我爸妈跟宝儿哥说定了。"菲菲在一旁听见,也应声说:"我爷爷说让宝儿哥到我家过年。"宋老师点点头:"天宝,听见了吗?去赵爷爷家,或去娃子家,都可以……你答应他们,我就放心了。"天宝点点头,说:"宋老师,我答应他们。可我……担心您,看样子,您真的不回来了?"宋老师说:"你也是瞎猜……放心,我会回来的!"燕燕低声跟天宝商量:"宋老师怎么去县城,还没办法呢……我想,咱们大家一齐动手,扛的扛、抬的抬,帮宋老师把行李弄到村东路口,然后截一辆过路的汽车,怎么样?"

白天宝还没有来得及说什么,只见一辆黑色轿车开进学校院里,停下后,司机从车上下来,走到宋老师门前,点头哈腰地问:"您是宋雅琴老师吧?徐副镇长派我来送您回家。行李收拾好了吧?我来搬,您请上车。"

宋老师有些吃惊,忙对司机说:"不,替我谢谢徐副镇长,我已经有了安排。对不起,让您跑一趟。"司机尴尬地一笑:"宋

第十六章 ｜ 沉重的思索

老师是怎么了？这是徐副镇长的专车。县城有重要会议，他另想办法去县城开会了，特地安排我来送您，不然他会亲自来送您回家。"司机说着，打算进屋搬行李。宋老师却站在门口不动，身旁围着一群学生，白天宝和三娃子、吕燕燕和赵菲菲，都一动不动地站着，像是在保护宋老师。司机见状，不由得愣了神，摩挲着两手说："宋老师，这是咋回事？您……让我咋办？"宋老师淡然一笑："谢谢师傅了。我真的有了安排，就不麻烦您了！"

正僵持不下时，吕文瑞出现在了学校院里。他身上披件细毛羊皮袄，手里照旧提根文明棍，摇摇摆摆走来。吕文瑞走到宋老师面前，笑笑说："雅琴姑娘啊，你就给司机师傅一个台阶吧。徐副镇长是领导，要面子，对你是一片真心，你应该理解。你是聪明人，人往高处走，好机遇要自己把握……"

燕燕跑过来，两手推搡吕文瑞："爷爷，你不要多管闲事好吗？那个徐副镇长是个老头儿了，宋老师不喜欢他，他怎么还缠着宋老师？"吕文瑞险些被燕燕撞倒，责备说："傻丫头，你不懂，我是为宋老师好！"燕燕大喊："我知道，你的目的不可告人！我偏不让你管，你快回家！"吕文瑞生气了："你……你告诉宋老师，让她识趣点。坐徐副镇长的专车，风风光光回家，多好！"说着转过脸，对着宋老师，也是对着所有人说："不然，宋老师今天走不了！公路坏了，公交车不通，地排车倒是有，可……我在这里等着，看谁敢送她！"

这时，一头大黑驴驾着一辆地排车驶进了院子，赶车的人

 吉祥鸟

是赵爷爷。他头上蒙了一条崭新的白毛巾,手里拿一条鞭子,吆喝着驴车径自来到宋老师房门前。天宝和三娃子高兴地迎上去,大喊:"赵爷爷,我们跟你一起送宋老师。"赵爷爷笑呵呵地说:"好,送你们宋老师嘛,跟我一块儿去吧。到了难走的路段,你们帮我推车。"天宝和三娃子跑进屋,抬起宋老师的柳条包出来,女同学们也纷纷动手,提着其他箱包物件,装上地排车。

吕文瑞走过来,板着脸对赵爷爷说:"老哥,你是诚心跟我过不去吧?告诉你,我是受徐副镇长委托……"

赵爷爷冷冷地说:"甭说了,我啥都知道。我告诉你,我也是受人之托!"

吕文瑞诧异地问:"哦?敢问是谁?"

赵爷爷笑笑:"我是受全村乡亲们的委托,送宋老师回家过年。姑娘在咱村教了三年书,孩子们舍不得她走,全村人都舍不得,可偏有人逼人家走。我去送姑娘,代表全村人。我倒要看看,谁敢拦我?"赵爷爷的声音变得严厉,手中的鞭子随即甩出一声脆响。

围拢来的学生和家长们起劲地鼓起掌。

宋老师被学生们簇拥着上了地排车,天宝和三娃子也爬上去。赵爷爷年轻时是赶车的好把式,一扬鞭子,大黑驴驾起车,蹄声嘚嘚,飞跑着驶出了校门。宋老师坐在车辕旁边,挥着双手向在场的学生们告别。一群孩子跟在车后追着大喊:"宋老师,再见!"

吕文瑞被蜂拥的人群挤到了一边。

第十六章 | 沉重的思索

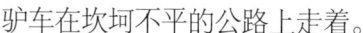

驴车在坎坷不平的公路上走着。

赵爷爷坐在车辕上,挥动着鞭子,尽量绕过坑坑洼洼的路面。白天宝和三娃子坐在宋老师身边,她的棉大衣裹紧两个孩子瘦小的身体。

赵爷爷问宋老师:"听说你是独生女,家里老爸老妈年纪也大了。你当年毕业时,咋就想起来我们这个穷村了?"

宋老师笑笑:"这个村子穷,学校缺教师呗。"

赵爷爷叹气:"村里乡亲们、孩子们都感谢你。村里条件差,你受苦了。"

宋老师笑笑:"跟孩子们在一起,只觉得快乐,没觉得吃了啥苦。"

天宝愣愣地听着。三娃子忽然大声说:"宋老师,你不能扔下我们不管,过了年,我们等你回来!"

天宝也大声说:"宋老师,你一定要回来!我们村子会好起来的。我爷爷活着的时候常说,吉祥鸟飞来的时候,村里一切都会好起来……赵爷爷说对不对?"

赵爷爷笑起来:"是啊,吉祥鸟飞来的时候,咱村就会变好,老百姓都会过上好日子。"

宋老师也笑了,笑得那样甜。她抚摸着天宝的脑瓜说:"我知道这个传说,好动人,我也相信会变成现实。东沙岗的白玉鸟就是吉祥鸟,尽管眼下它们没了家园,但总有一天它们会飞回来,你们说是不是?"

吉祥鸟

天宝点点头:"希望是这样。可我又担心,林子毁了,沙岗平了,白玉鸟无处可去,即便不被捉住,又能逃到哪里?有没有办法能让它们不被发现,找个合适的地方安家呢?它们活下来,老百姓才有希望。"

一阵沉默,大家都没说话。

忽然,车子陷在一个坑里,大黑驴喘着粗气奋力挣扎。赵爷爷忙下车,说:"瞧我,到底老了,只顾听你们说话,车子陷进坑里了。"宋老师急忙下车,天宝和三娃子也跳下车。几个人分头把住两边车帮,赵爷爷虚晃一鞭,大黑驴拼上力气,大家一齐用力,总算将车推了出来。

傍晚时候,地排车进了县城,街边的路灯已经亮起。宋老师家在城西三十里的宋家铺。几人赶到汽车站,刚好赶上末班车。天宝和三娃子抬起柳条包,宋老师提上另外几个包包放进客车。她把小提琴抱在怀里,踏上了客车。汽车开动,三娃子大喊:"宋老师,我们等你回来!"天宝大声问:"老师下了车怎么回家?"宋老师回答:"放心,我老爸会去车站接我。"她探出头,边揩抹着眼角,边向赵爷爷和两个孩子连连挥手。天宝和三娃子禁不住哭出声来。

天完全黑下来。大黑驴走路摇摇晃晃,像是饿了。赵爷爷把车赶到路边停下,带天宝和三娃子走进路旁一家水饺馆,说:"今晚,咱爷儿三个提前过年。"他从车上取下草料喂上驴,天宝和

第十六章 | 沉重的思索

三娃子提上桶去店里接来水,放在黑驴跟前。

水饺端上来,肉馅的香味让天宝和三娃子直流口水。赵爷爷说:"放开吃!"两个孩子狼吞虎咽,他自己却慢慢吃着,笑眯眯地问:"好吃吗?"天宝说:"好吃!"三娃子也说:"好香!"赵爷爷说:"好好念书,长大挣了钱,天天吃水饺。"三娃子咧嘴笑了。

天宝吞吞吐吐地说:"赵爷爷,我……不想上学了。"

赵爷爷不满地瞪起眼睛问:"为啥?开学后,学校可能搬到镇中心小学,条件好了,你反倒不上了?你爷爷之前咋嘱咐你来着,你忘了?"

天宝说:"爷爷的心意,我忘不掉。可我昨天早上去康乐井挑水,听老魏师傅说,镇中心小学工期又推迟了,据说是钱被人挪用,交不了工。再说,要是宋老师不再回来,这学上得还有啥意思?"

赵爷爷一愣神,沉吟说:"宋老师喜欢你们,有责任心,她一定会回来的。"

天宝说:"宋老师一个姑娘家,在学校里最辛苦,却总是遇到麻烦。校长、村主任、徐副镇长接连找她麻烦,连吕文瑞、吕登科都敢欺负她,可宋老师一天到晚看起来都高高兴兴。现在,我有些明白她为啥喜欢那首《幸福的你,快乐的我》了。敢情看到我们好好念书,她就打心眼儿里快活。"

赵爷爷点点头:"宋老师是好人,有这样的老师,是咱全村

吉 祥 鸟

百姓和孩子们的幸运!"

天宝皱起眉头想着,又问赵爷爷:"你说,咱这里为啥好人总不走运?我爸爸一心为村里办好事,却被污蔑是逃犯;深圳郭先生来开发东沙岗的生态园林,却被骗得几乎回不了家……咱村老百姓喝苦水、种碱地,被逼得到外面打工。吕登峰这样的恶人反倒有权有势,发财发福。他不想当村主任了,打算让给吕登科,难道他说了就算?吕登科真的能当上?那样,咱村老百姓还要倒霉下去,好运气又变得遥不可及……是不是因为白玉鸟越来稀少,风水灵气被带走了?"

赵爷爷呵呵笑起来:"孩子,你小小年纪,怎么想这么多?"

三娃子说:"宝儿哥,听你刚才对宋老师说的,像是有办法让白玉鸟再回咱家乡?"

天宝说:"我有个想法,正想跟赵爷爷商量——大俊和巧儿,咱们不卖给郭先生了……郭先生来时,咱把他的两千块定金退给他。"

三娃子吃惊地叫起来:"宝儿哥,你瞎琢磨啥?不卖了?两万块钱你还嫌少,是想再给他加码?"

赵爷爷一时也没明白天宝的意思,吃惊地看着他,说:"孩子,咱们要变卦?为啥?那是言而无信啊!"

天宝说:"我是这样想的,假如真的让郭董买下大俊和巧儿,便会被他带走,带到遥远的南方,咱这里的白玉鸟就真的绝种了。"

三娃子点点头:"是这样……可是,咱们留下大俊和巧儿,说不定会被吕登科那帮人糟害掉。"

第十六章 | 沉重的思索

赵爷爷看着天宝:"宝儿,你有啥好主意?说出来嘛。"

天宝说:"我想放飞大俊和巧儿,让它们到大森林里自由自在地生活,一代接一代,多孵小鸟……我相信它们以后一定会飞回来。"

三娃子叫起来:"宝儿哥,两万块钱不要,白白放飞大俊和巧儿?东沙岗没了,大树林没了,你要把它们放到哪儿去?再说,它俩是咱们捉到的,难道白养这么久?"

天宝回呛三娃子:"你吵个啥?大俊和巧儿是咱们捉来的,就是咱们的吗?它们是鸟王,是咱这一方的精灵,是属于老百姓的。为两万块钱,就把它们卖掉,导致咱这里的白玉鸟绝了种,咱们能对得起乡里乡亲吗?"

三娃子一时语塞,茫然地看看天宝,又看看赵爷爷。

赵爷爷笑了:"宝儿的意思,我明白了。好孩子,难得啊!但娃子的话也有道理,眼下东沙岗的林子毁了,你要把大俊和巧儿放飞到哪儿去呢?必须找一条活路,让它们活得更好……"

天宝脱口回答:"大青山!听郭先生说,大青山是距离咱们这里最近的风水宝地,好山好水,大片森林,大俊和巧儿在那里一定能过得舒服自由,生出好多后代,有一天会带着小鸟,成群结队飞回家乡,把风水灵气带回来。"

赵爷爷拍拍脑门,大声笑道:"好!天宝说得好……看我,一时倒忘记了!大青山是个好地方,山上有金牛岭、仙人崖、老君林,有一眼望不到边的大森林……大俊和巧儿在那儿,一定能

吉 祥 鸟

生活得好，过不了几年，它们会子孙满堂，成群结队，想回家，就可以飞回家来！"

三娃子随即转忧为喜，大声问："宝儿哥，咱们啥时候去大青山？"

天宝说："你又着急了。再等些日子吧，过罢春节，天气暖和些，郭先生那边也就应该有消息了。不过，他来与不来，咱们都要去。当下，我还想给大俊和巧儿安排个既安全又舒适的地方，设法让它们生下小鸟，咱们留下养着，岂不两全其美？"

忽然，赵爷爷向天宝和三娃子摆手示意。他瞟一眼旁边的桌子，来了两个人，身穿黑色羽绒服，戴着黑色口罩，脑袋上的黑色鸭舌帽压得很低，只露出两只眼睛。他们叫上酒菜，边吃边喝，眼睛却贼溜溜地四处瞧看。

天宝和三娃子不再说话，慢慢吃掉盘子里的水饺，每人又喝了碗饺子汤，起身离店时，却发现那两人已不见了。

从水饺店出来，天宝一眼看见地排车旁有人，扯住赵爷爷低声说："看，那两人鬼头鬼脑的，在咱们车旁边干啥哩？""是刚才那两人……小偷？"三娃子也看见了，便大喊："干啥的？"那两人吓得直起腰，慌张地逃走了。天宝和三娃子拔腿便追，赵爷爷喝一声："回来，别管他！"两人只好停下，走到地排车旁，赵爷爷仔细察看，车上本没啥东西，不会丢什么，便重新套上黑驴，赶车要走，却发现一个轮胎瘪瘪的。天宝眼尖，一眼发现轮胎上插着一把小刀。赵爷爷说："这两个家伙使坏，扎了咱的轮

第十六章 沉重的思索

胎！不怕，我有工具。"他打开车尾部的小木箱拿出工具，借着店里透出的灯光，三下五除二卸下轮子，然后扒开外胎，找到被扎的口子，又从箱子里找出两张粘合胶贴，用打火机烤热一张，轻轻按压住裂口。天宝接过另一张，学着赵爷爷的样子上好轮胎，安好轮子。

车子重新上路了，毛驴慢悠悠地走着。赵爷爷坐在车辕上，嘴里叼支纸烟，吱吱吸着，显然在想什么。三娃子偎在天宝身边睡了。天宝搂紧他，想着刚才发生的事情，心里不免有些紧张。

"赵爷爷，你说，那两个人是啥人？"

"流氓坏蛋，受人指使，来使坏的。"

"为啥？因为咱们送了宋老师？"

"也许……有些人心太黑，手伸得太长，在一块地盘上为所欲为惯了，不合自己的心意便耍横，不顺从他就报复你……这种人，是小人，是恶人！"赵爷爷自语着发出感叹。

"坏蛋会不会在路上跟踪咱们，或者拦截咱们？"天宝问。

"不怕。有我在，你们啥也不用怕。这种人像是魔鬼，见不得光亮。"赵爷爷说。

"那，你再抽烟，我给你点火。"三娃子忽然坐起，摸起赵爷爷手边的打火机。

赵爷爷呵呵笑起来。天宝拍拍棉袄的内兜："赵爷爷，我还带着弹弓、胶泥弹子。"赵爷爷点点头："你敢打鬼？好！其实，世上哪有鬼，鬼都是人装的……说到底，鬼都怕人！"

第十七章
大年夜行动

吉 祥 鸟

寒假期间,按照约定,白天宝每天上午去赵爷爷的修理摊帮忙。

这天清早,天宝匆匆起来,在煤球炉上熬些粥,另有煮熟的地瓜、蒸好的窝头,在锅上热一热,就着咸萝卜条,美美地吃了一顿早餐。正吃着,三娃子和赵菲菲急急赶了来。

菲菲气喘吁吁地说:"昨晚爷爷挂在屋檐下的鸟笼被人偷走了!"

三娃子笑着补充:"不用说,是二黄鼬!他把麻雀笼子拿走了。这坏蛋,上了咱们的当!"

天宝问:"你怎么知道是他?"

三娃子说:"昨晚回家,我在胡同口碰见他了。半夜三更,他穿件大袄,袄里裹着个鼓鼓囊囊的东西,我听见麻雀叫呢。我当时没理睬他,从他家走过后又悄悄回来,趴在他家窗口看,二黄鼬见笼子里是麻雀,气得骂娘,把鸟笼子也砸扁了。"说着得意地笑起来。

"可惜,好好的鸟笼子,被他糟蹋了!"天宝说。

"是爷爷那只苇篾笼子。"菲菲噘着嘴巴说。

"我家还有一只小笼呢。"三娃子说。

"放好,小笼子也有用场。"天宝说。

第十七章 | 大年夜行动

"吕登科上了当,会不会再盯上我家?"三娃子皱紧眉头说。

"不得不防。"天宝也皱皱眉头,说,"该转移了……"随后附在三娃子耳边悄悄说,"就去那个地方,咋样?"三娃子点点头。

菲菲不高兴了:"你俩说些啥?还瞒着我?"天宝笑笑:"不瞒你……如果你不害怕,晚上跟我们一起去。"菲菲高兴了:"我知道,去北岗子。上次捉蛇我也没害怕嘛!我就觉得大杨树上的老鸹窝是个好地方,只要没有蛇……而且,你千万记得给大俊和巧儿把窝做暖和哟!"三娃子呛她:"还用你说?宝儿哥早准备好了。你既然不害怕,晚上一起去就是了……可千万要保密。"菲菲噘起嘴巴:"知道,这还用你嘱咐?"

天宝来到赵爷爷家,帮他拖上地排车,去了村东路口。

车上装着些自行车配件、废旧车带等。赵爷爷取下工具箱,又取出一块木牌,摆放在车上的醒目位置,木牌上"便民服务"四个字墨迹虽淡了,却仍然醒目。认识赵爷爷的人走过摊前便亲热地跟他打招呼。

临近春节,行人络绎不绝。赵爷爷的摊子前陆续来了些顾客。赵爷爷专心修车,天宝在一旁帮忙。天宝不是第一次跟赵爷爷摆摊了,一些简单的修理活,像粘带补胎、更换零件,他都看得熟了,便试着自己动手。天宝像模像样地忙着,居然有人喊他小师傅。

两人正忙着,吕登科骑着他的飞鸽牌自行车,从长桥镇方向

吉祥鸟

来了。他穿了一身崭新的西服,只是不似往常那样神采飞扬。天宝没理睬他,他从摊前飞驰而过,回村去了。

中午时分,从县城方向开来一辆黑色轿车。是吕登峰的车子?是他,有司机开车,他坐在后面。大概是来接小强和燕燕的吧?燕燕上次从县城回来后,再也没去过。菲菲说燕燕恨她爸,发誓永远不再去县城那个家。小强也许会去,他一直以自己的爸爸为榜样,等一会儿车子回来,小强大概还会落下车窗,探出脑袋挥手,显摆自己又能去县城了。

不一会儿,黑色轿车便开回来了。天宝发现车上没有燕燕,也没有小强,竟是吕登科坐在副驾驶座位上。让天宝感到奇怪的是,吕登科头发蓬乱,神情显得很沮丧。车窗没有落下,看来小强确实不在车上。轿车在路口拐个弯,径直往县城方向开去。

晚饭后,三娃子和赵菲菲来了。菲菲见到天宝便说:"二黄鼬今天挨揍了。被吕登峰用车拉走,到现在还没回来呢。咱们何必还把大俊和巧儿藏藏掖掖?"天宝不由感到惊讶:"吕登峰揍了二黄鼬?为啥?"菲菲说:"燕燕姐亲口告诉我,说她爸大骂吕登科忘本,吕登科竟敢回嘴,被扇了耳光。后来又和好,坐上她爸的车走了。"三娃子问天宝:"怎么办?我没把鸟带来……咱们的计划,还有必要吗?"天宝说:"当然有必要。二黄鼬回来,一定不会放过大俊和巧儿。他前几天找过我,听他话外之音,还有别人指派他设法寻找鸟王。大俊和巧儿必须万无一失,绝不

第十七章 | 大年夜行动

能落到这些人手中。"菲菲担心地说:"那么高,多冷啊!"天宝指一指装在袋子里的一团旧棉絮,说:"老鸹窝是天然的鸟巢,在里面过冬又宽敞又防风,我再铺上这些东西,把窝布置得暖暖和和。赵爷爷说,当下虽冷些,可是节气到了,鸟该下蛋孵小鸟了。等到了春节,它俩说不定真的能孵出小鸟。"三娃子说:"但愿如此。大俊和巧儿若留下小鸟,哪怕一对,咱们就可以开开心心地去大青山了!"菲菲叫起来:"啊,你们还要去大青山?去那里做啥?我也跟你们去!"说着嘟起嘴巴:"你俩啥事都瞒着我!"三娃子板起脸说:"你知道大青山有多远?带着你去,是个累赘!"菲菲眼里含着泪,一副可怜相。天宝安慰她说:"去不去还不一定呢。好吧,只要去,就带上你。"菲菲听完扑哧笑了。

三娃子跑回家,提上鸟笼又回来。天宝问:"有人看见吗?"三娃子说:"正是吃晚饭的时候,街上没有一个人。吕登科的药店也没亮灯,他大概还没回来。"

天宝提个袋子在前,三娃子提着鸟笼在后,菲菲拉着三娃子的衣角紧紧跟随。

天宝的袋子里装着水杯、食盘,还有一个棉垫——这是当初爷爷缝给他做枕垫的,现在拿来给大俊和巧儿做褥垫。袋子里还有一个细密的网罩和刚晒过的麦草,用来填塞老鸹窝宽裕的空间。天宝精心设计的安乐窝,应该足以让这对小夫妻安心生儿育女。

来到北岗子,月黑风寒,菲菲不觉哆嗦了一下。三娃子说:"害

吉祥鸟

怕了吧？那我送你回去？"菲菲瞪他一眼，躲到天宝身后。天宝把塑料袋系在腰间，三娃子把一根小绳塞到天宝衣兜里。天宝说："等我先上去，铺好窝，再把笼子吊上去。"说完脱下棉袄交给菲菲，挽一挽裤脚，在手心吐口唾沫，用力搓一把，便纵身上了树。

爬到老鸹窝上方的树杈，天宝探头看看窝里，便解下袋子，取出一团旧棉絮和麦草，将鸟窝周遭塞得严严实实的，再用棉垫铺一番，放好食盘和水杯。为了避免大俊和巧儿跌出鸟窝，他用网罩罩起窝的敞口。一切就绪，天宝掏出绳子，一端系在树枝上，然后抛下去。

三娃子正撩起笼子的棉罩看两只鸟，菲菲凑近说："万一再有蛇或别的'魔鬼'咋办？"三娃子一把推开她："去，尽说些不吉利的话！你不知道吗？冬天蛇都冬眠了。你老说蛇啊鬼啊的，真烦人！"菲菲被推个趔趄，差点摔倒，委屈地哭了："我给你们提个醒，怎么就不吉利了？"天宝在树上催促，三娃子不再说话，拽过垂下来的绳子，系在鸟笼的提钩上，说声："好……上！"便直起身，双手托举起笼子。菲菲抹掉眼泪站起，仰脸看着鸟笼晃晃悠悠，徐徐向上。三娃子够不到了，便松开双手，却仍向上举着胳膊，随时准备接住掉下来的鸟笼，听天宝在树上说声"好"，胳膊才放下来。

天宝打开笼门，伸进一只手捉大俊和巧儿，两只鸟惶恐地蹦跳躲避。他舍不得用力，忽然急中生智，吹起口哨。奇迹出现了，两只鸟愣愣地听着熟悉的叫声，不再恐慌，一动不动地看着他。

第十七章 | 大年夜行动

天宝伸手托起大俊的腹部,放进窝里,接着又托起巧儿。

天宝仔细看了看周围,隔着网罩又看看窝里的大俊和巧儿,确信它们可以舒适地住下来,便准备下去了。三娃子不放心地仰着脑袋问:"宝儿哥,咋样了?"菲菲也喊:"怎么还不下来?"她真的担心会有什么可怕的"魔鬼"出现,只是害怕三娃子再训斥她,便没再说出口。

天宝站在树杈上,迟迟没有应声。刚刚,他听到几声奇怪的响动。在昏暗空旷的野外,那响动令人惊心。天宝睁大眼睛向四周搜索,目光穿过大杨树的枝杈缝隙,扫视着土岗的前前后后,响声似乎来自不远的地方。终于,他把目光停留在了土岗左下方,他看见那边有人影在晃动,重重的钝响似从那里发出。天宝不免吃惊,那人影是在爷爷开出的那块荒地上,在爷爷的墓地旁边!沿岗坡向下,隔着一片灌木丛,如今埋葬着爷爷的尸骨。爷爷去世已过百日,前几天白天宝刚给老人上过坟。这个时候,深更半夜,啥人在那里?他们在爷爷的坟地里刨啥?这不行,爷爷在地下也会不得安宁……我要去看看是些什么人,他们要干什么?

白天宝疾速从树上溜下来,又想起笼子忘在上面,便吩咐三娃子上树去拿,告诉菲菲不要动,就在原地等他,便独自匆匆向岗下跑去。

菲菲问三娃子:"宝儿哥怎么了?出了啥事?"

三娃子摇摇头,呛声说:"别吭声,让你不要动,你就别动!等我上树取笼子。"

吉祥鸟

天宝猫着腰,循声走向岗下,在一簇灌木旁边蹲下来。他看见了,正是在他家那块地上,紧挨爷爷的坟墓,两个大汉在用力刨着土。天宝瞪大眼睛仔细看,错不了,他们在刨开爷爷坟墓的一侧。天宝不禁惊呆了。这些人在干啥?他们为啥刨开爷爷的坟,想盗墓?可爷爷的坟里只有一个薄木板做的骨灰盒,哪值得他们盗挖?以前听爷爷讲过,有的人死了,还要被仇家挫骨扬灰,难道这些人也要这样?不对,爷爷一生老实巴交,没得罪过啥人啊!天宝的心提到了嗓子眼儿,勉强抑制着内心的愤怒,身子趴在灌木丛边一动不动,心里暗想:他们到底想干什么?

一个人低低命令:"把坟挖开……尽量往里靠,让他给黑疙佬做伴!"一会儿,又是那个声音:"拖过来,扔进坑里。"

令人惊悚的一幕出现了:两个汉子从乱草中拖出一个人——大概是一个死人,拽着双脚把人扔进坑里。

那个声音又说:"填平!把坟堆好,撒上些干土枯草,恢复成跟原来一样的,不能露出任何破绽。"

天宝趴在地上,心口怦怦直跳。是什么人被害了?为啥埋在爷爷身边,这让爷爷怎能安生?他回头看看,三娃子和菲菲正悄悄向这边走来,便急忙挥手,示意两人趴下别动。天宝静静地趴着,眼睛盯着那几个鬼鬼祟祟的人影。这些人在爷爷坟旁忙活一阵,分头散去。看他们走远,天宝猫起腰飞快地跑过去,他要看看爷爷的坟墓被搞成啥样了。跑出十来米,天宝停下注目细看,几乎看不出啥变化,坟包上的草茎在风中摇摆,压在顶部的黄表

第十七章 | 大年夜行动

纸仍在，那是前几天他给爷爷上坟时压上的。稍停一会儿，天宝匍匐着往回爬，心里仍在为刚才的事忧心。忽然，他的腿触到一个硬硬的尖尖的东西，捋起了裤脚下，裸露的脚踝有些疼。天宝伸手在旁边一蓬枯草中摸索，他抓到那件东西，不禁大吃一惊：是一把匕首，一拃多长，刀刃上沾着斑斑血迹。他把匕首拿在手上看，心脏抑制不住地乱跳，手也在抖动。这是凶手杀人的凶器？不慎弄丢，却被自己捡到……要秘密放好。他随即把手在泥土里蹭几下，确保手上的血迹没了，又把匕首用布袋装好掖在裤带上，急速往回爬。

三娃子和菲菲仍伏在地上。天宝匍匐到两人跟前，低声说："有凶手杀了人，埋尸灭迹！咱们等一会儿再走，倘被这些人发现，只怕都没命了！"菲菲怕极了，颤抖着说："那怎么办？半夜了，我妈会担心的！"三娃子瞪她一眼："早知道你这样，就不带你来了！"菲菲委屈地趴下，不再出声。三娃子凑近天宝说："一定是坏人杀了好人！咱们咋办？就这样放过他们？"天宝说："怎能放过！告诉赵爷爷，看他怎么说。"

三个人离开北岗子回家。天宝在前头领路，先绕道向东，到村东丁字路口才又拐弯，走进村子。菲菲和三娃子跟在他身后，来到村口便拐弯到村南。天宝送三娃子和菲菲回家，临走前，天宝从腰间拔出匕首交给三娃子，悄悄叮嘱他："藏好，绝对保密！"

天宝走上村街，独自向家中走去。深夜的村街，静得可怕。吕登科的药店，门窗仍旧紧闭，没有一点光亮。他没有停留，走

吉 祥 鸟

到自家巷口，猛地瞧见小湾坑旁的黑影里站着一个人，不由吓一跳。这人身体粗壮，穿一件肥大的羽绒服，帽子裹着脑袋，只露半边脸孔。天宝一愣神便站住了。

这人走上前，压低声问："三更半夜，你在大街上游逛啥？敢情你是个贼？"天宝忙说："不，我不是贼。"这人低声说："我要搜查你！我丢了一件东西，是不是被你偷去或者捡到了？你交出来，我就放你走。"说着拉住天宝，从头到脚检查一遍。天宝边悄悄打量着面前这张可怕的脸，边问："你到底丢了啥？在哪里丢的？"这人哼一声，厉声说："打听这么详细做啥？"这人没搜到什么，失望地停下手，却仍抓住天宝的一只胳膊，继续盘问："你叫啥名字？家在哪儿？"天宝装作委屈地说："我叫白天宝，家就在这村，巷子里面那个院子，就是我家。我刚去赵爷爷家听他讲故事了。"这人顺着他手指的方向看一看，又问："你在说假话吧？你说的赵爷爷，住哪儿？"天宝回身一指："就在斜对面那个胡同里，常在村东路口摆摊修自行车的那个老头，就是赵爷爷……不信我带你问问看，他这会儿兴许还没睡。"这人不再说话，松开了天宝的胳膊。天宝被他抓得好疼，心里也有些害怕，却故作镇静，礼貌地点点头，转身往家走。走到屋门口，挨近猪圈往回看，已不见那人身影，便急忙进屋，插上门闩，再用棍子顶牢。

天宝爬上炕倒下，心中难以平静，便又起来趴到窗口，从窗纸缝隙盯着外面看。好一会儿，见没有动静，才又躺下来。他翻

第十七章 | 大年夜行动

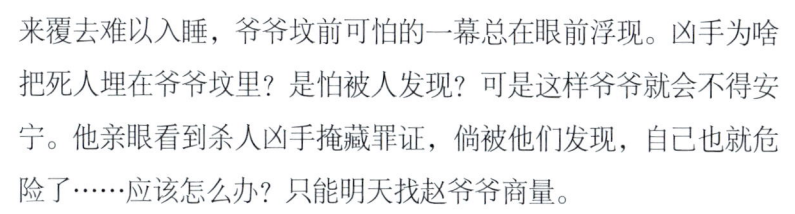

来覆去难以入睡,爷爷坟前可怕的一幕总在眼前浮现。凶手为啥把死人埋在爷爷坟里?是怕被人发现?可是这样爷爷就会不得安宁。他亲眼看到杀人凶手掩藏罪证,倘被他们发现,自己也就危险了……应该怎么办?只能明天找赵爷爷商量。

天宝迷迷蒙蒙睡去,很快进入了梦乡。不过,他梦见的不是面目狰狞的杀人魔鬼,却是吉祥鸟:藏在大杨树老鸹窝里的大俊和巧儿双双飞出来,身后跟着两只刚学会飞的小鸟。洁白的小精灵绕着北岗子飞翔,大杨树长出浓密的枝叶,像巨大的绿色伞盖,遮盖了半个岗子,也遮盖了爷爷的坟墓。爷爷忽然出现在身边,指着天空笑着说:"大俊和巧儿果然是鸟王,你看,它们的孩子……"天上的白玉鸟忽然多起来,成群结队,数不清有多少,纷纷飞向大青山,又从大青山密林里飞出来,飞到东沙岗,飞到北岗子,大杨树上落满了白玉鸟。爷爷拍着天宝的肩膀说:"孩子,吉祥鸟回来了,咱们的好运快到了……你去学校念书吧!"

天色刚亮,天宝高兴地醒来,眼前的白玉鸟瞬间散去,他蓦然想起昨晚,眼前闪过一个双手沾着鲜血的人,他是杀人凶手?好像就是昨晚在村街拦他的人。事情诡异,他重新害怕起来,心里想着,大俊和巧儿还平安吧?爷爷的坟墓咋样了?昨晚虽然看过,但终究不放心,天宝决定再去看看。天宝懵懵懂懂走出屋门,挑起水桶。被麦草和秸秆围绕的水缸里,尚有半缸清水,但他还是挑着水桶走向村外。爷爷去世后,已无须天天去康乐井挑水,一次挑满缸,够用好多天。这会儿,他只是借挑水的名义,去北

吉 祥 鸟

岗子看看。

　　天宝绕到屋后，走过坑塘，爬上土坡，沿北岗子东侧的田埂向前，踏上一条熟悉的小路。这小路每逢秋后便被踩踏出来，是村里人挑水的捷径。路上尚无人影。他慢慢走着，不时瞟一眼四周，见寂静无人，便驻足看岗顶大杨树上的老鸹窝，看岗下爷爷的坟墓。老鸹窝被淡淡的薄雾笼罩，只能模糊看到黑乎乎的浑圆的轮廓；爷爷的坟包孤零零地立着，仍是昨晚见到的样子。忽然，两个人影出现，猫着腰在爷爷坟包的周围转悠。他们在寻找什么……天宝立即想到那把带血的匕首，便不再停留，急忙担着水桶向康乐井走去。

　　康乐井值班的是老魏头，他睁开惺忪的睡眼爬起来，说天宝来得好早，像是夸奖又像是抱怨。接着说天宝的桶："这桶是你爷爷活着的时候用的吧？盛不了多少水，你换两个大塑料桶，用个小平车推，一趟够喝一个星期。花不了几块钱的，不用天天起早来排队。"天宝答应着。老魏头又自言自语："可惜这井也快废了，水质变了。有的村自己打了甜水井，你们三姓庄……村支书是吕登峰吧？"说着连连摇头。天宝说："听说要换吕登科。"老魏头哼一声："吕登科？我认识，外号二黄鼬吧？他巴结上徐副镇长了。凭他那德性，能当干部？难怪你们村穷，有本事的人都走了！"天宝追问道："魏爷爷，前些天传说徐副镇长要升官了，咋到现在都没动静？"老魏头摇摇头："不知道……那人更是个

第十七章 | 大年夜行动

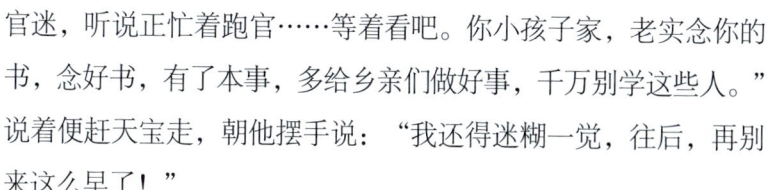

官迷，听说正忙着跑官……等着看吧。你小孩子家，老实念你的书，念好书，有了本事，多给乡亲们做好事，千万别学这些人。"说着便赶天宝走，朝他摆手说："我还得迷糊一觉，往后，再别来这么早了！"

白天宝回到家，太阳已升得老高，他觉得肚子饿了，便揣个窝头，捞块咸菜，边吃边奔向村东路口找赵爷爷。

赵爷爷已摆好摊子，点起一支烟，坐在马扎上吱吱吸着。天宝啃完窝头，看路上没啥人，便想对赵爷爷诉说昨晚的事情。赵爷爷低声说："宝儿，昨晚那事，菲菲告诉我了。这是件大事，其中必有名堂。当下你对谁也不要说，有谁问，只说不知道。凶手杀人藏尸，想瞒天过海，若发现有目击者，必然下黑手！"

天宝焦急地说："不知道爷爷身边埋的是啥样的人？我担心，爷爷在地下不得安宁啊！"

赵爷爷叹口气："我猜，大半是好人遇害，又或者是他们一伙狗咬狗，为争权夺利，互相坑害……这些人，人性泯灭啊！你爷爷暂时受点委屈，到适当的时候，我会想办法……你还是孩子家，不用想太多，有我呢。"

春节已近，天宝每天上午跟赵爷爷在修理摊忙活，下午便与三娃子、赵菲菲一起做作业。吕燕燕有时借口找菲菲，也和他们凑到一起。燕燕是班里的学习尖子，大家遇到难题，她总会热心讲解。天宝虽落下不少功课，但从不轻易问人，更不轻易向燕燕

吉 祥 鸟

求教。不过，他心里并不讨厌她。不只因为她热情开朗、聪明好学，更重要的原因是人们对她和小强有截然不同的评价，人们觉得燕燕更像她柔弱善良的妈妈。村里长久流传着燕燕妈遭受家暴，有人说吕登峰已提出和燕燕妈离婚，是真是假，外人搞不清。

一个下午，天宝在三娃子家做作业，菲菲和燕燕来了。燕燕凑到天宝跟前说："有啥问题，咱们一起讨论。"天宝抬头看着她，微红了脸，愣了一会儿，忽然说："吕燕燕，我只问你一个问题：你说，宋老师还会回来吗？"

燕燕一愣，摇头说："这……我也说不准。前天我去长桥镇，给她打过一次电话，她说很想念同学们，还提到了你和三娃子，她还祝大家春节愉快。可是，我问她啥时候回学校，咱们好去汽车站接她，她却避而不答。"

天宝呆呆发愣，燕燕也不再说话。忽然，吕小强出现在门口。这是稀罕事，小强从没来过这里。前些天，利用放学后的时间，天宝指导他练习吹小号，他竟摸到了点门道，第一次向天宝说了一声"谢谢"。现在找到这里来，是为学小号，还是找他的姐姐？天宝下意识地低下头，做自己的作业。不料，吕小强却大声喊："白天宝，我来找你啦！"

天宝抬头看他，说："有啥事？进来说嘛。"

吕小强说："我想单独跟你说话……有件事商量一下。"

吕燕燕听弟弟这样说，白他一眼，拉起赵菲菲走出去，姐弟俩竟没说什么话。三娃子也出去了，却只躲在门外。

第十七章 | 大年夜行动

吕小强进了屋，径直走到天宝跟前。

"想练小号？"天宝抬头问他。

"想。可是马上过年了，等过完年你再教我吧，反正镇中心小学工期推迟了。"

"那，你找我有啥事？"天宝诧异地看着他。

小强附在天宝耳边，低声说："不是我，是我认识的一个人，他是我爸的朋友，他要找你。"

"你爸的朋友找我……有啥事？"

"他遇到一件困难事，求你帮忙。"小强不容分说拉起天宝，"走，那叔叔在外头等你呢。"小强拼命拖起天宝，天宝只好起身跟小强走。三娃子悄悄跟在后面。

天宝一边跑着，一边问小强："他要我帮啥忙？你说嘛！"

小强说："他急于买一对白玉鸟，哪怕出高价。"

天宝一愣，随即放慢脚步说："去哪里找白玉鸟？现在，东沙岗的树林全没了。"

小强说："他听说你口哨吹得不赖，极像白玉鸟的叫声，有心请你帮他。捉到白玉鸟，他会重重谢你。这是好事嘛，你就帮他一把呗。"

天宝停下脚步，说："你登科叔找过我，也是要我帮忙，要捉什么鸟王，我做不到，所以没答应。"小强越发攥紧天宝的手，边用力拖拽他边说："登科叔？再别提他！他贪污公款，畏罪逃跑了！"天宝惊疑地看着小强。第一次听人说起吕登科畏罪逃跑

吉 祥 鸟

的话，难怪这几天总不见他，他的药店也关门了。小强认真地说："是真的，他跑了，公安局正在通缉他。"天宝说："都说他要接替你爸，当村主任，怎么会逃跑？"小强说："那是老皇历，我也听爸爸说起过。可现在，爸爸骂他忘恩负义！"

在吕登科药店的老槐树旁，天宝见到了吕登峰的那个朋友，也就是吕小强的那个"叔叔"。天宝看着这个身体粗壮、说话瓮声瓮气的陌生人，觉得有些眼熟，只是一时想不起在哪里见过。这人拉天宝到僻静处悄悄说起话。如小强所说，他急于弄到一对白玉鸟，若能捉到鸟王级别的最好。他许诺给天宝丰厚的报酬，接着又像是在威胁："我知道，你有办法……你们村子附近就有白玉鸟，叫得特别响亮。是不是你藏起来的？告诉你，你还是乖乖交出来，不然可要小心！"见有行人路过，那人低声说："好好想想吧，尽快答复我。"说完便匆匆走了。

小强问天宝："谈得怎么样？他答应给你报酬，是好事嘛！看在我的面子上，你就帮他一把。反正他是我爸的朋友，说话不会不算数，不然我爸爸不饶他。"

三娃子早跟了上来，躲在一边，这时正朝天宝挤眉弄眼，招手要他过去。天宝便对小强说："谢谢你的好意。麻烦你告诉这位叔叔，明天是除夕，等过了年，我一定帮他想办法，跟他一起去东沙岗，也许会有收获。"小强高兴地握住天宝的手，笑着说："你，够朋友！"

第十七章 ｜ 大年夜行动

除夕上午，天宝仍跟赵爷爷来村东摆摊。路上过往的人群依然络绎不绝，不少在外地打工的年轻人匆匆赶回家过年。天宝坐在赵爷爷身旁，连续给几个顾客修好车子，腰有些酸麻了。这会儿不忙，他便呆呆地看着路上南来北往的车辆。菲菲和三娃子来了，菲菲拿来年糕，递给爷爷，又喊了声"宝儿哥"，把年糕放到天宝嘴边。

赵爷爷问："宝儿，想啥哩？想爷爷、想爸爸？"

天宝点点头："是，我想爸爸，也牵挂爷爷。不过，当下更担心大俊和巧儿。"

以往每逢年底，爷爷便带孙子到路口来接儿子，虽然总是扑空，但他仍坚持带天宝来。今年没了爷爷，天宝自然多了一份思念。他忘不了那夜看到的可怕一幕，心里着实牵挂着爷爷，担心他在地下不得安宁。昨天与小强爸爸的朋友见面，让他的神经一下子绷紧了。那人说是听到村子附近有白玉鸟的叫声，难道真的发现了大俊和巧儿？自己对小强的答复不过是敷衍搪塞，单纯的小强会相信，转告那人后只怕哄不过他，那伙人怕是会很快暗下黑手……这让天宝的心惴惴不安。

"那人不像是好人，他找上你了，你有啥法子对付他？"三娃子也为这事担心，神情有些紧张。

"是的，要尽快想办法！"天宝说，"小强领来的这个人，大概就是那夜我在村街碰到的那家伙。我去北岗子给大俊和巧儿送食送水，也发现附近有可疑的人。老鸹窝的秘密被坏蛋们发现，

完全有可能。"

　　赵爷爷皱紧眉头沉吟:"宝儿,看来,他们已经怀疑你了……为了你的安全,为了大俊和巧儿,应该抓紧行动了!"

　　"赵爷爷,我也这样想。事不宜迟,我马上去大青山,明天就出发,务必保全大俊和巧儿,绝不能让它们落到这帮坏蛋手里!"

　　"好,马上去大青山!我们一起去。"三娃子毫不犹豫地说。

　　"你跟我一块儿去?登祥叔没啥,干妈怕是不同意,她会担心你的。再说,明天是大年初一。"

　　"我妈不同意,我就偷偷去!"

　　"这样也好。"赵爷爷爱惜地抚摸着两个孩子的肩膀,"只是,你们要在路上过年了。天还冷,路又远。"

　　"不怕,路上过年更安全。"事情确定下来,天宝轻轻舒了口气。

　　"还是要警惕!"赵爷爷说,"这桩案子大概很复杂,出面找你的那个家伙,背后必定是一个犯罪团伙。你和娃子放心去大青山,过了大年初一,我和登祥就去派出所报案,不能再拖下去了!"

　　除夕夜晚,天宝和三娃子绕个大弯,从北面匍匐着爬上北岗子。村子里灯光一片,爆竹声声,这一带则一片黑暗,空旷冷寂。天宝提着笼子上树,三娃子在一旁警戒。天宝把大俊和巧儿捉进

第十七章 | 大年夜行动

笼子,从树上下来,然后两人绕个大弯向西再向南,从村南野地回到赵爷爷家的巷口。

三娃妈妈没有阻拦儿子,反倒支持他跟天宝做伴同去。她给两个孩子准备了包子、年糕等干粮。三娃子带了一大包鸡蛋米,是大俊和巧儿路上的给养。为避免在大青山里迷失方向,登祥叔还把他在部队使用过的老式指北针交给天宝带上。菲菲不知道他们的计划,在灯下凑到笼子前逗弄着大俊和巧儿。这对小夫妻虽然没有孵出小鸟,倒也羽毛亮丽有光泽,体态丰满。天宝忍不住俯身看看,想起就要带它们远走,数日后就要分别,心里一阵难过……忽然,他又想起一件大事,急忙让菲菲找两段红绳来。菲菲不明白天宝的用意,从自己抽屉里找来两个红绸布条,问做啥。天宝让她给大俊和巧儿扎在腿上,她便扎起来,又问:"这是为啥?"天宝说:"过年了,你给它们扎个蝴蝶结。大俊和巧儿也该打扮得漂亮些嘛,飞到天空,老远能看见,能认得出。"菲菲笑着点头。

天宝又想起另一件事,便跑去找赵爷爷。赵爷爷正和三娃子爸说话,见他进来,便问准备得怎么样了。天宝说:"赵爷爷,我想起来,爷爷坟里埋着另一个人,这个年爷爷会不安宁的。您一定要想想办法呀!"赵爷爷听后,对天宝说:"孩子,我明白你的心思。你放心去大青山,这事我来想办法。我正跟你登祥叔商量,打算向公安报案。"天宝含泪告辞:"赵爷爷、登祥叔,拜托你们了!"

第十八章

异乡现魅影

吉 祥 鸟

电视里,春节联欢晚会正在热烈进行。农历新年的钟声敲响的时候,村子里响起阵阵鞭炮声。就在这个时刻,白天宝和三娃子悄悄上路了。

赵爷爷送两个孩子出村。他先独自出了家门。白天宝和三娃子走出巷口时,看他正站在村街上静静察看,然后回头用力咳嗽两声,那是发给两个孩子的安全信号。

天宝和三娃子沿村街向东,到村口后没照直向前走大路,而是拐弯向东北,抄僻静小路,直插月牙湾东沙岗方向。天宝用根棍子挑着两个鸟笼,一个装着大俊和巧儿,另一个装着两只鹌鹑和几只麻雀。三娃子背个袋子,里面是他妈妈装的包子、馒头等干粮,还有两瓶水。天宝从家里拿来的窝头、咸菜,被干妈拿了出来。他的棉衣内兜里,还有赵爷爷塞的二百元路费。至于郭董留下的两千元定金,早已存到了长桥镇信用社,存单交由赵爷爷保管。

在白天宝心目中,大青山是个神秘所在。一带青山绿水,一片浩瀚林海,生机盎然,万物蓬勃,是禽鸟生存的天堂,自然也是宜人居住的乐土。多少次,他爬上北岗子的大杨树,爬上东沙岗的百年老松,站在高高的树杈上向东南方向眺望。然而,即使在万里无云的晴天,也只看到远方一抹氤氲的墨绿,如同晨曦暮

第十八章 | 异乡现魅影

霭中的海市蜃景。现在，他和三娃子就要去那里，做一件大事。在他和三娃子的意识里，是要实现的一桩虔诚心愿，完成的一项神圣使命。

涉过近乎干涸的月牙湾，翻过光秃秃的东沙岗，他们来到遛马河唯一的大桥。这是一座界桥，桥东便属于临县了。天宝和三娃子来桥上玩过，却从没去过桥对面。他们只知道这河从大青山方向延伸过来，河里断续的细流源自金牛岭下的高崖深谷。过了大桥，他们沿河东大堤一直向前走，尽量避开村庄集市。这是为了保护大俊和巧儿的安全。这两只鸟太珍贵，不可轻易被人看见。两个人商定，宁可挨冻受苦、吃冷饭喝凉水，也要尽量躲开繁华街市，天黑则选在村头庄外过夜。

第一天，白天宝和三娃子走出约五十里路。这对两个孩子来说，算得上是奇迹。傍晚，他们的双腿都酸疼得厉害，便在大堤下一个村头停下。趁天黑，两人摸进了一座空寂无人的破败院落，推开破烂的窗口爬进去，从院里拽几捆秸秆堆放在地下，和衣钻了进去。村子里灯光点点，爆竹声声不断，一派过年的欢乐气氛。天宝和三娃子不免觉得寂寞。他们每人吃两个包子、喝几口凉水，便昏昏睡去。因为实在累了，竟睡得无比香甜。

第二天一早，太阳刚露头，两人便又出发了。堤坡的枯草披着洁白的霜雪，树木的枝丫裹着闪亮的冰凌。天宝的发梢、三娃子的帽檐都结了白霜，身上却觉得燥热。临上路，他们喂过笼中的鸟雀，自己的早餐则是边走边吃。干粮袋重量减轻了些，两条

吉 祥 鸟

腿却明显更加沉重。中午时,天宝还能坚持,三娃子的脚板已疼痛难忍。天宝挑着两只鸟笼,一只手搀着一瘸一拐的三娃子,肩挨肩慢慢挪动。三娃子说:"我的脚八成磨出水泡了。爸爸说,他在部队行军常有这情况,用热水洗洗脚,用针挑破水泡,歇一夜就会好。"天宝说:"那好,咱们就找个地方住下,好好歇一夜。"

两人来到河堤的一处缺口。一条沙石公路穿过堤坝,经一座水泥板桥通向远方。不时有汽车、自行车和摩托车疾驰而过。东边村子沿街门店不少,是像长桥镇那样的大村镇,应该有旅社。天宝便拉着三娃子走下大堤,向村里走去。不时有路人投来诧异的目光,或凑上前看一眼鸟笼,问是啥鸟,卖不卖。他们只点头笑笑,并不回答,然后快步走开。

进入主街,路边有卖杂货小吃的摊贩在吆喝。三娃子脚疼得厉害,龇牙咧嘴地叫唤。天宝也实在累了,看临街土崖上有家超市,旁边一个窄小木门,上面竖个牌子,写着"三河镇供销社招待所"。这里应该能住宿,天宝让三娃子坐在台阶上歇息,两只鸟笼放在脚边,自己进去打听。好一会儿才出来,三娃子问:"能住宿不?"天宝不无庆幸地说:"咱们没有身份证,也没带介绍信,按规定不让住。我求那服务员,好歹给安排个盛杂物的仓库,倒是省钱,一夜只收五块。咱们将就住下吧,总比在野外强。"

向上跨两三个台阶,便进入了小木门,门内一处长条形院落,正面一座两层小楼,旁边几间平房,靠近锅炉房的一间小屋,便是那间库房。库房门已打开,屋内靠墙放着成堆的被褥,迎门是

第十八章 | 异乡现魅影

一张空闲的木床。屋内没有炉子,也没有暖气,却不觉得冷。

服务员是个中年女人,拿来个暖水壶和塑料盆,另拿一根做针线的大针,看看倒在床上的三娃子,便问:"你的脚打泡了?先用热水泡一泡,然后我帮你挑泡……大过年的,两个孩子出远门,爸妈怎么放心?"天宝说:"谢谢阿姨。"女人说:"谢个啥,看你俩挺有胆量,我家金宝小时候也这样……我姓张,你们叫我张阿姨好了。"又看见床下的鸟笼,惊讶地问:"你俩捉了鸟要去卖?山里好多新奇鸟,青山市的鸟市很大。"张阿姨俯身掀开笼子上的棉罩,嘻嘻笑起来:"这是麻雀,还有两只鹌鹑,这鸟,值得大老远来?"天宝问:"你们三河镇有鸟市吗?"张阿姨说:"有。这两天过年,等后天,新年第一个集,你们去鸟市看看,也许会有人的。"说着又匆匆出去了。

天宝帮三娃子洗脚,看他两只脚掌上四五个血泡,一个个鼓鼓的。天宝没好意思叫张阿姨,试着用针挑破一个,三娃子咧嘴叫起来:"宝儿哥轻些,好疼哟!"天宝说:"脓包,没看过电视剧里的解放军,伤那么重都不吭一声。"三娃子委屈地说:"我没叫嘛,只哼了一下。"天宝笑笑说:"好娃子,你勇敢,你坚强!赶明儿我打了泡,若哼一声你也喊我脓包,行了吧?"接着又挑第二个。门被推开,张阿姨进来了,又拿来一包纱布。她从天宝手里夺过针,连声说:"哎哟,你好大胆子,敢自己动手挑泡?快交给我!"她一只手抓起三娃子的脚丫放到膝盖上,揉搓几下,将手中的针猛地扎进泡里,再用一块干净的纱布擦拭。她还问三

吉 祥 鸟

娃子:"疼吗? 疼就叫唤,叫唤出声就不疼了!"三娃子却笑笑:"真的不疼!"张阿姨笑着对天宝说:"看见了吗? 下针要准要快,越是迟疑着不敢下针,就越是疼得厉害。"张阿姨说得有道理,天宝忙点头,想帮她一把却无从下手,发现她蹲着挺累,忙从床下搬只小板凳给她。

张阿姨临走前嘱咐:"等一下,我还要给你抹点药。然后好好休息……明天至少歇一天。"天宝和三娃子为难地对视一眼。他们心里着急,只想早一天到大青山。天宝看床上只有一床被子,从被褥堆上又抱了一床,盖在三娃子身上,说:"暖暖和和的,歇吧。今晚咱们不吃凉包子,街上有家馄饨铺,我去买来,咱们吃馄饨,然后钻进热热乎乎的被窝睡个好觉。"三娃子高兴地点头,随即又带着哭腔说:"宝儿哥,我这脚,明天还疼咋办?"天宝安慰他说:"没听张阿姨说嘛,至少歇一天……既然如此,就别着急,急也没用。不过,后天这三河镇逢集,咱们正好赶上,走时从鸟市路过看看。"

天宝拿出几个包子放到锅炉上去烤,然后去街上买来馄饨。每人一碗馄饨,另加两个包子下肚,身上顿时热乎了,清冷的房间也显得暖和起来。三娃子掀起一床被子,起身把自己脱得溜光,钻进被窝睡下。天宝在床边铺一层褥子,捡起被子盖在身上,也脱光衣服,正想关掉电灯睡觉,猛地想起还没喂鸟,便又爬起来。这时,房门又被敲响,是张阿姨。

天宝慌张地穿上裤子,却找不到腰带,只好赤裸着上身,

第十八章 | 异乡现魅影

提着裤腰开门。张阿姨进来，笑着说："光身睡觉，冷不？"天宝支吾着："我……阿姨，您还没休息？"张阿姨说："我说好还来给三娃子上药嘛！我带了酒精来，挑过泡再抹点药，免得感染。"她走到床前掀起被子一角，三娃子惊叫一声，捂着脸说："阿姨……我……"张阿姨笑着说："还害羞？我儿子比你们还大！给我看看脚丫子，还疼不？"三娃子说："不疼了。"张阿姨不由分说，把手伸进被子拖出三娃子的两只光脚，从兜里取出酒精，拿棉棒蘸上，在三娃子的脚板上涂抹。酒精的刺激让三娃子感到疼痛，他勉强忍住了，一声不吭。阿姨说："看这脚丫，烂乎乎的，你妈看见多心疼！"回头问天宝："你们是弟兄俩？偷跑出来的吧？你妈妈会牵挂你们的。"三娃子说："不是，宝儿哥没有妈，我妈是他干妈。"张阿姨惊讶地看着天宝，天宝点点头："真的，没有妈就没人疼，可我脚上不打泡。"说着苦笑起来。张阿姨收敛了笑："原来是这样，可怜的孩子。"她给三娃子盖好被子，回头对天宝说："晚上冷，多加床被子，有啥事就找我。"

张阿姨走了。天宝从床下取出笼子，给大俊和巧儿的水罐里加水，食盘里加米。他们带了两个鸟笼，只为掩护大俊和巧儿，现在却觉得麻烦。天宝说："咱们干脆放掉麻雀、处理掉鹌鹑。"三娃子同意了。天宝便从另一只笼子里捧出麻雀，走出屋门便放了。眼看着它们乱纷纷飞上屋顶，停在屋檐上左顾右盼了一会儿，转眼没了踪影。

吉 祥 鸟

第二天,三娃子的脚仍有些疼,他们决定再住一天。晚上,张阿姨又来了,她捧起三娃子的脚丫看了看,说:"还得用热水泡洗,然后再抹点药。"天宝便提来热水。张阿姨给三娃子洗脚、上药。天宝说:"张阿姨,真感谢您啊!"女人笑笑:"谢个啥哩!我也有儿子,在青山市读中学。快要中考了,大年初一都没回家,在学校复习功课。看见你们,就想起了我的儿子。"天宝问她可曾去过青山市,张阿姨说去过,还去大青山里玩过,问天宝:"你们想去山里看风景?这里离大青山还有二百里地。现在天还冷,山顶上有雪,要去玩,最好再过上两个月,等春暖花开的时候再去。"天宝说:"我们只想看大森林,去林子里看鸟。"张阿姨说:"那要翻过金牛岭,到南坡。那里有一片大森林,钻进去三天三夜走不到头,要小心迷路哟!"

天宝从床下拽出一只鸟笼,说:"阿姨,这一对鹌鹑,您若喜欢,连笼子一起送您,当个纪念吧。"张阿姨高兴地说:"那敢情好!我男人喜欢养鸟,可他老是忙,顾不上,我就先替他养着。"张阿姨提上笼子笑呵呵地走了。

张阿姨说还有二百里?而且路越走越艰难了。天宝对三娃子说:"还要准备磨出两脚泡哟!"三娃子笑笑:"不怕!等到了大青山,脚底板就磨硬了。"

第二天一早,白天宝和三娃子正要上路,张阿姨笑嘻嘻地跑来,她带来一个好消息:"赶得巧,供销社有辆车去青山市送货,可以捎上你们。"她又收拾了两个袋子,装上新做的蒸包、花糕

第十八章 | 异乡现魅影

等,一份捎给儿子,一份送给天宝和三娃子。因为搭上了顺路车,天宝和三娃子很高兴,二百里路当天就能到,比原先设想的时间要早些。只是,顺路去三河镇鸟市的计划落空了,只能到青山市再看更大的鸟市。

过了一会儿,司机开车来了,是个拖挂车,装着满满的货。张阿姨把两个孩子塞进驾驶室,对司机师傅说:"这俩孩子是我亲戚,你照应好。"天宝把鸟笼揽在怀里,三娃子抱着装食物的袋子,挥手向张阿姨告别。张阿姨又再三叮咛:"你俩先去学校见我儿子,他叫吴金宝,你俩喊他哥。跟他甭客气,你们去山里玩,就让他带路。"

下午,货车进入了青山市区。开到东南郊的青山中学门口,白天宝和三娃子下来,车便开走了。

学校还在上课,校园里很清静。传达室的值班人员问清天宝找谁后,让他们等着。天宝和三娃子站在校门口向里张望,迎门一块形貌峥嵘的巨石,上面刻着四个红漆篆字,是啥字他们却不认得。青石铺就的甬路两边,一簇簇翠竹,一排排树木,更有幢幢楼房齐刷刷地排列着。他们还听见教室那边传出朗朗的书声。白天宝呆呆看着,心里着实生出羡慕。张阿姨的儿子吴金宝,比自己大三岁,同样叫宝儿。他的运气好多了,能在这样的学校读书,多么幸福快乐!

天宝呆呆想着,三娃子拉他衣襟,要他在栅栏墙边坐下。天

吉祥鸟

宝坐下来,打开笼子的棉布帘,瞧着大俊和巧儿,轻声吹起口哨,大俊一阵撒欢,也婉转叫了几声。三娃子说:"我看出来了,大俊近来特爱唱爱叫,巧儿却没动静,是咋回事?"天宝笑笑:"我不懂其中奥妙。不过,春天已到,花草树木该发芽了,鸟兽虫鱼也都该醒了。"

一阵钟声响起,教学楼里的学生们蜂拥而出。白天宝和三娃子看见一个身材瘦削的学生向校门口跑来,远远便向他们招手,气喘吁吁地跑到跟前。

天宝问:"你是金宝哥?"

"我是吴金宝。我妈来电话了,说你们要来。"这小伙子比天宝高一个头,俨然一副大哥的样子,朝两个小弟弟笑着。

天宝忙叫声"金宝哥",自我介绍说:"我叫白天宝,他是吕三娃。"

吴金宝拉住两人的手:"欢迎你们来青山市!走,跟我去食堂吃饭,然后住下,先歇一天。后天星期日,我陪你们一块儿去大青山。"天宝把张阿姨捎来的袋子给金宝,说:"阿姨对我们可关心了,给我们带了不少好吃的……我们先去旅馆住下,吃饭不用你管。"金宝说:"那也好。不过,去大青山一定等我,山很大,去金牛岭、仙人崖,一路坡陡路险,很容易迷失方向。你们俩自己去不得。大青山是 5A 级景区,我后天没啥事,领你们好好玩一玩。"天宝想了想,对三娃子说:"咱们就依金宝哥,明天休息,去市区看看,逛逛这里的鸟市,后天去大青山。"三

第十八章 | 异乡现魅影

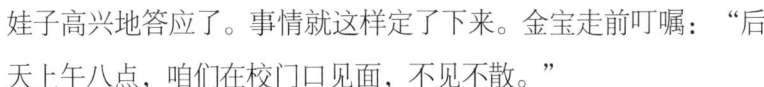

娃子高兴地答应了。事情就这样定了下来。金宝走前叮嘱："后天上午八点,咱们在校门口见面,不见不散。"

按吴金宝的指点,天宝和三娃子从青山中学门口向左拐不远,走上一条大街,又走一段便看到了一家"青山客栈"。这是一家个体办的旅社,看是两个孩子来逛大青山的,没有身份证也安排两人住下了,说好每晚二十块钱。虽然比三河镇张阿姨的招待所贵些,但在青山市算是便宜的。房间虽简陋,是两张木板床,但被褥、脸盆、毛巾一应俱全,对两个乡村孩子来说已足够奢侈。而且,从茶水壶里倒出来的开水,喝起来甜丝丝的,像是加了糖,应该是真正的大青山泉水。

第二天,白天宝和三娃子商量着去鸟市。两人一打听,才知道青山市有好几个鸟市。山南区农贸市场的鸟市是最大的,而且离青山客栈最近,乘公交车只五站路。于是,他们决定去那里逛。吃过早饭,喂过大俊和巧儿,两人便提上鸟笼出发了。

两人没有乘坐公交车,向街口岗亭的警察问明白路线,便一路小跑着去了。鸟市在一座露天农贸市场的一角。天宝和三娃子提着鸟笼,从纵横排列的摊点间穿过。这市场好大,果蔬粮油、衣物杂货等一应俱全,到处人声嘈杂,人群熙攘。走到市场尽头,便听见一处岗坡上偌大一片树林里传来禽鸟的鸣叫。两人走进林子,立刻被眼前的景象吸引了。各种松柏和不知名的树木枝繁叶茂,树的枝杈上悬挂着各式各样的鸟笼,鸟的品类繁多,形色各异,看得人目不暇接。不少人在林子里游逛,或聚拢在鸟笼前观赏评

吉 祥 鸟

点。鸟的主人们便趁机卖弄自己的宝贝,设法逗弄,让它们欢蹦跳跃,引吭歌唱。整个林子里啁啾声声,此起彼伏。

天宝和三娃子慢慢走着。相对于别处的嘈杂纷乱,这里显得清静幽雅。林子里的树木向四周伸展着长长的枝杈,像是专为悬挂鸟笼而生。两人边走边看,有些眼花缭乱。天宝认得画眉、八哥、鹦鹉,也认得云雀、黄莺,但也有不少鸟他认不出来。他们走走停停,不时凑近笼子逗弄里面的鸟雀,天宝偶尔吹两声口哨,便引得笼里的鸟欢叫。游逛在鸟市的客人,多是中老年男人,其中或有些爱鸟、养鸟者,带着自己心仪的宠鸟来这里显摆,当然也有懂鸟贩鸟、以鸟牟利的贩子们,像天宝和三娃子这样年龄的孩子却少见。林子里各种鸟雀的欢快叫声,引得大俊和巧儿兴奋起来,隔着厚厚的棉罩,便发出清脆而婉转的和声,吸引了身边不少人关注的目光。

有两个中年男子走过来,拦住他们的去路。

"喂,小家伙,笼子里啥货色?打开看看嘛!"

"没啥稀罕的。"天宝说。没想到,自己的口音更引起了他们的关注。

"你是哪儿来的,敢到大青山鸟市来显摆?"有人问,目光里透露着不屑。

"不远,三河镇的。"天宝尽力说得近些。

"带的啥鸟?为啥藏这么严实?"

"白玉鸟,只怕你没见过!"三娃子忍不住大声说。面对来

第十八章 | 异乡现魅影

人傲慢的调侃,他有些气恼。

"我俩不懂鸟,只是来逛逛,没啥稀罕货色。"天宝忙接过话,拉住三娃子继续往前走。

天宝急于寻找白玉鸟。大青山是个山区,林区很大,是不是真的适合白玉鸟存活繁衍?大老远把大俊和巧儿带到这儿,摸不清真实根底,他可不放心。忽然,天宝发现了目标——前边不远处,一个中年女人身旁的老树杈上,挂着两只笼子,里面有几只羽毛洁白、玲珑别致的小鸟。是白玉鸟!天宝急忙向前走去,三娃子随后跟来。

天宝凑近细细看,两只笼子里都是白玉鸟。毛色纯正,眼睛有黑有红。天宝吹起口哨引逗,几只小鸟立刻蹦跳着响应,他们的笼子里也随即响起大俊和巧儿的欢叫。

女人十分惊奇:"你这孩子,年龄不大,会学鸟叫?像极了!看来是养鸟的行家?"

天宝摇头说:"我可不会啥,只是喜欢白玉鸟。"又向她询问鸟的价钱,女人随口说:"每对六百。两对以上优惠。"天宝又问:"这么贵?是大青山当地的吗?"女人说:"错不了。这鸟珍贵着哩!只在仙人崖下的老君林里生养,别处找不到。春天开始孵鸟,直到秋后霜降。"

"自己喂养,也能孵小鸟?"

"喂养得好,也能行。小鸟喂养大,羽毛特漂亮,唱得格外好听,保你赚大钱!"

吉祥鸟

天宝和三娃子正说着话,两个中年男人又尾随而来。这两个人听到笼子里大俊和巧儿的叫声,便又凑到他们跟前,故意逗笑。

"你笼子里是啥鸟在叫唤?像是麻雀?"

"毛孩子家,拿着乌鸦当凤凰,拿雀虫子冒充白玉鸟?"

这两人话没说完,三娃子已气得不行,一把拽开笼子的棉罩,大声嚷起:"你们不懂吧?拿凤凰当老鸹!看!识货吗?"

两张脸几乎同时贴上笼子,一人失声惊叫:"呀!好鸟!"

另一男子未动声色,抬头看看天宝和三娃子:"这俩鸟,还凑合,比麻雀好,也珍贵不到哪里去。大青山里边多着呢!"接着又有几个人围拢来,却纷纷称赞:"好货色……没见过!"

忽然,一个年轻汉子挤到前面。这人穿件旧棉猴,脑袋裹得很严实,鸭舌帽下露出两只眼睛,直勾勾地盯着白天宝。见天宝转脸瞥他,便俯身看大俊和巧儿,阴阳怪气地说:"这不是大青山的正宗货,从哪里偷来的吧?拿来以次充好!"这家伙口音不是当地人,而像是长桥镇一带的口音。天宝疑惑地注视着这人,他随即躲闪着退到人群后,拉拉衣领遮挡住脸孔。

三娃子涨红脸喊叫:"你瞎说!睁大眼仔细看看,这是纯正的白玉鸟,是鸟王!"

天宝厉声说:"瞎吹个啥?走!"抬腿一脚,踢在三娃子屁股上。

这一脚用力大些,踢得三娃子几乎趴在笼子上,大俊和巧儿被一吓,慌张地飞起,翅膀扑棱棱地扇动,发出几声惊叫,如琴

第十八章 | 异乡现魅影

筝和鸣。

又有人赞叹："听这叫声，天籁神韵！"

三娃子恍然醒悟，忙说："算了，我们的鸟是乌鸦，是麻雀……"随即匆匆罩上棉罩，双手抱起笼子追上天宝。

两个中年男人紧跟上来，悄悄对天宝说："卖吗？给你个好价钱，让你俩发个财？"天宝说："我们养着玩的，不卖。"两个孩子快步走着，这两人却紧追不舍。一个人说："给你两千块，怎么样？两只鸟，两千块，天价了！"天宝仍不理睬。另一个人说："五千，两只给你五千块！卖不卖？告诉你，过了这村可没这店了！"天宝和三娃子不吭声，只快步走着。走到鸟市尽头，回头看，两个中年人还在嘀咕，那个长桥镇口音的男子倚在一棵树旁，点根纸烟吸着，不时斜眼瞟着他们。

第十九章
夜闯金牛岭

吉 祥 鸟

白天宝拉着三娃子快步跑出鸟市。他们没直接回客栈，而是一连拐几个弯，跑上另一条大街。三娃子跑得上气不接下气，抱怨说："宝儿哥，你踢得我好疼……他们稀罕这对鸟，咱不卖，他们还敢抢不成？"

天宝说："这两人倒没啥，只是想买咱们的鸟。可你没看到，后面那个穿棉猴的家伙，听口音是长桥镇来的。我怀疑，他不是好人。别忘了，那一伙坏蛋正费尽心思寻找鸟王，监视咱们的行动。倘是派来跟踪咱们的，事情就麻烦了。"

三娃子疑惑地问："你是说，他们会追着咱俩来？"

天宝说："不得不防！"说着这话，他心里也有些紧张，"来者不善，咱们要多加小心。我有一种感觉，棉猴就是在跟踪监视咱们，必须甩开他！"

走过这条大街，进入对面一家超市，两人在顾客休息的座椅上歇下来。这超市好大，比长桥镇那家超市大多了。一楼的玻璃橱柜里，摆满了五颜六色的化妆品和金光闪烁的金银饰品，全是女人喜爱的贵重物件，天宝和三娃子见所未见、闻所未闻。一旁的观光电梯直通顶楼，许多人拥挤着排队上楼。他们没心思闲逛，略坐一会儿，便提上鸟笼从后门走出。向人打听"青山客栈"，被告知距那里已十几里路。

第十九章 | 夜闯金牛岭

回去的路上,三娃子觉得饿了。客栈的袋子里有干粮,可肚子已咕咕叫起来,于是两人在路旁小摊买了几张烤饼,边走边啃。出租车、三轮车从身旁驰过,司机打开车门招呼他们上车,天宝迟疑一会儿,摸摸口袋,到底舍不得花钱,还是选择了步行。

回到客栈,天已将黑。总台服务员着急地说:"你们有朋友来,等好久了。"朋友?在人生地不熟的青山市,会有谁来找?天宝有些紧张,在鸟市遇到的可疑人会跟踪到这里来?服务员补充说,来人是个学生,年轻小伙子,刚才出去,说六点钟再来。天宝抬头看看墙上的挂钟,还有半个钟头,等一下吧。

三娃子高兴地说:"那大概是金宝哥,除了他,在青山市咱们哪有别的朋友?"

天宝却疑惑:"金宝哥来做啥?说好明天八点在校门口见面,怎么今天就找来了?"

三娃子笑着说:"兴许张阿姨又给儿子捎来好吃的,顺带有咱俩一份呗。"

天宝摇头:"想得美!昨天带来的好吃的还没吃完,怎么可能……"

三娃子喃喃说:"妈妈疼儿子没得说。出来几天了,我妈在家不知怎样想我呢!我也有些想妈妈了。"

白天宝没吭声,慢慢躺下来。他没有享受过妈妈的疼爱,也没有非常思念妈妈的切身体验,这两天只不时想起爷爷。赵爷爷

吉祥鸟

应该向公安局举报那件凶杀案了吧？从大青山回家后，他想马上和赵爷爷一起揭开这件血案的真相，把埋在爷爷身边的人挖出来，抓住真凶，这起案件便会真相大白。凶犯丢下的那把匕首，要拿出来做物证……然后，还要向爷爷报告这次来大青山的经历，放飞了大俊和巧儿，爷爷在天之灵会高兴的。

三娃子歪倒在床上，竟发出了鼾声。天宝下床给他盖上被子，又拽出床下的鸟笼，给大俊和巧儿加米添水。天宝想到在鸟市发生的事情，觉得情况可能要变得复杂。是不是应该改变计划，今晚就去大青山？这需要金宝哥帮忙，如果是他来了，等会儿见面便与他商量。

不到六点钟，天宝便去前台等那位朋友。

果然是吴金宝。他显得很焦急："你们让我好等，我有急事！"天宝带他去房间，路上便问："啥事让你这么急，不是说好明天见面吗？"金宝说："你们那地方来了两个民警，指名道姓找你，查询到了我妈的招待所。我妈给我打电话，让我尽快告诉你，看怎么办。"天宝一惊："警察找我？没说啥事？"金宝说："县公安局刑侦大队的，他们出示了证件，说要找你询问什么事。"天宝低头走着，心里有些七上八下。

来到房间门口，金宝却站住了："还是不让三娃子知道了吧？告诉我，你是不是干什么违法的事了？"天宝坚决地摇头："我没有！"金宝疑惑地看他："那，警察找你询问什么？"天宝摇头：

第十九章 | 夜闯金牛岭

"不知道。"金宝说:"我妈知道你没有妈妈,可怜你,要我好好待你、帮助你。"金宝比天宝大三岁,却高五个年级,个子也高不少。此时,他抚摸着天宝蓬乱的长发,俨然一个大哥的口吻说:"跟我说实话,大过年的,你跑来大青山做什么?"天宝说:"金宝哥,咱们进屋,让三娃子回答你的问题,你会觉得更可信。"金宝说:"其实,我相信你,我一直觉得你俩都很诚实。"

两人推门进屋,三娃子正赤脚站在门口,笑说:"金宝哥来了,我和宝儿哥都猜是你来找我们的。是不是张阿姨给我们带了好吃的?"

天宝白他一眼。三娃子一吐舌头,跑一边掇把椅子过来。

天宝让吴金宝坐在椅子上,随即俯身从床下拽出鸟笼,解下棉罩,说:"金宝哥,跟你说实话,我们来大青山,只为这两只鸟。"金宝走近来看,不解地问:"这是啥鸟?你们是来赶青山市的鸟市,想卖个好价钱?"天宝说:"不,我们的目的地是大青山林区,我们要把它们放飞到森林里去。"金宝茫然地问:"大过年的,你俩跑三百里路,只为放飞两只鸟?这鸟叫啥名字,哪里弄到的?很珍贵吗?"三娃子抢着说:"我们捉到的呗!这是白玉鸟,家乡人都称它们是吉祥鸟……"

天宝提起空了的水壶说:"金宝哥,我去锅炉房提壶开水……这事的来龙去脉,三娃子全知道,让他说给你听。"金宝笑笑,点头答应。

天宝提水回来,走到门口,听三娃子还在大声讲。他推门进

吉 祥 鸟

去,给金宝哥和三娃子都倒了杯水,问:"娃子还没说完?"

吴金宝朝天宝和三娃子竖起拇指夸赞:"好了,我完全明白了……两个小兄弟,好高尚!"

天宝摇头:"不,金宝哥,我不高尚。因为家里困难,我就想办法捉白玉鸟卖钱,想不到捉了这对鸟王。它们倘不被我俩捉住,在林子里自由生活,这大半年可能已经孵出了好多小鸟……我无意间做了坏事,觉得愧疚。金宝哥,你说是不?"

三娃子不服气,大声争辩:"宝儿哥,我觉得咱们立了大功!东沙岗毁了,树林子被砍了,大俊和巧儿如果不是被我们抓来养着,说不定已经变成他们的猎物,成为他们嘴里的美食,或成为给别人送的大礼了!"

吴金宝赞同地点头:"三娃子说得在理。看来,你们带这对鸟来大青山,是要完成一个美好的心愿,真让人佩服!只是郭董肯出两万块的天价买这对鸟,还付了定金,你们这样做,他会不会责怪你们违约?"

三娃子说:"他给的两千块定金,我们分文没花,都存在银行里,等他来了,就把定金还给他!"

天宝点点头:"郭董是个厚道人,他会理解我们的。大青山这地方适合白玉鸟生活,也是他告诉我们的。为保住家乡的风水灵气,我们来大青山放飞大俊和巧儿,郭董会理解的。这里山好水好林子大,又离我们家乡不太远,大俊和巧儿在这里会生活得很好。也许不久后,它们会带着儿女,成群结队飞回家乡,给乡

第十九章 | 夜闯金牛岭

亲们带来吉祥、带来好运。"

吴金宝点点头,又问:"可是,警察找你是为什么?我不明白。"

三娃子高声说:"来的警察可能是假的,他们打的是这两只鸟的主意。还有坏人杀人藏尸,宝儿哥掌握着他们的证据。"

吴金宝大吃一惊:"这么说,他们跟踪你俩,不只是为这两只鸟?"

天宝说:"是这样的。看来,他们一直在监视、跟踪我们,除了想把大俊和巧儿弄到手,还有别的目的……"

三娃子猛地惊叫:"难道他们……还想抓住我们俩?"

天宝看着吴金宝,祈求说:"金宝哥,我觉得我们必须改变计划,提前行动。求您了,今晚就带我们进山,去仙人崖的老君林,放飞大俊和巧儿。了却这桩最大的心事,我们也好早早回家,到公安部门报案举证,揭露这帮恶人。"

吴金宝略作思考,随即点头:"好,今晚进山!仙人崖、老君林,我都去过。咱们马上行动,尽量赶上景区内的观光车,从景区上金牛岭。若景区关了门,就只好从外面绕小路,那样必须翻三个山岗,爬两道深沟,才能到仙人崖、老君林……路难走,而且很危险。"

天宝说:"好,马上行动。倘赶不上景区观光车,咱们宁可走区外小路,爬山过沟,我也不怕!"三娃子也说不怕,当即翻身下床,催促说:"咱们快些走吧。"

吉 祥 鸟

三人简单用过晚饭，即刻出发。吴金宝带了只手电，走在前面。白天宝提着鸟笼，用塑料袋装上小米。三娃子将指北针交给金宝，还用袋子装了几个干粮揣在怀里。

他们赶到附近的公交车站点，搭上通往大青山景区的最后一班公交。汽车在坎坷的山路上奔驰，两边路灯已亮起，大青山的轮廓却越来越模糊。终点站到了，是大青山景区西门。大门已关闭，景区内的观光车已停止运行，只有按照吴金宝的第二个方案，徒步摸黑走景区外的小路，翻越金牛岭了。

景区路旁有小吃摊点还亮着灯，吴金宝走过去买水，塞给天宝和三娃子每人一瓶，说："带上，这是大青山的泉水。一会儿爬山出大汗，会口渴的。"

吴金宝带他们绕到景区北侧，在昏暗中踏上了山路。天宝和三娃子爬了一阵，便喘起粗气。金宝脚步放慢了些，回头叮嘱："不要着急，到仙人崖还早呢，需要的是耐力。夏天时，我和几个旅友从这里爬去顶峰，累得几乎下不来。"

坡越来越陡，路越来越窄。路两旁长着浓密的灌木荆榛，划在脸上手上，热辣辣地疼。尤其需要小心脚下，踩不稳便会滑一跤。天宝的眼睛得天独厚，看得清晰，三娃子却不时发出惊恐的尖叫，天宝一手提着鸟笼，一手牵着三娃子。爬了好一阵，他们身上冒出大汗，每人都喝光了一瓶水。总算攀上一个山头，吴金宝提醒他们："山头风大，小心感冒。"只略停一下，便又带两人下坡，

第十九章 夜闯金牛岭

接着又提醒:"上山容易下山难,更要注意哟!别着急,身子稍向后仰,前脚试着站稳后,再迈后脚。"

山谷好深,下到谷底足足用了大半个小时。一块平滑光秃的石板横在谷底,石板下方亮晶晶的像面镜子。天宝惊呼:"水潭!"金宝说:"这叫小石潭,再往前那道谷里有个大石潭,传说是太上老君洗澡的地方。夏天暴雨后,山沟里洪水咆哮着奔下来,山崖上到处是大大小小的瀑布,满山谷滚雷般轰鸣。"三娃子走到石板旁边,双手捧起水喝一口,叫起来:"好甜!"天宝也掬一捧喝下,连说:"真的好甜,比在客栈喝的水还清凉可口。啥时我们家乡能喝到这样的水就好了。"三娃子又抬头看向四周:"刚才在山顶,感觉离天不远了,好像伸手就能摘到星星,这会儿却像掉进了深井里。"天宝感叹:"这么多山,哪怕只搬一座到我们家乡,就可以建起像样的公园……可惜,仅有的一片沙岗也被毁了。"金宝说:"放心,会好起来的。你们带来的吉祥鸟,有一天会带回好运的。"

爬上第二道山梁,天宝和三娃子都已上气不接下气,身上再次被汗水湿透。三娃子两腿两脚疼得厉害,一屁股坐在一块石头上,哎哟一声说:"宝儿哥,我的脚大概又打泡了。"天宝笑笑说:"你总是收获'大炮',我却一无所获……实在不行,我来背你吧?"三娃子站起来回呛说:"宝儿哥当我是尿包。不用你背!"天宝仰脸看看对面的山头,说:"看这山,像是离天空又近了许多。"又低头看看脚下的深谷,三娃子不由吓得摇头。金宝指着前面,

 吉 祥 鸟

为天宝和三娃子鼓劲:"看见了吗?咱们脚下的沟底是大石潭,如果是夏天,可以在潭里洗个澡。咱们在潭边稍事休息,就一鼓作气翻过对面的山头,再往前走不远,过了鬼愁崖,就到仙人崖了,崖下就是老君林,就到咱们的目的地了。小老弟们,怎么样?"天宝响应:"加把劲,再高的山,爬上去它就在我们脚下!"三娃子也不示弱,想说什么,却没了力气,他饿了。天宝忙从袋子里掏出干粮,是张阿姨送的包子,每人拿一个吃起来。

　　再往下面走,已几乎没有路了。天宝紧跟吴金宝,除了盯着脚下,还要不时照看三娃子,碰到难走的路时搀他一把,他落后时轻轻喊一声,等他跟上来。终于下到谷底,天宝和三娃子走到大石潭旁边,平静的潭水像一面闪亮的镜子,映着满天繁星。他们又在潭边捧着泉水喝了几口,便鼓起劲向上攀爬。这是最艰难的一段上坡路,吴金宝不时回过头给他们通报:二百五十米……二百米……最后一百米了。

　　天宝拉着三娃子,沿陡峭的石崖一步步向上。只见面前一块形似猛兽的巨石从崖上凸出,虬龙般的老松匍匐在石崖上,向深谷伸展着枝丫,在黑暗中迎风摇晃,似乎能听见尖利的啸声。天宝扫一眼近在咫尺的深谷,黑洞洞的看不见底,不由打个寒噤。金宝说:"这叫鬼愁崖。注意,贴紧崖壁向前挪动,小心脚下,不要向旁边看!"三娃子低低喊道:"宝儿哥,我的腿直打哆嗦。"听得出他的声音也在颤抖。天宝侧起身,左手持鸟笼在前,右手更紧地拉住三娃子,说:"挺住,别怕,跟紧我!眯起眼睛,两

第十九章 | 夜闯金牛岭

脚慢慢挪动。"

终于走过鬼愁崖,三人开始缓缓下行。来到前面一处稍平缓的所在,金宝说:"到了,来看看,这是仙人崖,崖下那黑压压的森林,就是老君林。"天宝和三娃子走到崖边。乍向下看,黑黝黝的一片,睁大眼睛细看,便隐约看见无边的墨绿,像缓缓涌动的海浪。吴金宝说:"这崖下是大片平缓的山坡,全被茂密的树林覆盖,有的是参天老树,走进去,三天三夜难出来。"又指着四周:"你们看,这三面全是山,灯火通明的那一带,是青山市。这森林公园面积很大。仙人崖下的老君林,像簸箕形状,背风向阳,四季如春,是鸟雀的乐园。这对白玉鸟在这里繁衍生息,用不到三年两载,它们就会儿孙满堂、成群结队。"天宝高兴地点点头,对三娃子说:"歇一歇,就放飞大俊和巧儿吧。"

白天宝拿过鸟笼,解开棉罩,贴近看大俊和巧儿。三娃子也凑过来。就要分别了,真有些舍不得。三娃子一只手伸进笼子,捧起巧儿,巧儿扑闪着翅膀飞开;他又捉住大俊的翅膀,大俊也奋力挣脱。三娃子忽然抹起了眼泪。天宝的眼睛也湿润了,但看看崖下汹涌的林涛,想到大俊和巧儿有了这样理想的栖身之地,他们又觉得欣慰。天宝对三娃子说:"别难过了,大俊和巧儿运气不错……你提上笼子,找金宝哥要绳子,把笼子放到崖下。"又指指左边一蓬灌木说:"那里坡好像不太陡,我从那儿下去,在崖下等着。"说完猫起腰向那蓬灌木跑过去。

三娃子转脸喊:"金宝哥。"没听到回应。天宝趴在灌木丛

吉 祥 鸟

旁边看见金宝正弓着腰猫在一块石头旁一动不动。三娃子提上鸟笼快步跑去，被吴金宝一把拉过，按在身边，低低说着什么。三娃子趴下不再动弹。

白天宝敏锐地觉察到：金宝哥大概听到了什么动静？天宝也侧起耳朵倾听。果然，在他的左后方一块大石头后，顺风传来两个人断断续续的低语。

"白天宝怎么还不来……头儿不会弄错了吧？"

"仙人崖、老君林……错不了，他一定会来这里。那两只鸟，值银子了！"

"这小子，傻蛋，把鸟献给咱们头儿多好，还能捞一大笔钱。"

"难说！头儿心黑着呢，下了死令，不只要他的鸟，也要他的命！"

天宝一阵紧张，他们到底还是追来了。他看得很清楚，这两人在大石头后晃动着脑袋，正四处张望，离这蓬灌木只有十几米。

这是生死关头，白天宝提醒自己：快些行动，豁出去了！

他向吴金宝和三娃子那边扫一眼，见金宝哥从三娃子手里取过鸟笼，跨到崖边，将鸟笼沿崖坡滚下，接着向这边招手，示意天宝立即行动。

这时，两个蒙面歹徒已发现了他们，从大石头后蹿出，大声喝叫："小崽子，往哪儿跑！"那两人径直向白天宝扑来……千钧一发之际，天宝没有迟疑，纵身跑到崖边，急速沿崖坡滚下。

崖下雾霭浓重，一片昏黑，崖坡比天宝预想的要陡，他已无

第十九章 | 夜闯金牛岭

法控制自己的身体,几乎是在坠落。幸运的是接连遇到意外的承接,是崖壁上倒挂的枯松,还是老树伸展在半空的枝丫?天宝已无从辨别,惶急中只感觉到一次次或轻或重的碰撞,滚跌到地面的瞬间,他竭力睁开眼睛,一阵眩晕,便倒在了大树林的草丛里。迷蒙中,天宝听上面的歹徒在说话:

"深不见底,这小子大概粉身碎骨了!"

"快,绕到崖下,活要见人,死要见尸!那边还有俩小子,抓住他们!"

天宝蓦然想起大俊和巧儿,挣扎着试图爬起,只觉得脑袋嗡嗡作响,手臂和胯部剧烈疼痛,右腿被压在身下,稍微一动便疼痛难忍。他意识到,身边的树林,便是仙人崖下的老君林。金宝哥和三娃子把鸟笼扔到哪里了?他抬起头静听,向四周扫视……隐约听到大俊和巧儿的叫声,就在附近,那么熟悉,那么揪心。天宝咬着牙忍着疼,全力移动身子,向那个方向匍匐过去。草深林密,又是黑夜,他努力搜寻着,竭力仰起头,吹起口哨。大俊和巧儿回应了!它们就在近旁,他看到了那只笼子,伸出手抓住了。爷爷精心编制的鸟笼已摔得变了形,笼门却关得很紧,大俊和巧儿仍在里面,正扑棱棱地张开翅膀,发出哀怨的叫声。快些,放飞它们!让它们脱离险境,飞进这片广阔而自由的天地!天宝抱着这样强烈的念头打开笼子,看看两只鸟,看看系在它们腿上的红绳,抓出大俊,情不自禁地贴在脸上,亲一亲,随即放手。大俊在他身旁跳一跳,没有立即飞走,回头发出凄婉的叫声,它

在等巧儿。这时，巧儿已钻出笼子。天宝把它托在手中，巧儿迅疾蹦跳开去，依偎到大俊身边。它们相互啄吻，不一会儿便展开翅膀，飞向树林深处。

　　天宝睁大眼睛，目送大俊和巧儿飞去，消失在夜幕深沉的密林中，不由舒了口气。他的眼里滴下泪来，瘫软地躺倒在了草丛里。

尾 声

飞吧吉祥鸟

吉 祥 鸟

后来怎样了？大俊和巧儿，三姓庄……

作者知道，读者会十分牵挂主人公以及被他放飞到大青山密林中的两只白玉鸟的命运，还有那个贫穷的小村庄。就让我慢慢告诉你……看下去，你会知道这个故事的全部来龙去脉。

近日，为写一篇乡村振兴的纪实文章，我来长桥镇新月湖景区调研。景区董事长郭先生历经多年艰辛耕耘，把生态环境遭严重毁损的东沙岗月牙湾建成了远近闻名的景区。有关他创业的艰辛和曲折，我已了解不少。临别前一天，郭先生执意要我与他的一位年轻朋友一见。

在景区宾馆前，郭先生的轿车停下了。他对我笑着说："我知道你还有一个疑问尚未得到满意的答案……认识一下这个年轻人，好好谈一谈，你就会明白当初我来这里创业的初衷，就会明白促使我下定决心，在这穷乡僻壤投入半生积累，成就一番绿色事业的真正动因。"

一位青年学生下车走到我面前。他身材高挑、风度翩翩，只是眼睛有些特殊——左眼的白眼仁略显大些，但这并未影响他的帅哥形象，反而显现出一副别样的精气神。

"白天宝，南方大学在读研究生，我的忘年交，也是我的挚

尾　声 ｜ 飞吧吉祥鸟

友。"郭先生这样介绍自己的朋友，"多年前，一次传奇邂逅，我们由一对白玉鸟结缘，从相识到相知。"

白天宝笑着拉起我的手，我们一道搭上郭先生的轿车。

从景区宾馆出发，穿越一片郁郁苍苍的园林，沿新月湖畔向西，经长桥镇大街，我们来到一片园林式田野。白天宝指着大片麦田对我说："我的老家三姓庄，原来就在这一带。现在，这个贫穷村落已消失了，被政府安排易地搬迁，成为长桥镇的一个新区。"他指着面前的土岗和一棵大杨树继续说："我爷爷的坟就在旁边……我这次回乡，既为参加新月湖景区五周年庆典，也是回来给爷爷上坟的。"

整整一个白天，郭先生亲自驾车，带我和白天宝游遍了景区。看得出，白天宝熟悉每一个景点。历经巨变的故乡，许多曾经的旧事故人，都深深印在这年轻人的记忆里。他看出我的好奇，随手从他的手提包里摸出一个小册子交给我。郭先生说："这是天宝对童年生活的回忆……"看我有些茫然，他接着笑笑说："我说过，认识了这个年轻人，你会明白我决心来这贫困乡村投入半生积累、成就一番事业的动因。看看吧，再交谈一下，你会找到真正的答案。"

夜幕降临。东边天空升起月亮，暖风拂面，清爽宜人。新月湖面波光粼粼，东沙岗上树影婆娑，时有飞鸟的鸣叫，婉转悦耳。我站在景区宾馆门口，手里拿着那本小册子。我的心情有些急切，

吉 祥 鸟

想尽早开始与这年轻人的交谈。

我驻足四望，不远处一男一女两个年轻人在湖边徘徊，男子像是白天宝，姑娘是他的恋人，还是小册子里多处提到的天宝儿时的朋友燕燕？

我不忍过早惊扰这亲密的一对，便走回房间，重新又翻开那本小册子。下午在房间，我几乎是一口气看完了。白天宝自传式的一段童年生活，让我感动至深，我庆幸自己轻而易举地得到了这样一篇感人肺腑的小说素材，而白天宝则是我构思中小说的主人公……我要和他好好谈谈。

屋门被推开，白天宝来了，他抱歉地笑笑："让您久等了。"

我说："应该表示歉意的是我……我打扰了你和你的恋人。"

天宝却大笑："没关系。那姑娘是吕燕燕……应该说是我姐。"他指了指面前的小册子，"这里面说到过吕燕燕，她一直像姐姐那样关心我。她和未婚夫一道回乡来参加景区庆典，刚才是来看我，还要给我介绍对象……她已经走了，咱们现在可以彻夜长谈，通宵达旦都没问题。"

天宝坐在写字台旁边，我们面对面侃侃而谈。

"你大概看过了，这是我闲暇时写下的片段回忆……我真的是一个弃儿，我的第一个家，是南方都市马路边的塑料垃圾桶。"他端起杯子大口喝水，白眼仁泛起一抹异样的光亮。

白天宝打开话匣子，他的坦率让我吃惊。

"我记忆中的三姓庄，自幼生活的贫瘠小村，现在城市化改

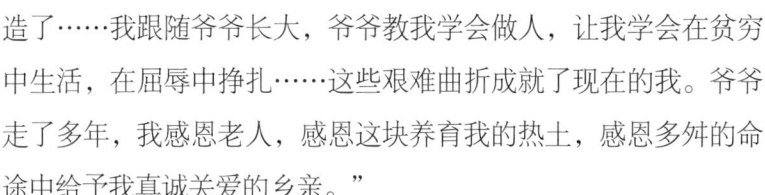

造了……我跟随爷爷长大,爷爷教我学会做人,让我学会在贫穷中生活,在屈辱中挣扎……这些艰难曲折成就了现在的我。爷爷走了多年,我感恩老人,感恩这块养育我的热土,感恩多舛的命途中给予我真诚关爱的乡亲。"

我再次翻开面前的小册子,里面的一连串故事,直至少年天宝在大青山下老君林内与大俊和巧儿惜别的场景,多少次让我禁不住流出眼泪。听天宝嗓音有些嘶哑,或者有些口干舌燥了,我起身为杯子续上水。

白天宝看着我:"您大概还有许多疑问……请说吧,您是个热心的朋友,今晚我有问必答,让您睡个好觉。"

白天宝和三娃子去大青山放飞两只白玉鸟,是十多年前的事。近年来的变化,我亲眼看到了。我想问他的问题,却大多是关于大俊和巧儿被放飞之后,吉祥如何降临到他的家乡?

"你们是怎么逃出老君林的?"

"金宝哥在崖下找到了昏迷的我。他先是背上我,带着三娃子,藏到仙人崖旁边的一个山洞里——那是他和旅友来过的一个秘密崖洞。接着他拨打了110,然后拨打了120……我醒来时,已在青山市一家医院的外科病房里。我躲过了一劫,追杀我们的歹徒被青山市公安局拘捕了。"

"当年是什么人在跟踪追杀你?"

"他们就是在东沙岗毁林挖沙、搞破坏性开发的桃花源公司老总一伙,包括三姓庄的吕登峰。这是一伙黑恶势力。吕登科原

本是他们的喽啰，因掌握的内部秘密太多，与吕登峰发生利益冲突时，便被杀害了。我是他们犯罪的目击者，我捡的那把匕首，是他们行凶的铁证，他们追杀我就为杀人灭口。大俊和巧儿，正是他们觊觎已久的鸟王。"

我凝神思考，试图把盘根错节的情节进一步理出头绪。

白天宝接着说："您大概想不到，最先发现他们要追踪杀害我，设法通报消息的人是谁。"

"是谁？"

"吕小强。大年初一，他见到了吕登峰的那位朋友，准备把我的答复告诉他，却意外得知他们正安排人去大青山跟踪追杀我。小强既害怕又生气，当即告诉了他姐姐吕燕燕，燕燕和菲菲找到赵爷爷，最后，赵爷爷拜托登祥叔带她们追赶我和三娃子来了。我在医院醒来时，登祥叔、燕燕和菲菲正坐在我的病床前。"

"埋在你爷爷身边的死者……是吕登科？"

"是。那些人杀害了吕登科，掩藏起尸体，又编造了吕登科携款潜逃的谎言，自认为天衣无缝。赵爷爷和登祥叔去镇派出所报案后，当天公安局刑侦队就派人挖开爷爷的坟墓，找到了吕登科的尸体。吕登科本是吕登峰身边的红人，是他们的喽啰，当年诬陷我爸的证据，就是他受命伪造的。"

"你和郭先生啥时候再见面的？你放飞大俊和巧儿，他有责备你吗？"

"春节刚过，郭先生就从南方来了。他赶到青山医院看望我，

尾 声 | 飞吧吉祥鸟

不但没有责备我,反而说我帮了他的忙,到大青山放飞两只白玉鸟,是替他了结了心愿。他很激动,说当初来我家乡投资,决策得迟了些,东沙岗的天然植被已被毁坏得不成样子,为此他感到十分痛惜。郭先生在病床前告诉我,作为保护收养大俊和巧儿的报酬,他的公司会马上为我们村打一口甜水井……此后不久,他便决定,立即重启在我家乡筹建生态园林景区的计划。"

"啊,是这样……大俊和巧儿还没回来,你家乡的老百姓就提前交上好运了。"

"是的。郭先生兑现了诺言,为我们家乡做了大贡献。"

"你们的宋雅琴老师呢?她是个可亲可敬的好老师!学校有这样的老师,是老百姓和孩子们的福气。"

"是的。宋老师舍不得我们,那个寒假之后,她就回学校来了。再后来,她凭个人的成绩,凭乡亲们、孩子们对她的爱戴,当上了镇中心学校校长,一直送我们上完小学、中学,我和吕燕燕也成为三姓庄第一批大学生。宋老师是我们终生难忘的老师,我从心里尊敬她、爱戴她,她教给我们的,不止书本上的知识,还有做人的精神、思想、品格……"

我的眼睛一直注视着白天宝,听他滔滔不绝地讲述。

我想知道的事情太多:白天宝的爸妈,三姓庄这个村子……

"吕登峰落网后,那个黑恶团伙被一网打尽。登祥叔被选为村支书兼主任,带领老百姓奋斗多年,干了不少实事,三姓庄总算实现脱贫了。五年前,我爸爸回家了,他没有食言,按照当

 **吉 祥 鸟**

初对乡亲们的承诺,把在外面打拼挣下的钱全部捐给了村里,搞城镇化改建……至于我的妈妈,却一直没有消息……"白天宝哽咽了。大概想起了从垃圾桶救起他的那个女人,眼泪止不住簌簌落下。

邮政大楼的时钟敲过十二下,钟声透过窗纱传进来,夹带着室外的飒飒林涛和婉转的鸟鸣。我意识到谈话应该终止了,便说:"我还要问你个问题……"

天宝似已猜测到了,脱口问:"大俊和巧儿?"

"是的,你在它们脚上拴了红绳。红绳是一个标记,也象征着红运,它们应该回来了吧?"

白天宝凄然一笑:"大俊和巧儿,我再也没有看见。"他笑得有些牵强,流露着思念和伤感:"它们在大青山的密林里,一定生活得十分幸福。现在我的家乡,东沙岗新月湖的园林,有成群结队的白玉鸟,应该是大俊和巧儿的后代。它们以另一种方式回来了,给家乡带来了好运。"

我忍不住又提出一个问题:"马上研究生毕业了,你有什么计划?"

白天宝笑笑:"说来奇怪,昨晚做了一个梦,梦见我长出了翅膀,变作吉祥鸟,脚上还拴着红绳,在家乡上空盘旋飞舞……"他那双有着大白眼仁的眼睛闪烁着熠熠的光亮,脸上的笑容显现出童稚的纯真。